Soñar bajo el agua

Libby Page

Soñar bajo el agua

Traducción de
Isabel Murillo

Papel certificado por el Forest Stewardship Council®

Título original: *The Lido*

Primera edición: junio de 2018

© 2018, Libby Page
© 2018, Penguin Random House Grupo Editorial, S. A. U.
Travessera de Gràcia, 47-49. 08021 Barcelona
© 2018, Isabel Murillo, por la traducción

Printed in Spain – Impreso en España

ISBN: 978-84-9129-233-3
Depósito legal: B-6494-2018

Compuesto en Arca Edinet, S. L.
Impreso en Rodesa, Villatuerta (Navarra)

SL92333

Penguin
Random House
Grupo Editorial

Para Alex Page, mi hermana nadadora

1

S alir de la estación de metro de Brixton es sumergirte en un carnaval de tambores metálicos, el ruido blanco del tráfico y la voz del hombre plantado en la esquina que grita: «Dios te ama», incluso a los más antipáticos.

«¡Entradas para el concierto de esta noche en la Brixton Academy!», vocifera un revendedor en la puerta de la estación. «¡Compra y venta! ¡Entradas para la Brixton Academy!». Los transeúntes dirigen un gesto de negación hacia los promotores y los predicadores que intentan meterles un folleto en la mano a la fuerza. Te abres paso entre la muchedumbre y dejas atrás al rastafari que vende palitos de incienso y discos a la puerta de Starbucks. En la acera opuesta está Morley's, los grandes almacenes que llevan ya un montón de años en esa calle. En el escaparate de TK Maxx destella en luces de neón un cartel donde se lee: «Love Brixton».

En un tenderete, hoy resplandecen en el interior de cubos flores de primavera: narcisos, tulipanes y voluminosas peonías. El florista es un hombre mayor que lleva un delantal de color verde oscuro, luce una cadena de oro en el cuello y tiene las uñas llenas de tierra. Haga frío o calor, vende «lo sientos» y «te quieros» a un precio razonable. Envueltos en papel marrón y sujetos con una cinta.

Al lado de la estación está Electric Avenue: es un hervidero de gente y de puestos donde se vende de todo, desde verduras hasta cargadores de móvil. El ambiente está impregnado de aroma a melón maduro y de un fuerte olor a pescado. El pescado descansa sobre un lecho de hielo que, a lo largo del día, pasa del blanco al rosa y te recuerda que nunca deberías comer nieve rosada.

Los vendedores se arrojan precios de un lado a otro de la calle, lanzan descuentos como si jugaran con un disco volador. Los recogen con rapidez y vuelven a lanzarlos.

—Tres por diez libras, trespordiezlibras.

—No os perdáis esta oferta, tres por cinco libras, TRESPORCINCOLIBRAS.

—¿Tres por cinco libras? ¡Yo doy cinco por cinco libras!

Una joven madre con un bebé tira de un carrito de la compra y sortea las cajas de cartón aplastadas y las hojas de platanera que pueblan el suelo. Camina despacio, deteniéndose de vez en cuando para examinar las verduras, cogiéndolas y observándolas por todos lados igual que un criador de perros estudiaría un cachorro. Intercambia las elegidas por unas cuantas monedas que saca de la cartera. Un hombre, con los ojos fijos en los colores de las verduras que ve a través de la lente de la cámara del teléfono móvil, fotografía uno de los puestos. Y a continuación, da media vuelta y se aleja para comprar comida congelada en Islandia.

En el otro lado de la calle, Kate camina a paso rápido en dirección contraria, de vuelta a casa después de salir de las oficinas del *Brixton Chronicle,* donde trabaja como periodista. No tiene tiempo para examinar verduras. O tal vez es que no sabría qué buscar. Por mucho que sea primavera, Kate vive bajo una nube. La sigue donde quiera que vaya y, por mucho que lo intente, no consigue dejarla atrás. Serpentea entre el gentío, desesperada por llegar a casa, cerrar la puerta a sus espaldas y meterse en la cama. Cuando no está en el trabajo, es en la cama donde pasa más tiempo. En la calle, intenta bloquear los sonidos que la rodean, intenta impedir que penetren en su interior y la superen. Camina sin levantar la cabeza y con la vista clavada en la acera.

—Perdón —dice, adelantando a una anciana rolliza sin siquiera mirarla.

—Lo siento —contesta Rosemary y deja pasar a Kate.

Se queda mirando la espalda de la joven que prosigue su camino a toda velocidad. Es una chica menuda, con el pelo castaño claro recogido en una cola de caballo que se menea de un lado a otro al ritmo de su paso. Rosemary sonríe y recuerda la sensación de ir acelerada. Ahora, con ochenta y seis años, rara vez va a ningún sitio con prisas. Con su bolsa de la compra, se aleja lentamente del mercado en dirección a su piso, que linda con Brockwell Park. Viste de forma sencilla y pulcra, con pantalón, calzado cómodo y un impermeable de primavera, el cabello gris, ondulado y fino, retirado de la cara mediante un prendedor. Con el tiempo, su cuerpo ha cambiado hasta el punto de que apenas lo reconoce, aunque los ojos siguen siendo los mismos: de color azul intenso y siempre risueños, incluso cuando sus labios no esbozan una sonrisa.

Hoy es el día de la compra para Rosemary. Ha hecho la ronda por sus tiendas y puestos favoritos, ha saludado a Ellis, el hombre de la fruta y las verduras, y ha llenado su bolsa marrón de comida para toda la semana. Ha pasado también por la tienda de libros de segunda mano que gestionan Frank y Jermaine, su pareja. Los tres han estado charlando un rato, con Rosemary compartiendo el asiento que hay junto al escaparate con Sprout, la golden retriever de la pareja, para después repasar las estanterías en busca de alguna novedad o de algo que hubiera omitido la semana pasada. Le gusta pararse allí y respirar el olor a moho y a viejo de centenares de libros.

Al salir de la librería, comparte un trozo de tarta con su amiga Hope en su cafetería favorita de Brixton Village, el edificio del mercado que hay detrás de Electric Avenue. Para Rosemary y Hope sigue siendo Granville Arcade, el viejo mercado y el único lugar donde Hope conseguía encontrar los productos caribeños que tanto echaba de menos cuando se vino a vivir a Brixton con doce años de edad. Ahora está lleno de restaurantes, tiendas y puestos. El cambio sigue resultándoles turbador, pero les gusta la cafetería donde el joven camarero sabe lo que piden habitualmente y empieza a preparárselo en cuanto las ve acercarse a través del escaparate. Y la tarta está deliciosa.

En cuanto Rosemary entra en el Village, la asaltan el olor a especias y el sonido de la gente charlando y comiendo en las mesas de los pasillos, los sonidos y los olores a los que se ha acostumbrado a lo largo de sus visitas semanales. El mercado es un lugar ventilado y hay restaurantes que ofrecen mantas a los clientes para que puedan cubrirse los hombros o las piernas mientras comen. Del techo alto cuelgan tiras de luces y parece un mercado de Navidad incluso en primavera.

Hope y Rosemary beben su café y charlan. Hope habla con orgullo de su nieta Aiesha y de su hija Jamila, que siempre está muy ocupada con su trabajo. Rosemary recuerda con cariño cuando Jamila, su ahijada, superó sus exámenes finales de medicina. Para celebrarlo, le envió un ramo de flores con una tarjeta que decía: «Querida doctora...».

Como cada semana, Hope y Rosemary recuerdan la época en que las dos trabajaban en la biblioteca.

—¿Te acuerdas de cuando Robert se armó de valor para pedirte por primera vez una cita? —dice Rosemary con una sonrisa.

Antes de jubilarse, hace ya unos años, Robert, el marido de Hope, era conductor de autobús y, cuando ambos eran jóvenes, él visitaba la biblioteca con frecuencia al acabar su turno y buscaba ansiosamente con la mirada la figura de reloj de arena de Hope.

—Le llevó su tiempo, la verdad —contesta Hope—. Y siempre me acordaré de cómo desaparecías tú encaramándote a cualquier escalera para guardar libros cuando él se presentaba en la biblioteca para que así se viera obligado a hablar conmigo.

Las dos mujeres ríen a carcajadas y disfrutan de esta parte de la semana. Pero a Rosemary le duelen los pies y tiene ya ganas de volver a casa.

—¿Quedamos la semana que viene a la misma hora? —pregunta Rosemary al despedirse.

Al abrazar a su amiga, se da cuenta de que Hope, con sesenta y ocho años, se ha convertido también en una mujer mayor. La abraza un poco más fuerte. Para Rosemary siempre será la chica alegre que empezó a trabajar en la biblioteca con dieciocho años y que acogió bajo su protección.

—La semana que viene a la misma hora —responde Hope, despidiéndose con la mano y echando a andar para ir a recoger a Aiesha al colegio, su parte favorita del día.

Rosemary pasa por delante de las colas de gente que esperan en las paradas de los autobuses y por el cruce del viejo cine, que está en la esquina, donde los títulos de las películas de la semana destacan en letras blancas sobre el fondo negro del cartel. Enfrente hay una plaza grande, donde los ancianos se sientan en bancos y fuman y los adolescentes hacen cabriolas a su alrededor con monopatines.

A medida que va alejándose de la estación, las tiendas se transforman en casas adosadas y bloques de pisos. Llega finalmente al Hootananny, el viejo y desvencijado pub famoso por sus actuaciones de música en directo. El olor a marihuana flota desde los bancos que hay delante, donde la gente bebe cervezas y fuma. Gira entonces a la izquierda y se incorpora a la calle que rodea el parque y lleva al bloque alto donde ella vive.

El ascensor, que a menudo está estropeado, funciona esta vez y se siente aliviada.

Rosemary lleva prácticamente toda la vida en el piso. Se mudó allí con su marido, George, cuando el bloque estaba recién construido y ellos estaban recién casados. La puerta de entrada da directamente al salón, donde lo más destacado es la librería que cubre la totalidad de la pared de la derecha.

En la cocina adyacente hay una mesa, dos sillas y un televisor colocado encima de la lavadora. Después de descargar la compra, Rosemary cruza el salón, abre las puertas y sale al balcón. El bañador azul marino cuelga del tendedero como una bandera. Tiene plantas: unas cuantas macetas de lavanda, nada excesivamente extravagante, puesto que no encajaría con ella. Desde el balcón, Rosemary domina Brockwell Park, una vista que sirve para alejarla del sonido y el gentío de Electric Avenue.

La primavera empieza a florecer y el parque luce una nueva capa de verde. Desde el balcón, Rosemary ve árboles, pistas de tenis, un jardín y una pequeña colina con una edificación antigua que había sido en su día una casa solariega y ahora se utiliza para actos y como punto de venta de helados y chucherías para niños con dedos pegajosos. Alrededor del parque circulan dos vías de tren: la de verdad, que atraviesa el sur de Londres, y una de un tren en miniatura que solo funciona en verano y es para niños pequeños. El sol empieza a ponerse y Rosemary ve gente que pasea a la salida del trabajo y disfruta de que los días van alargándose. La gente practica deporte y sube y baja corriendo la colina. Y en el extremo del parque que queda más próximo a su balcón, un edificio de ladrillo rojo de escasa altura envuelve un rectángulo perfecto de agua azul. Está dividido mediante corcheras que marcan las calles y se ven toallas repartidas por el suelo a su alrededor. Los nadadores flotan en el agua como pétalos. Es un lugar que conoce bien. Es la gran piscina al aire libre, su piscina.

2

Cada mañana, cuando va andando al trabajo, Kate se cruza con caras anónimas que esperan el autobús o salen corriendo de sus casas para subir a los coches aparcados en la calle. Pero ve también caras conocidas. Las ve a diario, y sus cambios de vestimenta y de peinado son como los cambios climatológicos y marcan el paso del tiempo.

En la calle principal adelanta a un hombre rubio muy alto con frente despejada que lleva una cazadora de cuero negro sea cual sea la temperatura que haga. Dependiendo de si va con tiempo o va tarde, lo adelanta en distintos puntos de la calle. Si lo adelanta cuando está en un extremo de la vía, sabe que tiene tiempo para pararse a tomar un café; si lo adelanta en el otro extremo, tiene que acelerar el paso y marcar un ritmo similar al de la marcha atlética.

Luego está la chica de pelo oscuro y rostro alegre que mueve la cabeza al ritmo de la música que va escuchando y a veces incluso canta. A menudo la acompaña un chico calzado con Doc Martens. Cuando va con él, la chica se cuelga los auriculares al cuello y charla con el chico enganchada de su brazo. Hoy va sola.

Cuando se cruzan, Kate está a punto de saludarla, pero enseguida se acuerda de que no la conoce de nada. No sabe ni cómo se llama ni hacia dónde se dirige cada mañana en dirección contraria a la de ella. No se conocen, pero su rostro le resulta tan familiar como el H&M de la misma calle, el cine o el mercado. Forma tanta parte de Brixton como los ladrillos de sus edificios.

El cielo primaveral se nubla de repente y empieza a llover. Kate maldice para sus adentros: se ha dejado el paraguas en casa. El chaparrón la empapa rápidamente y llega chorreando a las oficinas del *Brixton Chronicle*. Se cruza en las escaleras con Jay, el fotógrafo del periódico, cuya boca rodeada por una barba de color rubio rojizo esboza una sonrisa mientras su cabello rizado forma un halo descontrolado alrededor de su cabeza. Es alto y corpulento, aunque de perfiles redondeados, y ocupa prácticamente todo el espacio de paso en la escalera. No han tenido oportunidad de trabajar mucho juntos, pero se saludan sin falta por la mañana y cuando se cruzan casualmente por el *Brixton.* Jay siempre está sonriente y consigue arrancarle una sonrisa a Kate incluso cuando tiene un mal día y le cuesta mover la boca para esbozarla.

—¡Buenos días! —dice cuando se cruzan dejándose paso a duras penas. Tiene la voz grave y un acento marcado típico del sur de Londres.

—Buenos días. ¿Te vas?

—Sí, tengo un encargo que hacer —señala la bolsa con la cámara que lleva colgada al hombro—, para una reseña. Van a abrir un restaurante nuevo donde antes había un pub. Mi padre me comentó que recuerda haber tomado copas allí cuando tenía mi edad.

—Perfecto, pues hasta luego —responde Kate—. Y no te olvides el…

Antes de terminar la frase, él le muestra el paraguas que lleva colgando de la mochila.

Kate se despide con un gesto y sigue subiendo hacia la oficina.

—¿Vienes de nadar? —le pregunta su director cuando ella cuelga la chaqueta empapada en el respaldo de la silla.

Phil Harris es un hombre cuyo cuerpo no ha sido tratado con mucha benevolencia. Tiene las mejillas eternamente enrojecidas. Del mismo tono que el clarete que engulle cada noche en el pub con su mujer o, según cuentan los rumores, de vez en cuando también con otra que no es su mujer. En su cintura se evidencian los bistecs con patatas, un neumático salvavidas que acabará arrastrándolo a la muerte. No es adinerado —nunca ha conseguido ascender en la escala de un periódico a nivel nacional—; su riqueza se resume en comer y beber.

Kate niega con la cabeza.

—No, me ha pillado la lluvia. No sé nadar.

Es mentira. Sabe nadar. Si por accidente se cayera en una piscina, conseguiría nadar hasta alcanzar las paredes y poder sujetarse. Conoce los principios básicos sobre dónde debes colocar brazos y piernas para que te mantengan a flote. Pero no ha vuelto a nadar desde la adolescencia. En el colegio iban a clases de natación, pero en cuanto pudo tomar la decisión de dejarlas, lo hizo. Fue hacia la pubertad, cuando el cuerpo de las chicas es como una vestimenta incómoda de la que te encantaría liberarte. Recuerda la transformación: un montón de niñas que no paraban de reír convertido de repente en un grupo sumiso al borde del agua, intentando tapar con manos y brazos la vergüenza de unos cuerpos perfectos y a la vez espantosos.

—Pues eso podría ser un problema —dice Phil—. Te hemos encontrado un trabajo en la piscina. Nadar no es esencial, por supuesto, pero te ayudaría a meterte más en la historia, a comprender de qué va todo ese lío...

Kate percibe el sabor del cloro y rememora el miedo a exponerse semidesnuda delante de sus compañeros de clase. Sin más explicaciones, Phil le lanza por encima de la montaña de libros que separa sus mesas un folleto doblado por la mitad. Aterriza sobre el teclado de Kate. En la portada hay una fotografía en blanco y negro de una piscina al aire libre. Se ve un trampolín alto y la imagen de un hombre en pleno salto, con los brazos extendidos como las alas de una golondrina. En el interior hay una imagen en color que Kate supone que es de la piscina en la actualidad: agua azul intensa y niños nadando con los brazos pegados a sus costados y pataleando vigorosamente.

«Salvad nuestra piscina» aparece escrito a mano en letras grandes. Kate lee el texto del interior: «Nuestra piscina, inaugurada en 1937, está amenazada. El ayuntamiento ha anunciado problemas financieros y la oferta de compra del edificio por parte de una promotora inmobiliaria, Paradise Living. Quieren convertir nuestra amada piscina en un gimnasio privado. ¿Piensas permitirlo? Si consideras que puedes colaborar en la campaña, dirígete al personal de la Piscina Brockwell».

El folleto está firmado por «Los nadadores de la Piscina Brockwell». Kate tiene la impresión de que lo han hecho con fotocopiadora y tijeras. Es una suposición exacta.

—¿Quieres que escriba sobre esto? —pregunta Kate.

Kate escribe actualmente reportajes para el *Brixton Chronicle* sobre mascotas desaparecidas y proyectos urbanísticos y de obras viarias. Artículos que van siempre hacia el final de la publicación, aunque no tan al final como la sección de deportes. Cosas que la gente no lee. No son artículos para enseñar a los profesores que tuvo en el máster de periodismo. Aunque su madre sigue coleccionándolos en un álbum, lo que empeora más si cabe la cosa.

«Cuando seas famosa, te alegrarás de que haya conservado todo esto», dice siempre y Kate se sumerge todo lo posible en el bochorno que la envuelve como un abrigo.

—Sí —responde Phil—. Creo que puede esconder una buena noticia. ¿Sabes que Paradise Living ha construido ya cuatro bloques en Brixton? Están vendiendo los pisos por millones de libras. Y seguro que piensan que tener un gimnasio privado en la Piscina Brockwell les ayudará a vender los pisos aún por más dinero.

Se gira hacia Kate.

—Decías que querías una buena historia —concluye—. Pues aquí tienes tu historia.

Las historias fueron las amigas de Kate antes de que descubriese cómo tratar a la gente. Las buscaba, se escondía entre ellas en la biblioteca y se refugiaba en sus páginas. Se doblaba hasta adquirir la forma de Hermione Granger o de George de *Los cinco,* o de Catherine Morland de *La abadía de Northanger,* e intentaba ser ellos por un día. Cuando empezó en el instituto, sus amigos eran los personajes que conocía en las páginas de los libros. Se sentaban en la biblioteca con ella mientras iba dándole mordiscos al bocadillo detrás de los libros para que la bibliotecaria no la viese. (La bibliotecaria la veía, pero fingía que no).

Ahora cuenta las historias de otra gente. A Kate siempre le resulta interesante, aunque se trate simplemente de entrevistar a alguien que ha perdido a su gato. Con frecuencia, la gente se queda sorprendida con las preguntas que Kate formula: «¿Cuál es su primer recuerdo de Smudge?», «¿En qué cosas cree que su vida habría sido distinta de no haber comprado a Milo?», «Si Bailey pudiera hablar, pero solo pudiera decir una frase, ¿qué piensa que diría?».

Normalmente, cuando editan sus entrevistas, las reducen a la información más básica —«Smudge, un gato atigrado de tres años de edad, lleva desaparecido de casa de los Oliver desde el 3 de septiembre. Se ofrece recompensa»—, pero ella conserva las historias en la cabeza y va pasándolas, como las páginas de un libro querido y viejo.

Tiene la sensación de que esta historia es como una pelota que acabara de lanzarle su director, y no piensa soltarla.

3

Una piscina sin nadadores parece algo completamente fuera de lugar. Es temprano y el socorrista, adormilado y en silencio, tira del plástico para ir enrollando la cubierta. Desde su atalaya en el balcón, Rosemary observa la neblina que se eleva por encima de la superficie, como si el agua fuera un ser vivo que respira. Por mucho que el cielo esté azul, el ambiente es gélido como un escalofrío. Sujetando el tazón de gachas con ambas manos, ve que el socorrista se estremece en el interior de su suéter de lana y entra de nuevo en el edificio en cuanto termina su trabajo y el agua queda liberada.

Reina el silencio hasta que llega una pareja de ánades reales que se deslizan por la superficie hasta posarse en el agua. Tienen toda la piscina para ellos. A Rosemary le gusta contemplarlos por las mañanas, dos aves que disfrutan de la soledad de la piscina mientras el sol tiembla como confeti sobre el agua.

Llegan los primeros bañistas. Guardan silencio, en parte por el sueño y en parte por respeto a la quietud de los ánades. Conocen bien a los patos y nadan a su alrededor hasta que la pareja decide que ha llegado el momento de irse y corre por el agua para alzar el vuelo por encima de los muros del recinto.

El socorrista controla la piscina desde su silla, como un árbitro de tenis desde lo alto de su trono. Ver a los nadadores recorrer de un lado a otro la piscina es su meditación matutina, y también la de Rosemary. Termina las gachas, entra en casa y coge la bolsa de natación que tiene colgada junto a la puerta.

Rosemary llega cada día a la piscina a las siete en punto de la mañana. Una vez cambiada, empuja la puerta del vestuario y emerge al frío. Correría de poder hacerlo. Pero va caminando hasta el borde y sus pies llegan tres minutos después que su mente. Su cuerpo no es tan fuerte como su voluntad: envejecer la ha obligado a tener paciencia.

Mientras se encamina a la escalerilla, observa a los demás bañistas: una piscina llena de brazos que rompen la superficie. Solo los que practican la braza tienen caras que puedes llegar a reconocer.

Cuando desciende por la escalerilla, Rosemary se siente como un árbol a merced del viento. Sus ramas crujen. Se suelta y el agua la acoge. Deja que su frialdad la envuelva y se acostumbra a la temperatura antes de patear con soltura para alejarse del borde. Empieza a nadar y se adentra en la neblina. No ve el otro extremo, pero sabe que si sigue nadando, acabará alcanzándolo. Rosemary tiene ochenta y seis años, pero en el agua no tiene edad.

Rosemary lleva toda la vida viviendo en Brixton. Durante la guerra, fue una de las pocas niñas que se quedó allí. Exceptuando los momentos en que los bomberos se vieron obligados a extraer el agua de la piscina para apagar los incendios de la ciudad, la instalación permaneció abierta y ella continuó nadando siempre que pudo. Al principio, se sentía culpable por estar en el agua mientras su padre y los padres de sus amigos luchaban en el campo de batalla. Hubo además situaciones de emergencia, como la noche en que cayeron bombas en el parque, justo al lado de los muros de la piscina, y en Dulwich Road, la calle de enfrente. Recuerda que estuvo en el parque el día posterior al ataque y que vio familias enteras caminando a trompicones por falta de sueño, y que los vecinos aunaron fuerzas para salvar cualquier posesión que pudiera quedar en sus casas destruidas.

Pero, a pesar de todo, la piscina siguió allí. Y recuerda que, con el paso de los meses, acabó siendo imposible estar triste a todas horas: era como permanecer sentada mucho tiempo con la ropa de los domingos. Al final, necesitaba moverse, sacarse la blusa de la falda, rasparse los zapatos y volver a ser una adolescente. Durante aquellos años, la piscina fue un lugar silencioso. Prácticamente todos los niños de Brixton fueron evacuados a zonas rurales y, con los hombres en el frente y las mujeres trabajando, era complicado encontrar socorristas. A menudo, tenía las frías aguas azules solo para ella.

Oye un autobús que arranca en la parada que hay al otro lado del muro del recinto. Se oye también el sonido de un tren, una pausa en Herne Hill antes de ponerse de nuevo en marcha y trazar la curva que lo llevará hacia Loughborough Junction. La vida de Rosemary está construida dentro de las paredes de esos nombres. Primero las colinas: Tulse Hill, Brixton Hill, Streatham Hill, Herne Hill*. Luego las antiguas villas: Dulwich, West Norwood, Tooting. Son nom-

---

* En inglés, *hill* significa «colina». *[N. de la T.]*

bres que en su boca saben tan familiares como un dentífrico. Reconoce los números de los autobuses por su forma y los nombres de las calles por su sonido: App-ach, Strad-ella, Dalkeith, Holling-bourne, Tal-ma.

Antes conocía también todos los escaparates, pero cada vez le cuesta más recordarlos. A veces piensa que alguien está haciéndole una jugarreta. Cada vez que algo desconocido sustituye a algo que conoce, tiene que borrar de su mapa mental ese lugar antiguo para sustituirlo por una nueva inmobiliaria o una nueva cafetería. Estar al día es complicado, pero lo intenta. Si no conociera estos lugares, se acabaría perdiendo en una ciudad nueva que ya no es la suya. A veces piensa que le gustaría que toda la información que ha acumulado a lo largo de su vida tuviera algún tipo de reconocimiento. Le gustaría que a cambio de vaciar su cabeza de todos los números, nombres y calles que tiene almacenados en su interior tuviera la posibilidad de aprender algo útil, como otro idioma o tejer. Lo de saber tejer sin duda le iría muy bien en invierno.

Rosemary nada a braza a un ritmo regular, sumerge y saca la cabeza y deja que sus oídos se llenen de agua. Por delante de ella, puede verse los dedos arrugados, aunque no sabe cuánto es consecuencia del agua y cuánto de la edad. Sus arrugas no dejan de sorprenderla. Las chicas jóvenes no tienen arrugas. Y ella es una chica que nada cada mañana bajo la atenta mirada del viejo reloj y del socorrista que juguetea con el silbato que tiene en la mano. Nada antes de ir a trabajar a la biblioteca. Tendrá que cambiarse rápidamente si quiere llegar puntual. Y luego, sabe, el cabello irá goteándole mientras camina arriba y abajo entre las estanterías de libros.

«¿Has cruzado ya a nado el Canal, Rosy?», le dirá George por la tarde, cuando llegue a casa.

«Sigo trabajando en ello».

Pero la biblioteca está cerrada y George ya no está aquí. Se detiene al llegar al lado menos profundo y se apoya un momento contra la pared antes de subir despacio la escalerilla. Se imagina la piscina como un gimnasio privado, solo para residentes, y, a pesar de que está acostumbrada al agua helada, siente un escalofrío. Cuando sale de la piscina, deja de ser joven y cobra dolorosa consciencia de la existencia de sus rodillas. De joven ni siquiera se daba cuenta de que tenía rodillas; como la tarjeta gratuita del autobús, son una parte de su vida que le fastidia. Por eso, por cuestión de principios, sigue pagando siempre su billete de autobús.

4

El recorrido a pie desde el trabajo hasta su casa lleva a Kate por los complejos residenciales que rodean la calle principal. De tanto en tanto, cuando pasa por delante de los pisos que flanquean las calles, levanta la vista, observa las ventanas y se imagina las historias que se desarrollan en el interior de los edificios.

Una familia cena en el salón de su casa y el resplandor del televisor ilumina con destellos sus caras y revela expresiones de sorpresa, tristeza y aburrimiento. Una chica ensaya con un violín de segunda mano y del quinto piso de un bloque alto emerge el sorprendente sonido de Bach.

En el balcón del piso de debajo de la violinista, una pareja fuma un porro que va pasándose. Van los dos completamente vestidos, aunque descalzos, y sus pies están tan cerca que casi se tocan, como el resto de su cuerpo. El olor dulzón es lo primero que nota la mujer de la puerta de al lado en cuanto llega a casa del trabajo. Abre la puerta del balcón, deja el abrigo en el sofá y se tumba encima. Une las manos sobre el estómago y respira hondo.

Una pareja de ancianos cena en la cocina de un piso de la planta baja. Están sentados el uno junto al otro y, a través de la ventana, ven un zorro que cruza en ese momento el jardín comunitario. En cuanto acaban de cenar, se dan la mano por debajo de la mesa. La familia que vive en una casa adosada está repartida por sus distintas habitaciones; cada uno de sus miembros vive en su pequeña parcela, aunque bajo una misma bandera. En la casa de al lado, hay dos niñas disfrazándose, una de princesa y la otra de Spiderman. La princesa y Spiderman se dan la mano y empiezan a saltar sobre la cama.

Detrás de algunas ventanas se viven historias tristes; detrás de otras hay risas y amor, algo que tal vez no sea ostentoso ni llamativo, pero que se asienta silenciosamente en las estancias, como una alfombra.

Mientras camina, Kate se imagina que en algún rincón de la ciudad debe de haber alguien como ella, alguien que se siente solo en el salón de su casa y come mantequilla de cacahuete directamente del bote. Se pregunta si alguno de estos desconocidos la entendería si le contase lo que no puede contar a su familia: que hay días en los que no le apetece ni levantarse y que ha olvidado qué es sentirse feliz.

No reconoce ante nadie que está sola, por supuesto. En teoría, con veintitantos años no puedes estar sola. Es una edad en la que haces amistades para toda la vida, tienes novios poco adecuados y disfrutas de vacaciones desmadradas en las que te pones hasta arriba de alcohol y te lo pasas en grande. Kate ve en Facebook que la gente celebra cumpleaños, sale y, aparentemente, se lo pasa genial. Parecen lanzar destellos desde la pantalla de su móvil. Es como si se hubieran repartido el pastel de la vida entre todos y a ella no le hubieran dejado ni las migajas. O, al menos, así lo percibe ella. No le cuenta a nadie que a veces se siente como un osito de peluche triste y apelmazado que ha quedado olvidado debajo de un asiento del metro. Que lo único que desea es que alguien lo recoja y lo lleve a casa.

Kate vive en un piso compartido con cuatro personas más, dos estudiantes y dos que se dedican a algo, aunque no sabe muy bien a qué. Llegan a horas distintas, se encierran en sus habitaciones y de vez en cuando se cruzan de camino al (único) cuarto de baño. Son gente a la que ha oído resoplar en el calor del encuentro sexual (paredes finas) y cuyo vello púbico ha tenido que retirar del tapón de la ducha, pero de la que no sabe dónde estaba antes de llegar al piso ni cuáles son sus películas favoritas. En realidad, no los conoce en absoluto.

Y tampoco ellos la conocen. Aunque, la verdad, ¿qué habría que saber de ella? Hermanos: sí, una hermana mayor, Erin. Padres: madre, padrastro y un padre que vive en Antigua con su novia y que solo la llama por teléfono en las fechas señaladas (cumpleaños, Navidades y graduaciones).

«Feliz cumpleaños, K».

«Gracias, papá. ¿Sigue haciendo sol por ahí?».

«Por supuesto. ¿Y por ahí sigue lloviendo?».

«Por supuesto».

«Te echo de menos».

«Vale. Adiós, papá».

«Adiós, Kate».

Kate y Erin se criaron en un barrio residencial de Bristol con su madre y su padrastro, Brian. Su madre trabajaba en una agencia de publicidad; vestía con un derroche de colores y le gustaba contar chistes. Brian siempre fue mucho más callado. Era un académico especializado en un periodo concreto de la historia medieval que Kate nunca lograba recordar. Llevaba jerséis gruesos de lana y gafas redondas, y le hacía mucha gracia cuando Erin le contaba que entre sus amigas del colegio gozaban de gran popularidad. Brian había empezado a vivir en su casa cuando Kate tenía siete años y era aún demasiado pequeña para cuestionar nada: por aquel entonces, su vida era algo que le pasaba, no algo en lo que creyese que podía influir. Erin, seis años mayor que ella, se había mostrado más recelosa, como el gato que marca las distancias cuando llega una visita y corre a esconderse bajo el sofá en cuanto hay un movimiento brusco. Pero, con el tiempo, los cuatro habían conseguido relajarse en la comodidad de una familia. Habían definido sus papeles y los representaban correctamente: la madre de Kate las llevaba a las galerías de arte que se inauguraban y les formulaba preguntas sobre qué pensaban de los cuadros y sobre cómo les hacían sentirse; Brian leía el periódico en voz alta, las ayudaba con los deberes y, de vez en cuando, le daba dinero a escondidas a Erin para que pudiera salir con las amigas. Kate y Erin también tenían su papel: Kate era la hermana pequeña tímida que siempre tenía la cabeza inclinada sobre un libro, mientras que Erin era más distante, mandaba sobre Kate y daba muestras de afecto solo ocasionalmente, como si fueran chucherías que das a un perro cuando se porta bien. El primer día de Kate en la escuela de secundaria, su hermana mayor le enseñó a ponerse el uniforme correctamente para que el largo de la falda o el número de rayas de la corbata no evidenciaran la presencia de una «empollona» o una «revoltosa».

Kate decidió quedarse en Bristol para cursar estudios universitarios en parte porque vivir en casa resultaba más barato, pero también porque no se sentía preparada para irse. Cuando se graduó, se fue a vivir a Londres para hacer un máster en periodismo y luego encontró trabajo en un periódico local del barrio de Brixton.

Cuando se mudó a Londres, Kate dio por sentado que conocería mucha gente. Pero lleva en la ciudad más de dos años y sigue sin pasar nada. Lo único que tiene son los compañeros de piso, que dejan que se acumule la ropa sucia en la cocina como si fuera el juego de la torre y piensan que el moho negro es el elemento decorativo perfecto para un cuarto de baño.

Sus amigos de Bristol siguen viviendo allí y nunca quisieron trasladarse a Londres. Decían que les gustaba vivir allí porque conocían a todo el mundo y que, si les apetecía salir de noche, Bristol era más que suficiente. Consideraban que Londres era caro y no le veían la gracia. En lo de que era caro tenían razón, y Kate no podía permitirse seguir yendo de visita a Bristol. Hacía cosa de un año que había dejado de hacerlo. Tenía la impresión de que nadie se había dado siquiera cuenta de ello y no había vuelto a hablar con sus amigos de Bristol desde entonces.

La soledad de Kate es a veces como una indigestión, otras es un leve dolor detrás de los ojos o como un peso que le crea la sensación de que piernas y brazos son demasiada carga para su cuerpo. Cuando tiene que ir en metro, le gusta leer *Time Out* e imaginarse las cosas que podría estar haciendo, como acudir a algún local de citas rápidas en Shoreditch, o ir a bailar a una discoteca silenciosa que hay en la última planta de un edificio de la City, o aprender a tricotar un cómico pantalón en una coctelería donde también celebran actos retro de todo tipo. Pero entonces recuerda que lo de las citas rápidas solo consiste en repetir cómo te llamas y en qué trabajas a treinta desconocidos, que si vas solo las discotecas silenciosas son de lo más aburrido y que los pantalones cómicos son menos cómicos cuando la única que te ríes de ellos eres tú.

De modo que, cuando sale del trabajo, va siempre directa a casa, a menos que la nevera esté completamente vacía y se vea obligada a realizar una breve parada en el supermercado para comprar su comida preparada favorita y el vino que tengan de oferta. Llega a casa, espera tres minutos a que la comida se caliente en el microondas y, a continuación, cierra a sus espaldas la puerta de la habitación.

El cuarto no es grande, pero sí lo bastante como para dar cabida a una cama de matrimonio y un pequeño escritorio. No tiene estanterías, razón por la cual apila los libros en precario equilibrio contra una de las paredes. En el escritorio tiene un ordenador portátil y una planta escuálida que le compró su madre cuando se vino a vivir a Londres. «Que seas feliz en tu nuevo hogar», reza la tarjeta en forma de abeja que sigue aún pegada en la maceta.

Una vez dentro, abre el vino y se sienta en la cama para ver documentales que llevan por título cosas como *El chico que quiere cortarse el brazo*. Y llora, porque extrañamente sabe lo que se siente cuando quieres salir de tu propio cuerpo o, si no lo consigues, cuando deseas cortarte una parte y alejarte flotando. O tal vez sea simplemente por el vino. Cada noche bebe una copa de más, puesto que le sirve para tener las ideas algo más confusas, lo cual es mejor que ser consciente del miedo que se asienta sobre sus hombros y de la nube que acecha sobre su cabeza.

Se queda despierta hasta tarde, con la mirada fija en el resplandor de la pantalla del portátil, esperando encontrar allí algún consuelo, sentir una conexión con gente cuya cara esté iluminada también por otras pantallas. Cuando se cansa de buscar, cierra el portátil y lo deja junto a la cama. A veces sigue llorando y la almohada se acaba mojando. Intenta no hacer ruido para que sus compañeros de piso no la oigan, pero hay ocasiones en las que acaba respirando con dificultad, como si estuviera ahogándose. Cuando llora fuerte, como sucede en estos casos, se pregunta si en parte desea que alguien la oiga: que llamen a su puerta, la envuelvan en un abrazo y le digan que todo irá bien. Pero nunca ha entrado nadie. Cuando se queda vacía de lágrimas, permanece acostada a oscuras y con los ojos abiertos, totalmente aturdida. Al final, cae dormida.

5

Los niños del club de natación no tienen ningún miedo. Rosemary los ve serpenteando como renacuajos arriba y abajo de las calles. Son lo suficientemente jóvenes como para no mostrarse en absoluto cohibidos mientras esperan en el borde de la piscina para lanzarse al agua. Se empujan entre ellos y se recolocan los coloridos gorros de natación en la cabeza.

Los observa desde la cafetería y detecta a los atletas natos: aquellos con un cuerpo excesivamente largo para lo que son y torsos que se estrechan para adoptar la forma de un cono de helado. Hay niños más pequeños con barriguitas que forman una pequeña montaña debajo del bañador, cuya valentía no deja de sorprenderla cuando ve cómo se lanzan al agua. En el momento en que el monitor hace sonar el silbato, los niños se tiran a la piscina uno tras otro como si fuesen botellas que se van tumbando, confiados en que el agua los recibirá con una sonrisa y que su cuerpo responderá y sabrá qué hacer en cuanto se sumerjan. A Rosemary le gustaría tener esa confianza en su cuerpo, pero no siempre puede fiarse de que haga lo que ella le ordena que haga.

—¿Es usted Rosemary?

Rosemary aparta la vista de la piscina y la dirige a la joven que acaba de aparecer a su lado. Lleva una libreta y un montón de papeles. Da la sensación de que la ropa, en diversas tonalidades de gris y negro, le ha caído encima y lleva el cabello recogido en una cola de caballo despeinada.

—Espero no importunarla —dice la chica—. Me han dicho en recepción que usted sería la persona adecuada para hablar sobre la piscina.

—Soy Rosemary, sí. ¿Qué quiere usted saber sobre la piscina?

—Soy Kate Matthews y trabajo para el periódico local. Estamos interesados en publicar un artículo sobre el posible cierre de la piscina. ¿Fue usted quien creó esto?

Le enseña el folleto de «Salvad nuestra piscina».

Rosemary se sonroja. Ver el folleto escrito a mano y fotocopiado le provoca cierta turbación; se nota que es cosa de aficionados.

—Sí, fui yo. Pero no sé si podré serle de alguna ayuda.

Kate retira una silla para sentarse y el plástico rasca contra la piedra, emitiendo un sonido desagradable. Sigue la mirada de Rosemary en dirección a la piscina.

—Son una monada —comenta Kate—. Y buenos.

Se giran las dos para observar a los niños, que siguen las órdenes del monitor, quien les grita «empujad» y «patead con más fuerza». A pesar de ser tan pequeños, son rápidos como peces.

—Quería ayudar.

Rosemary observa un instante más la piscina, el agua blanca y llena de espuma como consecuencia de pies y brazos que no paran de moverse, ansiosos por complacer. La clase está terminando un conjunto de largos y los niños más rápidos empiezan a salir ya de la piscina y a dar brincos en el borde. Los últimos nadadores siguen hasta el final, pateando con más fuerza incluso que sus compañeros más veloces.

—No podía quedarme sin hacer nada. Me enteré de que Paradise Living ofrece un dineral y que el ayuntamiento no puede permitirse decir que no.

Rosemary hace una pausa y mira el agua. El sol captura la superficie e ilumina a los niños que nadan con entusiasmo de un lado a otro.

—Paradise Living —añade Rosemary, riendo—. Es evidente que no tienen ni idea de lo que es el paraíso.

—Los conozco —comenta Kate—. En el periódico ya hemos escrito alguna vez sobre ellos, sobre esos bloques tan elegantes que han construido. —Hace una pausa—. Me gustaría entrevistarla, Rosemary.

—¿Y para qué quiere entrevistarme? —pregunta la anciana.

—Para el periódico. Creo que estaría muy bien hacer una pequeña reseña sobre usted para acompañar la noticia. Tener también una historia humana. Saber lo que significa la piscina para alguien que lleva años viniendo aquí sería un complemento maravilloso para el artículo. El director me ha comentado que es usted la nadadora más fiel de la piscina.

Rosemary sonríe al pensar en Geoff, el director de la piscina al que tan bien conoce. Mira a continuación a Kate, preguntándose si puede confiar en ella. Por cuestión de principios, y aun no habiendo hablado nunca con ninguno, los periodistas le causan recelo. Aunque esta joven no tiene nada que ver con cómo se había imaginado que serían los periodistas. Parece una niña.

—¿Cuánto tiempo lleva viniendo a la piscina? —pregunta Kate.

—Oh, toda la vida.

Rosemary no recuerda una época en la que la piscina no estuviera presente en su vida: forma parte de su rutina diaria como la taza de té que bebe en el balcón.

—¿Nadas? —le pregunta a Kate.

—Oh, no, la verdad es que no, yo…

Kate deja la frase sin terminar y se hunde un poco más en la silla. En el otro extremo de la piscina, un hombre se lanza al agua con un salto de cabeza perfecto. Rosemary ve que Kate observa con ansiedad al hombre. Su cola de caballo desaliñada necesita un buen lavado y se le ven pronunciadas ojeras oscuras. Se sienta sin erguir la espalda, con los hombros ligeramente echados hacia delante, como si intentaran proteger el resto de su cuerpo de algo. El recelo inicial de Rosemary se rompe como la superficie del agua al entrar en contacto con el saltador.

—Te concederé la entrevista si vienes un día a nadar —dice Rosemary.

Kate se queda sorprendida y sus ojos castaños muestran incertidumbre. Se queda un instante en silencio, pero acaba asintiendo con la cabeza.

—De acuerdo —contesta muy despacio—. ¿Cuándo le iría bien quedar para la entrevista?

—No —responde Rosemary—. Primero hay que nadar y luego ya quedaremos en una fecha. Ten, esta es mi dirección de correo electrónico. Escríbeme en cuanto te vaya bien lo de nadar. Y no te preocupes. Es como montar en bicicleta. No se olvida nunca.

De vuelta a su casa después de despedirse de Kate, Rosemary se pregunta por qué habrá forzado a la pobre chica a acceder a su petición. Pero algo tenía Kate que la ha llevado a pensar que nadar un ratito le sentaría muy bien.

6

En el vestuario de la piscina se está cambiando una mujer embarazada. Su cuerpo no deja de sorprenderle. Es una pelota de playa, un globo tenso, un planeta, un mundo. Se cubre el vientre abultado con el tankini. Pero ya no es un vientre simplemente abultado: es una montaña. Lo nota pataleando en el núcleo de su tierra.

—Tranquilo, mi amor —dice en voz baja—. Vamos a nadar, cariño.

A nadie en el vestuario parece importarle que hable sola. Ha descubierto que cuando estás embarazada la locura resulta aceptable, igual que los cambios de humor, las interrupciones para ir al baño y comer dos (bueno, tres) hamburguesas a la semana.

La parte inferior del bikini se asienta con dificultad en sus caderas y por debajo del tankini le asoma una luna de carne. La semana pasada aún le entraba. Deja la toalla en equilibrio sobre su montaña mientras guarda la ropa en la bolsa y cierra la taquilla. Coge de nuevo la toalla y se la cuelga al hombro.

Una adolescente le abre la puerta. Echará de menos la amabilidad que irradia el embarazo. Sonríe, sale a la zona de solárium que rodea la piscina y el sol le devuelve la sonrisa. Sus pies descansan suavemente sobre el suelo mojado de hormigón. Tiene los tobillos hinchados y lleva las uñas de los pies sin pintar: con la barriga están fuera de su alcance. Nota que la gente la mira mientras recorre el largo de la piscina y ella mira cómo la miran.

Nunca había mantenido tantas conversaciones con desconocidos como desde que está embarazada. El embarazo es como el tiempo: todo el mundo quiere hablar sobre él. Le han recomendado tumbarse del lado izquierdo para rebajar la hinchazón de los tobillos, le han enseñado incontables fotografías de nietos y un montón de gente le ha sugerido numerosos planes de parto. En realidad, le gusta ser objeto de atención. Que sea algo solo de ella y no de su marido. Jamás lo reconocería ante nadie, pero le aterra la idea de que el bebé quiera más a su padre que a ella. Bajar por la escalerilla es complicado, pero, en cuanto entra en el agua, el peso que ha ido en aumento a lo largo de ocho meses desaparece: el agua los absorbe a ambos, es un frío agradable. Un frío que alivia un cuerpo que con el peso de su hijo sufre cada vez más calor.

Nada y piensa en cosas rutinarias, como: «Tengo que acordarme de comprarle comida al gato», y «¿He recogido el cubo del reciclaje?», y «No tengo que olvidarme de llamar a mi suegra para darle las gracias por la comida». Las brazadas son lentas pero fuertes y los dos avanzan en el agua como un barco que costea a buen ritmo. El cielo está salpicado por nubes del color de la piel del elefante y una leve brisa se pelea con los árboles. Mientras nada bajo la sombra de sus ramas, piensa en la pequeña esquina del jardín y en si cabría allí un columpio. Aunque a lo mejor antes tendrá que aprender a andar. ¿Qué viene primero? Tal vez podrían comprar un columpio para bebés.

Da patadas en el agua y nota que el bebé también da patadas.

Ve a una mujer sentada en el borde poniéndole el gorro de baño a su hijo. La mujer sonríe a la embarazada. «Así es como debe de sentirse la gente excepcionalmente guapa», piensa mientras sigue nadando.

Su marido se encargará de preparar la cena; de hecho, últimamente prepara la cena casi todas las noches. Se pregunta qué cenará hoy y confía en que no sean fritos; aunque no le disgustan especialmente, su cuerpo se retuerce de repente al pensar en que puede que prepare fideos.

Cuando le dijo que estaba embarazada, ambos rompieron a llorar de felicidad. Su marido se pasó la noche besándole la barriga. Presionó con ternura los labios contra su ombligo y después la besó entre los muslos.

Unas semanas después, lloraron de miedo. No recuerda ni siquiera qué fue lo que desencadenó aquello, pero de repente empezó a sentirse como el niño al que le revelan un secreto tan grande que no puede con él. Al principio estaba excitada, después superada por las circunstancias. Su marido debía de sentirse igual, puesto que ambos lloraron y temblaron y de pronto desearon poder volver a estar solos los dos. Disponían única y exclusivamente de dos remos y solo de la fuerza y la experiencia suficientes para seguir remando ellos dos en línea recta. Sabían que una tercera persona los desviaría de su rumbo.

Fue él quien finalmente consiguió calmarla. Compró libros y se sentaron a leerlos juntos. Ella había estado evitándolos hasta entonces, preocupada por la posibilidad de que las referencias a sacaleches y a lo blando que es el cráneo de los bebés acabaran abrumándola. Pero se sentaron juntos a leerlos, los estudiaron como adolescentes ante un examen, y les fue muy bien.

Descansa un momento al llegar a la parte menos honda de la piscina, con la espalda apoyada en la pared y las manos reposando sobre el tejido mojado que se tensa sobre su vientre. Recuerda lo poco que le gustaba ver a las embarazadas acariciarse la barriga en público de aquella manera, que le parecía demasiado íntimo. Pero ahora no puede evitarlo.

Se muere de ganas de que nazca el bebé. El cuerpo le duele por la carga física y el corazón le duele de deseo. Pero mientras nada piensa que le gustaría estar así eternamente, solos los dos, tan cerca de él como jamás podrá estarlo de otra persona. El agua los abraza y ellos se abrazan.

7

Kate no esperaba que comprarse un bañador fuera a suponerle un desafío tan grande. Bajo el resplandor del fluorescente del probador, examina su cuerpo en el espejo. Siempre ha sido menuda, pero a lo largo del último año ha engordado un poco por culpa de las comidas preparadas y la mantequilla de cacahuete. Cuando se mira al espejo, ve a alguien que apenas reconoce. Caderas: demasiado anchas. Muslos: demasiado redondos y marcados con celulitis. Pechos: siguen siendo demasiado pequeños.

Kate no es una Persona Desnuda. Se mete rápidamente en la ducha y se viste de nuevo en el cuarto de baño. Incluso se pone el pijama deprisa. De pequeña, su casa no era de aquellas donde los padres deambulan desnudos por el pasillo para ir del dormitorio al baño. No era de una familia donde se tomara el sol en toples ni tuvieran comportamientos desinhibidos. El puritanismo corre por sus venas.

Ha dejado la ropa apilada en un rincón del probador. El pantalón vaquero conserva la forma de sus piernas aunque aparece desplomado, como si su sombra se hubiese quedado arrugada en el suelo. Desea desesperadamente ponérselos, pero le queda aún un bañador por probarse, el cuarto. Tiene que tomar una decisión.

Cuando Rosemary dijo que se dejaría entrevistar si Kate nadaba con ella, estuvo a punto de negarse. Pero era su primer artículo de verdad y una oportunidad de demostrarle su valía a Phil y empezar a escribir cosas de las que su madre pudiera sentirse realmente orgullosa.

Y las palabras de Rosemary le habían hecho mella: «Es como montar en bicicleta. No se olvida nunca». Porque había habido una época en la que a Kate le gustaba nadar. Cuando era pequeña, antes de que se contagiara con aquella infección de vergüenza, solía ir con Erin a la piscina municipal, que tenía un fondo con focas y delfines pintados y una fuente que mojaba a los alborozados niños. Erin se zambullía bajo el agua, pasaba entre las piernas de Kate y la levantaba en hombros. Recuerda la felicidad despreocupada que sentía en el agua con su hermana. Tal vez, si intenta al menos volver a meterse en el agua, consiga retroceder nadando hacia aquellas sensaciones.

Kate se enfrenta a la imagen reflejada en el espejo de su barriga. Es blanda y una línea de pelillos oscuros corre desde el ombligo hasta la cinturilla de las bragas. Pelos. Esa fue una de las partes más aterradoras de hacerse mayor. ¿Por qué tenía que salir tanto pelo en partes del cuerpo tan improbables? Desde los catorce años había intentado rasurarse, hacerse la cera y utilizar cremas depilatorias que huelen a Play-Doh. Pero no existe nada capaz de cortar, arrancar o eliminar esa incomodidad adolescente inicial que provoca el descubrimiento de tantos pelos.

Coge el bañador que ha dejado a la altura de los tobillos, se contonea para subirlo hasta las caderas y tira de él hasta que le cubre el pecho. El olor a licra se adhiere a su garganta y tiene la sensación de estar ahogándose antes incluso de haber llegado a la piscina. En la tienda hace calor, tanto que empieza a sentir un picor en los brazos que le resulta muy familiar y nota que la cabeza le da vueltas.

Es el Pánico. «Ahora no —piensa—, aquí no». Pero el Pánico ya está en el probador con ella y hace que el espacio se vuelva insoportablemente pequeño. La rodea por todas partes, llena el minúsculo cubículo, la presiona desde el exterior y emerge a presión desde el interior. La obliga a descender hacia el suelo hasta que se queda arrodillada en bañador; el ritmo de la respiración la supera, traga con dificultad y jadea. No hay aire suficiente. Necesita agua, pero busca a tientas en el bolso y se da cuenta de que se ha dejado la botella en casa. Los pulmones le pesan e intenta desesperadamente mantenerse a flote. El Pánico posa dos manos en sus sienes y aprieta con fuerza.

«No llores, no llores», piensa, cuando las lágrimas le invaden las mejillas.

Uno. «Hace demasiado calor». Dos. «Para, por favor». Tres. «No puedo». Cuatro. «Respira hondo». Cinco. Seis. Siete. Ocho. Nueve. Transcurridos unos minutos, ha conseguido recuperar el control de la respiración. Se sienta en el suelo del probador. El espejo tiene una raja que lo recorre por el medio. «Como yo», piensa. Permanece agachada en el suelo, agotada.

Kate sufrió su primer ataque de pánico en la sección de productos de belleza de unos grandes almacenes. Fue justo después de llegar a Londres para empezar su máster de periodismo. Durante la adolescencia, la ansiedad siempre había estado acechándola, a la espera. Las multitudes nunca le habían gustado; cuando de pequeña la invitaban a fiestas en parques temáticos o cines, le decía a su madre que le dolía el estómago y no podía ir, cuando lo que sucedía en realidad era que estaba paralizada por el miedo de verse entre tanta gente. Prefería pasar el rato tranquilamente sentada con un libro. Su madre la encontraba a veces dormida en el fondo del vestidor con un libro abierto en el regazo. Se metía allí para leer, se sentía segura y protegida en aquel pequeño espacio, resguardada por la ropa de su madre y el aroma de su perfume.

Kate se sentía más cómoda con sus libros que con la vida real. Le gustaba releer sus historias favoritas, saber lo que iba a pasar le ayudaba a sentirse tranquila, como si estuviera ella dirigiendo el relato. Y si no le gustaba la dirección que estaba tomando un nuevo libro, siempre tenía la posibilidad de cerrar sus páginas, respirar hondo y reanudar la lectura cuando estuviera preparada para ello o pasar a otro libro. Pero la vida real no era así.

Cuando se mudó a Londres, perdió el control de la situación, fue como si su vida fuera un coche alejándose que la arrastrara detrás, dando botes y rasguñándose la piel en el asfalto. Todo era nuevo, grande y extraño, y ella se sentía pequeña y sola.

El primer día de su máster, el profesor recorrió el aula pidiendo a sus alumnos que explicaran alguna cosa sobre su vida. Kate les habló de Bristol, de su familia y de que ahora estaba viviendo en Brixton.

«Y, como una auténtica mujer de Bristol, me encanta la sidra».

Los demás estudiantes fueron turnándose para hablar.

«Me llamo Josh y fui redactor jefe del periódico de mi universidad. Mi serie de artículos de investigación sobre el racismo en el campus fue nominada para un premio a nivel nacional».

«Soy Henrietta. Tanto el *Independent* como el *Guardian* publican con regularidad mis artículos de opinión».

«Me llamo Lucas y conseguí una matrícula de honor en Literatura inglesa en la Universidad de Cambridge, donde fui además delegado del sindicato de estudiantes y obtuve las notas más altas de mi promoción».

Y la cosa siguió. Kate se sentía más pequeña con cada nueva presentación que escuchaba. Su cuerpo se llenó de dudas: ¿qué hacía ella allí? De verdad que los admiraba, pero ella no poseía el lenguaje necesario para hablar de sí misma de aquella manera y eso le hizo estremecerse.

Terminada la clase, se fue a Oxford Street, el primer lugar que se le ocurrió para ir a comprarle un regalo a su madre por su cumpleaños. Era hora punta y nunca en su vida había visto tantos cuerpos apretujados en el metro. La muchedumbre la arrastró como madera de deriva en el mar, la empujó por el andén hasta el borde y luego la propulsó hasta cruzar las puertas y pegarla contra el cuerpo de un desconocido.

La cosa no mejoró cuando salió a la calle. La gente trajeada que volvía a casa hacía eslalon entre la multitud de turistas que iba de compras. Kate consiguió llegar al paso de peatones y luego bajó lentamente la calle. Cada pocos pasos, se veía obligada a detenerse detrás de un cochecito de bebé o de un grupo de compradores. Con los choques involuntarios contra la gente y los golpes de las bolsas de las compras, el latido cardiaco se le aceleró. Era finales de septiembre, pero hacía un calor excepcional. Empezó a sudar debajo de una chaqueta que no podía quitarse porque la multitud la presionaba por todos lados.

No recuerda haber decidido entrar en los grandes almacenes. Pero de pronto se encontró en medio de la sección de colonias, rodeada por un montón de vendedoras ansiosas, con sonrisas agresivas dibujadas perfectamente en la cara, que la rociaban con el contenido de sus frascos.

«¿En qué puedo ayudarla?», le dijo una mujer con un uniforme blanco que le recordó a Kate el de una auxiliar de odontología. Kate caminaba bamboleándose y con la boca llena de sabor de perfume. Los olores eran mareantes y dulzones, como el que desprenderían unas gominolas pegajosas que hubieran quedado olvidadas en el bolsillo de un abrigo.

La gente zumbaba como un enjambre de insectos. Empezó a girar sobre sí misma y a verse reflejada mil veces en miles de espejos: en el lateral de la escalera mecánica, en los pilares, en los puestos de maquillaje, en los espejitos que las vendedoras sostenían delante de las clientas que se probaban un nuevo tono de lápiz de labios. Incluso el suelo era reflectante y mostraba su cara aterrada sobre su reluciente superficie negra.

Todo ardía y pesaba sobre ella. Notaba un fuerte dolor detrás de los ojos, como si acabaran de abrir de repente las cortinas y la luz del sol fuera tan intensa que se estuviera filtrando irremediablemente en el interior de su cabeza. Y entonces se dio cuenta de que no podía moverse. De que, aterrada, se había agazapado junto al estand de Estée Lauder. Estaba llorando y el maquillaje le resbalaba por la cara y estaba manchando con círculos negros su blusa blanca.

Kate jamás se imaginó que sería capaz de sentarse en el suelo de unos grandes almacenes para echarse a llorar sin un motivo explicable. De haber podido escapar de su cuerpo y verse de lejos, se habría preguntado quién era aquella loca y qué demonios le pasaba.

En el probador de la tienda de deportes, Kate se viste y se seca la cara. Se arregla un poco el pelo, abre la puerta y se acerca al mostrador.

—Ya he decidido, gracias —dice—. Me llevaré este.

Viendo a Kate, nadie imaginaría que es una chica que recibe visitas habituales del Pánico. Solo ella lo sabe.

8

La piscina se vacía de gente cuando llueve. Rosemary lo ve desde el balcón, protegida del chaparrón primaveral por el balcón del piso de arriba. En el agua solo hay dos nadadores. Y no entiende por qué; nadar bajo la lluvia es uno de sus placeres favoritos. Es una emoción secreta, como la cucharada adicional de azúcar moreno que añade a sus gachas matutinas o la sensación de introducir los pies en calcetines previamente calentados sobre el radiador.

Cuando llueve, la línea que separa el cielo del agua se vuelve difusa. «Arriba» y «abajo» se difuminan y pasan del blanco y el negro a un gris turbio donde todo es agua. Los escasos bañistas se miran con suficiencia, como padres orgullosos que saben que su bebé es más guapo que todos los demás. Saben que tienen algo especial que no tiene el resto, y que solo ellos son capaces de ver lo especial que llega a ser.

Unas semanas atrás, cuando se enteró de que pensaban cerrar la piscina, también llovía. Había ido a nadar, como siempre, y Geoff la había parado para contárselo. Era un hombre de mediana edad, con unas facciones que a Rosemary le parecían bondadosas. Insistía en trabajar con camisa y corbata, pero la única concesión que hacía al entorno eran las zapatillas deportivas. Eran rojas y sonreían al asomar por debajo del borde de sus elegantes pantalones grises.

—Señora Peterson, antes de que se vaya, hay algo que necesito contarle —dijo cuando la vio pasar por recepción.

Y entonces fue cuando le contó que la piscina llevaba mucho tiempo luchando por llegar a fin de mes y que, hacía justo una semana, una compañía inmobiliaria —Paradise Living— había hecho una oferta al ayuntamiento. Le explicó que querían convertir la piscina en un complejo deportivo solo para residentes porque les ayudaría a vender los pisos que estaban construyendo por todo Brixton.

—Y no sé si debería contárselo —prosiguió—, pero he oído decir que incluso están hablando de cimentar todo el espacio que ocupa la piscina para construir encima una pista de tenis. Por lo visto, piensan que el tenis es más popular entre sus clientes.

Añadió que no era seguro, pero que parecía probable.

—Lo siento mucho —contestó Rosemary—. Por sus encantadores hijos.

Geoff tenía fotos de sus hijos, un niño y una niña de ocho y diez años, colgadas en un panel informativo que había detrás del mostrador de recepción. Nadaban allí los fines de semana y a menudo saltaban de la piscina para correr a abrazarlo y le dejaban los pantalones empapados. Pero a él no parecía importarle.

—¿Sabe si el ayuntamiento le encontrará otro trabajo?

—Eso espero —respondió Geoff, aunque no lo dijo muy confiado.

Aquel día, mientras nadaba, Rosemary intentó reprimir las imágenes que se le venían a la cabeza de su piscina llena de cemento y cerrada para siempre al público. No se permitió llorar hasta que llegó a casa.

Unos días más tarde, había hecho los folletos en una biblioteca de las cercanías. Había colocado varias fotografías de su álbum en la fotocopiadora, debajo de un papel donde previamente había escrito a mano el mensaje. Había tenido que esperar mucho tiempo a que salieran las cien fotocopias. Mientras esperaba sentada, se había entretenido leyendo los impresos publicitarios que había colgados: anuncios de actividades en el cine del barrio y de clases de yoga, así como uno tremendamente informativo sobre salud sexual. Cuando, una vez terminadas, había recogido las fotocopias, estaban tan calientes como el algodón recién planchado. Y, curiosamente, olían muy similar.

Decidió que dejaría un par en la biblioteca. Y aquel fue el punto de partida de su reparto de folletos, que fue diseminando como migajas trazando una ruta alrededor de la piscina. Los pasó por debajo de la puerta de las casas de su calle y dejó un montoncito en la cafetería de la piscina y en los vestuarios. Los hombres se quedaron un poco sorprendidos al verla pegando folletos en sus espejos.

«Tengo ochenta y seis años, ¿os pensáis que no he visto nunca todo esto?», fue todo lo que dijo, acompañando sus palabras con un vago gesto con la mano.

En su piso, Rosemary se levanta de la silla del balcón y entra en casa, aunque deja la puerta abierta para poder oír el sonido de la lluvia. Se dirige a la cocina, coge una libreta negra que tiene encima del microondas y hojea sus páginas, escritas a mano, hasta dar con la receta que está buscando. Descansa la mano en la página durante unos instantes y luego recorre el trazo curvilíneo de la escritura con la punta de los dedos. A continuación, saca de la nevera las bolsas de papel que ha traído del mercado y empieza a preparar el famoso pastel de verduras de George. Mientras cocina, extrae un recuerdo del fondo de su cabeza y lo reproduce mentalmente como si fuera un disco entrañable. El olor a comida inunda el piso y Rosemary recuerda el día que conoció a George.

La ciudad estaba de celebración, sumándose al resto de Europa en una fiesta que se extendía más allá de calles y fronteras. En su calle, las madres habían montado una mesa larga que llegaba hasta el cruce del otro extremo. Habían colgado banderitas en los árboles y en las ventanas ondeaban banderas británicas. Las familias, de pie a ambos lados de la mesa, lanzaban manteles que los vecinos situados en el punto opuesto recogían al vuelo y extendían sobre la superficie. Las madres lucían con orgullo sus vestidos estampados de manga corta, confeccionados con retales de cortinas, y alegres chaquetitas hechas con la lana sobrante de los jerséis viejos de sus hijos. Todo era reciclado, y habían salido adelante.

Cuando se abrieron las puertas, la comida salió de las casas como las maletas que salen de un hotel. La vajilla era dispareja: platos azules y blancos del número doce, con un delicado motivo de rosas del número catorce y copas y vasos procedentes de los aparadores de todas las casas de la calle. Había también jarrones con toscos ramilletes de flores del parque.

Era un día para ser derrochador con las raciones: albóndigas de carne de cerdo con salsa de cebolla y puré, pastel de verduras gratinado y sándwiches llenos a rebosar. Sin que nadie lo mencionara, hubo una competición por el mejor pastel de frutas sin huevo. Naturalmente, todos tenían los mismos ingredientes y, en consecuencia, todos sabían igual. Pero tal vez el de la señora Mason era ligeramente más esponjoso, o quizá menos seco. ¿O era, a lo mejor, más dulce el de la señora Booth?

Rosemary tiene una fotografía de aquel día en la que todos los niños aparecen limpios, aseados y vestidos con la ropa bien metida en la cintura y correctamente abotonada. En la foto, ella está acuclillada rodeando con los brazos a los niños de sus vecinos. Acababa de cumplir dieciséis años y se pasaba el día ayudando a las madres con los más pequeños. Los niños llevan los calcetines subidos hasta arriba y se ven rodillas nudosas asomando por debajo de los pantalones cortos. Las niñas adornan sus rizos con lazos. Los más pequeños dan sus primeros pasos con sus peleles con manguitas abullonadas. Detrás de ella, en la mesa, se ven sonrisas y refinadas tazas de té y el precioso gato pelirrojo del número veintiuno dándose un festín con un trozo de carne de ternera en conserva que ha caído en la acera.

Pero ella lo recuerda distinto. Recuerda la hoguera.

Al final, se retiraron las mesas y en el suelo solo quedaron algunos curruscos de pan para los zorros. Los más pequeños se fueron a la cama, sin entender muy bien la importancia del día que acababan de vivir y sintiéndose cansados por el ruido y el ondear de las banderas. De mayores, echarían la vista atrás y fingirían recordarlo todo.

Para los niños más mayores fue una oportunidad de huida, de disfrutar de una libertad breve y urgente hasta que el toque de queda de las diez y media los obligara a meterse en la cama. Se fueron al parque. No supo quién fue el primero en encaminarse hacia allí, pero al cabo de un rato bastaba con seguir el humo y las chispas que caían del cielo para saber hacia dónde ir. Recuerda el calor del fuego golpeándole el estómago y enrojeciéndole las mejillas. Era como un corazón que bombea sangre; estaba vivo y le hacía sentirse viva. La gente se había congregado en un círculo irregular e iba lanzando ramitas al fuego. Varias chicas se habían envuelto los hombros con las banderas y bailaban la conga.

El olor a humo le llenó la garganta. Se sentía animada, como si aquel humo pudiera elevarle las rodillas o levantarla y transportarla muy lejos. En la oscuridad, detrás de la hoguera, se vislumbraban los perfiles del recinto de la piscina. Se preguntó si el agua de la piscina sabría a humo.

Sus amigas la cogieron de las manos y empezaron a danzar dando vueltas sobre la hierba. Tenían los labios manchados del zumo de remolacha que habían robado de la despensa y las mejillas sonrosadas por el calor. Mientras bailaba, veía la escena a fogonazos: una bandera ondeando por encima de las llamas, una pareja besándose, el susurro de las faldas de algodón a cuadros. El fuego cantaba en su interior.

Giraba y giraba cuando vislumbró a un chico que permanecía inmóvil, y en cuanto lo vio no pudo dejar de mirarlo; era como el punto en el que se centra una bailarina cuando realiza sus piruetas. Cuando sus amigas la soltaron, se tambaleó, mareada, y se sentó en el suelo. Él la observaba con la confianza de un chico de dieciséis años que sabe que ya no tendrá que ir a la guerra.

La saludó con la mano. Y ella no se giró para ver si el saludo era para la chica más guapa, que tenía justo detrás, porque de alguna manera sabía que iba dirigido a ella. Él rodeó la hoguera para aproximarse y ella esperó a que llegara a su lado. Era una sombra desaliñada con el pelo despeinado, piernas largas, nariz recta y una boca rosada y blanca que sonreía en la oscuridad. Llevaba las manos hundidas en los bolsillos de unos pantalones anchos de color marrón.

—Me llamo George —dijo, y así empezó todo.

Hablaron toda la noche. Rosemary se enteró de que vivía tres calles más abajo que ella, pero que acababa de volver de Devon, donde había sido evacuado al empezar la guerra.

Le habló sobre sus padres, que gestionaban la frutería de la calle de la estación, y le contó que su padre había conseguido escapar del frente porque estaba en la unidad de vigilancia antiaérea y había pasado el control de la tienda a su madre. Le relató que había recibido una carta de su madre en la que le decía que la casa de la acera de enfrente había sido alcanzada por una bomba y que los vecinos habían muerto. Él conocía a los chicos que vivían allí y le comentó que estaban aún en Dorset, con un pariente, y se preguntaba si regresarían, si volvería a verlos algún día.

No tenía ni hermanos ni hermanas y ambos confesaron que nunca habían conocido a otro hijo único. En la casa de Devon donde fue a parar, había cinco niños más. Entraras en la habitación que entraras, le dijo, siempre había al menos una persona, y el único lugar donde podía estar solo era en el refugio antiaéreo. A menos que alguno de los niños más pequeños estuviera utilizándolo como escondite en alguno de sus juegos, lo cual era frecuente.

Le explicó que había estado ayudando en los jardines de Devon y le contó todas las cosas que cultivaban. Le habló de la noche en que todas las familias del pueblo salieron de sus casas para ver el cielo totalmente teñido de rojo durante el incendio de Exeter.

Rosemary le contó a George que nunca había salido de Brixton. Que su madre no había querido que se fuera. «Soy tu madre, ¿cómo te las apañarías sin tu madre?», le había dicho, aunque Rosemary siempre se había preguntado si tal vez lo único que quería su madre era no quedarse sola.

Su madre trabajaba en la lavandería, pero durante la guerra se había dedicado básicamente a cuidar de los pocos niños que no se habían marchado. Cuando el edificio de la escuela fue reconvertido en cuartel temporal de bomberos, Rosemary la ayudó a preparar un aula en la cocina de su casa. En el tendedero que tenían montado encima de los fogones, colgaban con pinzas mapas en vez de la colada. A Rosemary le encantaba el sonido de la tiza crujiendo bajo sus uñas y el olor de los libros, que eran de su padre.

Le contó cómo había sido la vida en la ciudad. Le describió los ataques aéreos y cómo se apiñaba con su madre y los vecinos en el refugio de los Anderson, en el jardín trasero que compartían. Le explicó cómo era el silbido de las bombas y el terrible sonido de las explosiones que lo seguían y que poco a poco iban acercándose, la sensación de alivio al oír que volvían a alejarse. Los ataques hicieron blanco por todo Brixton, destruyendo casas y demoliendo el teatro. Las bombas y los muertos se convirtieron en algo horrorosamente normal.

Pero también le comentó la sensación de libertad que la embargó cuando el Blitz terminó; la impresión de caminar sola entre edificios con la fachada destrozada y con restos de mobiliario en su interior, el no tener que ir a la escuela porque no había niños suficientes o maestros para mantenerla abierta, sus escapadas a la piscina siempre que podía para sumergirse en el agua y olvidarse por un rato de que la guerra seguía aún en marcha. A veces, le explicó, si se quedaba boca arriba en el agua y contemplaba el cielo vacío, se imaginaba que el barrio volvía a ser exactamente igual que antes de que empezaran los combates.

George le habló de Devon; ella no había visto nunca el mar y escuchó con admiración las historias sobre tormentas y sobre la sensación de tener permanentemente arena bajo las uñas y sal en los oídos.

—Y si paseas y te pasas la lengua por los labios, saben a pescado con patatas fritas.

Rosemary saboreó el mar a pesar de que el humo de la hoguera llenaba el ambiente.

—¿Por qué no bailas, Rosemary? —le gritó su amiga Betty, corriendo hacia ella con las trenzas despeinadas y descalza después de haber dejado sus zapatos de horma cómoda en la hierba, en una pila de calzado prácticamente idéntico. Se detuvo delante de Rosemary y George y le lanzó a ella una mirada—. ¿Y este quién es? —preguntó, con las manos en la cintura de un vestido con cuello cerrado y largo hasta la rodilla, una pose que le hizo pensar a Rosemary en su madre.

—Es George.

—¿Y por qué no te ha sacado a bailar George?

Si hubiesen bailado, no habrían podido prestar atención a lo que se explicaban. Betty suspiró y echó otra vez a correr hacia la hoguera.

En cuanto se volvieron a quedar a solas, George se giró hacia Rosemary y dijo:

—Desde que he regresado, no he estado aún en la piscina. ¿Por qué no vamos juntos el sábado que viene?

Rosemary tardó unos instantes en darse cuenta de que le estaban proponiendo una cita, y ella nunca había tenido una cita. Notó los nervios enredándose en sus entrañas, un veneno dulzón. Tenía dieciséis años y la guerra acababa de terminar. De ninguna manera iba a decirle que no.

9

Todo el mundo es igual cuando está prácticamente desnudo. Dentistas, abogados, madres amas de casa y un agente de policía fuera de servicio pasan por recepción, pero en el agua no son más que cuerpos cubiertos con distintas cantidades de licra. Los hombres están llenos de sorpresas: ¿quién utiliza bañador tipo bóxer y quién lo utiliza tipo slip? Cabría suponer que se puede adivinar según la ropa que visten en seco, pero no es así.

A veces, quien menos te lo esperas resulta ser el nadador más veloz. Como el hombre gordo con la espalda llena de pelo y el bañador excesivamente ajustado, que es una bala en el agua. Y también se da el caso contrario: hay un hombre que saluda seguro de sí mismo a todos los presentes y que hace estiramientos de profesional en el borde, pero luego resulta que nada como una mariposa con un ala aplastada.

El agua fría despierta a una joven médica que acaba de terminar su guardia de noche. Su cuerpo está agotado, pero lo necesita. El sol matutino resplandece en su cara. Después, irá a su casa y cerrará las cortinas para olvidarse de él. Nada un crol rápido y, al llegar a un extremo de la piscina, gira por debajo del agua para iniciar otro largo. Cuando nada, se deja ir. Todo es agua.

A su lado, un conductor de autobús va por su nonagésimo largo; sus brazos musculosos levantan agua y expulsan a su paso gotas que parecen estrellas. Escucha a Mozart en un reproductor MP3 subacuático.

Jermaine, el de la librería, también está por aquí. Su pareja, Frank, se encarga hoy de la tienda y por eso tiene la mañana libre. Anoche estuvieron discutiendo sobre temas económicos y el cuerpo le duele del cansancio. Estuvieron despiertos hasta tarde, pero él se ha levantado igualmente temprano. En pijama y descalzo, ha bajado del piso que tienen encima de la tienda a tomarse un café entre los libros y la vida que se han creado.

Fue Frank quien convenció a Jermaine de que dejara el puesto que tenía en la gestoría de su familia para poner en marcha el proyecto de la tienda. Frank llevaba toda la vida trabajando en librerías, primero solo los sábados, en una librería especializada en libros antiguos de York, donde se crio, y luego los fines de semana, cuando se trasladó a Londres para estudiar Filosofía. Sus compañeros de clase lo consideraban un juerguista, y la verdad era que disfrutaba con la libertad que le daba Londres, sobre todo en los clubs gais a los que le llevaban sus amigos y donde tenía la sensación de que podía ser realmente él por primera vez en su vida. Pero los fines de semana eran sagrados porque trabajaba en la librería Waterstones, en Piccadilly. Cuando se graduó, lo único que tuvo sentido para él fue conseguir un trabajo a tiempo completo en Waterstones.

Jermaine piensa en Frank mientras nada, en su indomable optimismo, que Jermaine califica de ingenuidad en sus momentos más tensos (como la discusión de anoche), pero que de todos modos adora. Se enamoró de Frank con una intensidad que lo dejó sorprendido; siempre había sido una persona introvertida, era como si hubiera vivido en un círculo en el que no podía entrar nadie. Pero cuando conoció a Frank fue como si traspasara la línea que había trazado a su alrededor. Y en cuanto comprendió que allí había espacio para alguien más, ya no quiso soltarlo.

Los padres de Jermaine se quedaron desolados. Eran religiosos, tradicionales y no tenían ni idea de que su hijo era gay. Su madre lloró y le dijo que le había partido el corazón.

«No se lo contaré a tu padre —le advirtió—. Ya sabes que tiene el corazón muy débil. Esto le mataría».

Jermaine no quiso discutir. Y marchó a ver a su novio, que lo abrazó y le dijo que debería dejar su trabajo para poner juntos en marcha un negocio. La convicción de Frank respecto a esa idea, y a su futuro con él, conmovió a Jermaine. Criado en una familia religiosa, algo sabía de la fe. Simplemente hasta entonces la había estado depositando en gente equivocada. Por una vez, abandonó su cautela y dijo sí de inmediato.

Jermaine decide nadar a espalda para poder ver el cielo. Deja que el agua fluya sobre él y confía en que se lleve con ella sus preocupaciones y lo limpie de las palabras cargadas de furia que le gritó anoche a la persona que más quiere en el mundo. Un avión atraviesa una nube y tiñe el azul con una estela blanca.

10

En el vestuario comunitario no hay cubículos libres, de modo que Kate se quita la ropa detrás de una toalla. El miedo a que la vean desnuda saca a relucir una flexibilidad que no creía poseer. El Pánico se asienta sobre sus hombros mientras se cambia, le presiona la garganta, el pecho, la cabeza. Mientras va desnudándose, concentra toda su energía en mantener la calma y procurar que la toalla no caiga al suelo.

Las demás bañistas están más acostumbradas a la desnudez, por lo que parece. Una anciana sale de la ducha y se dirige hacia la zona donde se cambia la gente completamente desnuda, con la excepción de la toalla enrollada que corona su cabeza. Su taquilla es la contigua a la de Kate. Abre la portezuela y coge la bolsa. Se retira la toalla de la cabeza y empieza a cepillarse el pelo gris y corto. No parece tener prisa alguna en vestirse.

Pero no son solo las mujeres mayores. Hay dos chicas de la edad de Kate que están charlando mientras se cambian.

Su piel brilla con la loción hidratante que comparten y que se lanzan la una a la otra. Kate se sorprende observando sus maravillosos y voluminosos pechos. No es atracción; es algo mucho más simple: curiosidad. Cae en la cuenta de que desde que era pequeña no había visto a ninguna mujer desnuda.

—¿Alguien podría cambiarme una moneda de cincuenta peniques? —pregunta una mujer.

Lo de dirigirse de una forma tan directa a una audiencia estando desnuda es algo que a Kate le resulta increíblemente impresionante. Querría ser esa mujer. Pero no tiene ni los cincuenta peniques ni su confianza, de modo que se pone el bañador, se envuelve en la toalla, guarda la ropa en la taquilla y se cuelga la llave en la muñeca.

Emerge a la piscina envuelta vergonzosamente en la toalla. Mira a su alrededor para ver si alguien la mira. Nadie, pero percibe igualmente los ojos de todo el mundo clavados en ella. Recuerda cuando de adolescente iba a natación con el colegio, lo mucho que odiaba su cuerpo…, lo mucho que sigue odiándolo. Se acerca lo más rápidamente posible al borde de la piscina. Al menos, en el agua, nadie podrá mirarla.

Cuando se aproxima a la escalera y se prepara para su primer baño, se pregunta si Rosemary podría estar equivocada. ¿Y si se le ha olvidado cómo hacerlo?

Su hermana Erin fue quien le enseñó a nadar. Kate tenía seis años y Erin, doce. De pequeña, Kate nunca pensó que la diferencia de seis años entre su hermana y ella fuera excepcional; creía que las hermanas mayores siempre eran glamurosas e increíbles. Pero, cuando se hizo mayor, Kate comprendió que ella no había sido más que un intento fallido de salvar el matrimonio de sus padres. Erin sabía montar en bicicleta sin ruedines y sin manos, se llevaba bien con las matemáticas y se sabía la tabla periódica, entendía de ropa y de maquillaje y tenía el pelo larguísimo y con unas ondas castañas perfectas. Y sabía nadar como lo hacen las focas.

Era un sábado durante las vacaciones escolares y Erin había accedido (a regañadientes) a sacarla de casa para que su madre pudiera trabajar. La sala de estar estaba abarrotada de hojas de tamaño A3 con fotos y palabras que Kate no sabía leer.

—Pero si no sé nadar —dijo Kate cuando Erin le sugirió ir a la piscina.

Había empezado a recibir clases en el colegio, pero aún no había logrado crear la magia necesaria para nadar sin ayuda un ancho de la piscina.

—Es fácil —replicó Erin—. Es como cuando chapoteamos en la playa, con la única diferencia de que aquí tienes que hacerlo en la superficie del agua y tanto con los brazos como con los pies. Yo te enseñaré.

Era demasiado tarde para que Kate pudiera poner objeciones. Erin ya había metido los bañadores en una bolsa y estaba saliendo por la puerta de atrás y comprobando que no hubiera ninguna amiga del colegio por allí antes de darle la mano a Kate.

—No te soltaré, te lo prometo —aseguró Erin.

Sujetó a Kate extendiendo los brazos por debajo de su barriga y Kate empezó a patalear con fuerza. Con la barbilla en el agua, miró a su hermana, que llevaba un bikini de chica mayor y le sonreía como solo una hermana mayor puede sonreírte.

—¿Me lo prometes? —dijo Kate.

Erin se lo prometió y al instante retiró las manos. El mundo, y la fe que Kate tenía depositada en él, se esfumaron por un momento. Se hundió por debajo de la superficie, los ojos y la boca se le llenaron de agua y empezó a expulsarla por la nariz. Pero al final consiguió emerger de nuevo y dio zarpazos en el agua hasta que consiguió flotar y avanzar un poco. Lo primero que vio cuando abrió los ojos y parpadeó para expulsar las lágrimas de cloro fue a Erin, sonriéndole con orgullo.

Su madre se puso furiosa cuando las dos hermanas llegaron a casa con el pelo mojado.

—¿La has llevado a la piscina? —gritó—. ¡Pero si no sabe nadar!

—¡Ahora no vengas con que te preocupa dónde hemos estado! ¡Lo único que te importa es que no estemos aquí! —le gritó Erin.

—¡Ya sé nadar! —exclamó Kate.

Todo el mundo tiene razón, evidentemente: en cuanto aprendes a nadar, ya no se te olvida. Cuando Kate se sumerge en el impacto del agua, recuerda la sonrisa tranquilizadora de su hermana y aquella primera sensación de estar volando. El frío le activa de repente el corazón. Lo nota en la sangre, en los dedos de los pies, en los pezones. Emite un aullido y se sumerge bajo la superficie. El agua burbujea a su alrededor y de pronto se hace el silencio. Ve sus manos blancas extendidas delante de ella, buscando en el azul. Una patada y los brazos tiran de ella en busca de aire. Se oyen chapoteos y niños que gritan con una alegría desvergonzada, luego el alivio de la quietud cuando se hunde de nuevo bajo el agua.

Los latidos del corazón se moderan levemente cuando se acostumbra a la temperatura y encuentra su ritmo. El frío resulta doloroso, pero la espabila. Nota un picor en la piel vigorizante después de tanto tiempo entumecida. Nada y respira hondo.

Las brazadas son lentas. Cuando nada estilo braza, la pierna derecha patea hacia arriba, como si tuviera una cuerda atada al pie y un titiritero estuviera tirando de ella. A pesar de las instrucciones que le daba el entrenador en el colegio, jamás consiguió corregir su patada de tirabuzón.

Sabe que no es elegante ni grácil ni fuerte. Pero está nadando. Y en el agua se siente relajada.

Cuando sale, temblando, busca de inmediato la toalla que ha dejado en el borde de la piscina y se envuelve en ella. Entra en el vestuario, ve que hay un cubículo libre y corre a por él, cerrando aliviada la puerta a sus espaldas. Se sienta un momento en el banco, encima de la toalla, para recuperar el ritmo de la respiración. Tiene la sensación de haber coronado algo con éxito, pero la emoción la ha dejado agotada. Recuerda a sus compañeros de la universidad, que parecían pensar que el mundo era suyo, y a su hermana, en lo mucho que echa de menos cuando era una niña a su lado, cuando le enseñaba a nadar en una época en la que sus preocupaciones eran mínimas y su hermana mayor siempre estaba allí para ayudarla. El Pánico que había dejado en el borde de la piscina reaparece y se apodera de ella. Esconde la cabeza entre las piernas y llora, tapándose la boca con la mano para que nadie en el vestuario pueda oírla.

11

Por la noche, la piscina era de ellos, y ellos eran el uno del otro.

—Nos vemos luego en las puertas del parque, en cuanto oscurezca —le dijo George al oído a Rosemary una calurosa tarde, dándole un beso en la mejilla.

Desde que se conocieron, unos meses atrás, habían estado viéndose casi cada día. Se escapaban durante la pausa de la comida —George trabajaba en la frutería y Rosemary en la biblioteca— e iban en bicicleta hasta Brockwell Park. Si pedaleaban rápido, normalmente podían pasar veinte minutos juntos. Dejaban apoyadas las bicicletas en un árbol. En la cesta llevaban la comida envuelta en papel de periódico: sándwiches de mermelada y de vez en cuando una manzana, que saboreaban y compartían.

Rosemary confeccionaba collares con margaritas sin darse cuenta de que estaba haciéndolos y charlaba sin darse cuenta de lo que decía. Él la escuchaba mientras practicaba el pino.

Dominaba la vertical en la piscina, pero estaba decidido a dominarla también en tierra. Había empezado con el pino de cabeza, apoyando las piernas en un árbol y viendo el mundo al revés.

—¡Tendrías que ver el mundo así! —dijo.

Rosemary dejó en el césped el collar de flores marchitas y se impulsó para hacer el pino al lado de él. Una joven madre empujaba un cochecito junto al río gris que serpenteaba por el parque y los pájaros alzaron el vuelo.

—Vendrás, ¿verdad? —insistió George al despedirse.

Ella nunca rompía las reglas y la oscuridad le imponía un poco.

—De acuerdo —dijo, pasados unos instantes—, vendré.

Aquella noche, durante la cena, estuvo inquieta. No tenía hambre, pero no quería que sus padres sospecharan nada, razón por la cual comió más de lo habitual.

—Tienes buen apetito para ser chica —comentó su padre al ver que se metía otra patata en la boca.

Luego, ayudó a su madre a recoger los platos y a lavarlos en el fregadero. Codo con codo, intentaron sacar espuma de las escamas de jabón y el silencio se situó entre ellas, pasándoles delicadamente un brazo por encima del hombro.

Rosemary ansiaba decirle algo a su madre, rememorar algún recuerdo feliz o alguna historia graciosa para que sonriera y le dijera: «Rosy», empleando aquel tono que le hacía sentirse de nuevo como una niña. Pero no se le ocurría nada para hacer reír a su madre. Solo era capaz de pensar en las puertas del parque y la oscuridad.

Recogida la mesa y con los platos perfectamente ordenados en la estantería, Rosemary besó a su padre y a su madre y les dio las buenas noches. Sus padres se sentaron en los sillones que tenían junto a la chimenea para escuchar la radio y ella se fue a su habitación a leer.

Pero no pudo leer, tan solo cepillarse el pelo una y otra vez y mirar por la ventana a la espera de que el sol se fuera a la cama para poder abandonar ella la suya.

La habitación pasó del dorado al gris y luego, cuando cayó la noche, al negro. A oscuras, se cambió y se puso su vestido más bonito. El estampado estaba descolorido, pero seguía siendo precioso: flores blancas sobre un fondo azul marino. Tenía bolsillos que ella había incorporado para esconder la parte delantera más gastada y una cinta que se anudaba a la cintura.

Abrió la ventana intentando no hacer ruido. La brisa levantó las cortinas. Se agarró al marco, sacó las piernas hacia el exterior y saltó al parterre. Por suerte, vivían en una planta baja. Notó las cosquillas de las flores en las piernas y echó a correr hacia la acera, dejando sus huellas marcadas en la tierra seca.

El sonido de las radios llegaba hasta la calle. Todo el mundo tenía las ventanas abiertas para dejar entrar en las casas la cálida brisa. Cuando llegó al parque, George ya estaba esperándola, apostado contra la verja con una rodilla levantada y el pie apoyado en los barrotes. Se había peinado, por una vez. A pesar de su postura, parecía nervioso, o al menos esa fue la impresión que le dio a Rosemary. Aunque tal vez fuera solo porque ella sí lo estaba. Sonrió al verla. Aquella sonrisa, por sí sola, era siempre un «hola», amplia, sincera y tendida hacia ella como una mano abierta o un saludo feliz.

—Vamos —dijo, formando un estribo con sus manos y arrodillándose delante de ella.

Rosemary colocó el pie en las manos de George y se agarró a las rejas hasta impulsarse y encaramarse a lo alto de la verja. Él se incorporó para soportar el peso.

Una vez arriba, pasó las piernas por encima y saltó hacia el otro lado. Al saltar, el vestido se infló.

—Espero que no me hayas mirado las bragas, George Peterson.

—Jamás me atrevería a hacerlo, Rosemary Phillis.

George escaló la verja como una araña, saltó al otro lado y la cogió de la mano.

Se adentraron en el parque. Las luces de las casas desaparecieron lentamente, pero brillaba la luna y George conocía el camino. Rosemary no volvió en ningún momento la vista atrás.

Avanzaron por el camino, cogidos con fuerza de la mano. Los árboles creaban zonas de oscuridad intensa y luz pálida.

Normalmente hablaban y sus voces eran como pájaros jóvenes que se lo cuentan todo y nada, pero aquella noche era distinta. Rosemary solo escuchaba el sonido de sus pasos y el latido acelerado de su corazón. Y, sin dejar de andar, observó el perfil de la cara de George. Su forma era reconocible incluso en la oscuridad. La había besado entera y había descubierto con fascinación el sabor de la cara de un hombre.

Llegaron a una zona de negrura de tonalidad más intensa que, a medida que fueron acercándose, se convirtió en la pared de ladrillo del recinto de la piscina. En el otro extremo había un viejo árbol cuyas ramas más bajas colgaban justo por encima del muro. En la oscuridad, parecía un gigante con los brazos abiertos.

De pronto, echaron a correr hacia el árbol, tropezando con los montículos cubiertos de hierba del terreno y notando cómo las hojas sueltas se pegaban a sus rodillas embarradas como la harina a unos dedos pegajosos.

En cuanto llegaron al árbol, les pareció de repente más alto.

—Creo que no voy a poder —dijo ella.

—Sí que podremos —replicó él.

Una vez más, George la ayudó a encaramarse, esta vez a la primera rama del árbol, que estaba tapizada con musgo húmedo. Clavó las uñas en aquella carne verde y empezó a avanzar por ella, agarrándose con fuerza. Tuvo miedo unos instantes, pero estaba demasiado cohibida como para pedir que dieran marcha atrás. Se dejó caer de la rama al otro lado del muro, de cara a él y con los pies colgando hasta encontrar el apoyo de un banco de madera de la zona de pícnic.

Se giró y saltó del banco al solárium de la piscina.

El ambiente guardaba el silencio de un secreto. La luna estaba en lo alto del cielo y bañaba el recinto con una luz plateada. La superficie del agua estaba cubierta con una lona que en la oscuridad parecía una capa de hielo donde poder patinar. En el otro extremo, se vislumbraba la silla del socorrista, vigilando en silencio la noche. Se veía a duras penas el perfil del reloj y los rollos de cuerda amontonados en el suelo como serpientes dormidas.

Se oyó un ruido sordo y George apareció a su lado. Se sacudió las rodillas y se limpió las manos en el pantalón corto.

Ella se quedó inmóvil. El corazón le tensaba el tórax como un globo y tenía la sensación de que, si conseguía soltarse, le saldría por la garganta para desaparecer flotando en el cielo.

Sin decir nada, se acercó al borde de la piscina y levantó una esquina de la lona que protegía el agua. Le guiñó el ojo un destello de plata. George se dirigió hacia el otro lado y tiró de la esquina opuesta; juntos retiraron la cubierta hasta destapar la piscina. Su superficie era perfecta y a la vez frágil.

Estaban en lados opuestos de la piscina. Y con la oscuridad era difícil verse las caras.

Rosemary se agachó y, con cuidado, deshizo los cordones de sus zapatos de cuero perforado. Los colocó a su lado y se quitó a continuación los calcetines blancos. En el otro lado, la sombra de George estaba haciendo lo mismo.

Se miraron, descalzos pero vestidos. Y saltaron. Tal vez ella saltó primero, o quizá fue él quien lo hizo un segundo antes, pero el impacto con el agua fue un único signo de exclamación sobre la superficie.

Bajo el agua, Rosemary se convirtió en una maraña de ropa y pelo. Era noche cerrada, como si se hubiera lanzado a un agujero oscuro y frío subterráneo. Veía movimiento al otro lado de la piscina: alguien compartía el agujero con ella.

Emergió a la superficie como un tapón de corcho. George estaba flotando de espaldas y las puntas de los pies asomaban fuera del agua. Su risa era como un torrente dorado.

Nadó hacia él, apartando la noche con los dedos. Se giró en el agua hasta quedarse también flotando boca arriba. Era como si un niño hubiese dibujado la luna en el firmamento y las estrellas estuvieran colgadas con pinzas. Miró el cielo y se imaginó que también la miraba. De repente, se sintió triste y la tristeza le golpeó el pecho.

Rosemary se sumergió bajo el agua para lavar las lágrimas saladas con otras de cloro. Nadó a braza dos largos y salió de la piscina.

George seguía flotando. No se oía nada, con la excepción del sonido de los dedos agitándose en el agua en sus costados, trazando círculos en la oscuridad.

—¿Crees que llegaré a ser alguien, Rosemary?

Chorreando, ella se sentó en el borde de la piscina y flexionó las piernas por las rodillas para acercárselas al pecho.

—¿A qué te refieres?

—A si piensas que seré alguien importante —dijo.

—¿Por qué lo preguntas?

—Porque el cielo es tan grande cuando lo miras así...,
parece tan importante.

—Pienso que eres importante.

—¿Entonces crees que llegaré a ser alguien?

—Sí —respondió Rosemary—. Claro que lo serás, lo sé.

El suelo de hormigón le raspaba los pies. El cabello le goteaba sobre la cara y el corazón le magullaba las entrañas. Le dolía el estómago. Deseaba introducirse en el cuerpo de George y probárselo, saber qué se sentía siendo como él, correr por su sangre y nadar por su cerebro. No había nada que deseara más en el mundo.

Sabía que George sonreía aun sin poder verlo. Él cambió de posición en el agua y nadó hasta el borde de la piscina. En cuanto emergió, le cogió la mano y tiró de ella para levantarla, y ambos quedaron de pie, mojados, abrazándose. Rosemary se estremeció como una niña pese a estar besándose como adultos.

Nadie le explica al tigre cómo cazar, pero con todo y con eso ruge. Y el cuerpo de Rosemary empezó a rugir con aquellos besos, con la mutua exploración de la boca con la lengua. Notaba en su interior una hoguera, ardiendo con fuerza. La oscuridad ya no le daba miedo.

Rompieron por fin el abrazo y el complejo juego de papiroflexia de sus cuerpos se desplegó solo lo suficiente como para permitirles despojarse de la ropa.

Desnudándose, tuvieron la sensación de estar viéndose por primera vez. Dos cuerpos desnudos y nerviosos junto a la piscina, el uno frente al otro.

—No quiero hacerte daño —dijo George.

—No me lo harás.

Dejaron la ropa mojada en el suelo y se tumbaron encima. El calor de ella se convirtió en el calor de él, el de él se convirtió en el calor de ella. Él la besó en las mejillas, en los párpados, en la boca. El suelo estaba duro y les raspaba la piel, pronto hubo codos y rodillas magullados, y dolía, y ella gritó y su corazón se llenó hasta rebosar y él la abrazó con fuerza y ella se sintió viva, salvaje, nadando, cayendo.

La pérdida de la virginidad no le pareció una pérdida. En la oscuridad se encontraron mutuamente y se abrazaron.

Cuando llegó a casa, entró sin hacer ruido por la ventana de su cuarto. Colgó el vestido en el respaldo de la silla para que se secara, se metió en la cama y se tapó enseguida con la colcha de color rosa fucsia. Antes de caer dormida, pensó en cómo la había estado observando la luna y se preguntó si tendría que sentirse avergonzada, pero entonces recordó que seguramente llevaría miles y miles de años viendo aquello.

12

Aquella noche, Kate llama por teléfono a Erin por primera vez desde hace semanas.

—Hola, desconocida —dice Erin al coger la llamada.

—Lo sé, lo siento —contesta Kate, sentándose en la esquina de la cama con las piernas recogidas y las rodillas tocándole la barbilla—. He estado liada.

—¿Mucha fiesta?

—Más o menos.

Kate oye el repiqueteo de fondo. Se imagina a Erin deambulando por su moderna cocina abierta con el teléfono entre el oído y el hombro, preparando la cena para Mark, su marido. Visualiza las relucientes superficies de trabajo y la ordenada zona de estar, los inmaculados sofás de color crema. Tal vez Mark haya preparado un par de copas de vino y le esté pasando una a Erin con una sonrisa que dice todo lo que ambos necesitan saber. Cuando Kate piensa en la vida de Erin —en su cargo importante en una empresa de relaciones públicas de Bath, en el nuevo negocio de su marido y en sus amigos, todos guapos y ricos—, se siente abandonada, como si Erin hubiese echado a correr y hubiese cogido distancia y ella se hubiese quedado paralizada en la línea de salida, aterrada por el sonido de la pistola que daba inicio a la carrera.

—¿Qué estabas haciendo? —pregunta Kate.

—Acabo de llegar de correr un rato. La tercera vez esta semana.

—Vaya, eso es estupendo, me alegro por ti.

—Me sirve para mantenerme sana.

—Yo te veo sana de sobra.

Erin ríe.

—Eso es porque no vives conmigo. Creo que Mark no estaría muy de acuerdo. El trabajo es agotador. Ni siquiera recuerdo la última vez que disfruté de un fin de semana normal. Tenemos que hacer arreglos en el piso y no sé cuánto nos va a costar, y seguimos sin quedarnos embarazados. Hay días en que no tengo ni ropa limpia que ponerme. Pero me alegro de que mi aspecto siga pareciéndote sano.

Kate no sabe qué decir. Cree en su hermana y en la felicidad de su hermana del mismo modo que cree en la fuerza de los ladrillos para impedir que el viento y la lluvia entren en su casa. Erin tiene que ser feliz, por su propio bien pero también por el funcionamiento regular y natural del mundo tal y como Kate lo conoce. Pero eso que Erin acaba de comentarle…, ¿es la primera vez que insinúa que su vida no es perfecta, o es la primera vez que Kate la escucha de verdad? No sabe qué decir, de modo que, con la vergüenza apoderándose de su boca, no dice nada.

—Lo siento, no era mi intención soltarte todo este rollo —añade Erin—. ¿Y tú? ¿Qué tal vas?

Antes de que le dé tiempo a controlar las palabras que salen de su boca, Kate responde:

SOÑAR BAJO EL AGUA

—He empezado a nadar. En la piscina del parque. Estoy escribiendo un artículo sobre el tema.

—Eso está muy bien —exclama Erin—. Es una piscina descubierta, ¿no? ¡Eres más valiente que yo!

Acurrucada en la cama, con la puerta bien cerrada para evitar cualquier interacción con sus compañeros de piso, Kate quiere llorar. Pero guarda silencio.

Erin hace también una pausa, el repiqueteo sobre el suelo de la cocina se detiene. Durante unos instantes, en la línea telefónica no hay más sonido que el aliento de las dos hermanas.

—¿Va todo bien, Kate? —pregunta por fin Erin.

Kate sabe que es la oportunidad para sincerarse con su hermana, una mano tendida. Pero hay tanto que decir que de alguna manera no hay nada que decir.

—Estoy bien —responde Kate alegremente—. Pero ahora voy a cenar. Hablamos pronto, ¿vale?

—Por supuesto. Ya sabes dónde estoy.

Después de despedirse y colgar, Kate se acerca a la mesa, enciende el ordenador y entra en internet. Se gira instintivamente hacia la puerta para verificar que esté cerrada y entonces teclea en Google: «Ejercicio y ansiedad». Cuando aparecen los resultados, nota que el ritmo cardiaco se le acelera y se le forma un nudo en el estómago, como si estuviera sentada ante el ordenador de sus padres mirando cosas que no debería mirar.

«Nadar al aire libre en aguas frías te proporciona una euforia inigualable —dice un artículo—. Cuando me siento bajo de ánimos, intento nadar al aire libre. Siempre salgo sintiéndome mejor», lee.

Cierra el ordenador y se prepara para acostarse mientras reflexiona sobre la conversación que ha mantenido con

78

Erin. Piensa en cuando lloró en John Lewis y en el vestuario de la piscina. La verdad es que no tiene ni idea de qué podría hacer para solucionar eso. Se tapa con el edredón y decide que, como mínimo, tendría que tratar de hacer realidad la mentira que le ha contado a su hermana. Intentará ir a nadar una vez más y, después, ya verá. «Solo una vez más», piensa antes de dormirse.

13

A la mañana siguiente, Ahmed, un chico alto vestido con un forro polar con el emblema de la Piscina Brockwell, está sentado detrás del mostrador de recepción y sonríe a los bañistas a medida que van llegando. Lleva el pelo corto, ligeramente de punta, luce una sombra de barba en la barbilla y sujeta un bolígrafo detrás de la oreja. Tiene un libro abierto delante. Ahmed estudia entre cliente y cliente. Tiene que conseguir tres notables para poder entrar en la universidad a estudiar Administración de Empresas. En los últimos exámenes obtuvo dos bienes y un aprobado. Finge que las notas no le importan, pero no es verdad. Le importan tanto que a veces le da miedo incluso intentarlo por si no le sale bien por mucho que se esfuerce.

—Buenos días —dice alegremente a los bañistas.

Algunos clientes habituales se paran un momento a charlar con él. Luego los ve pasar por el torno de acceso y dirigirse a los vestuarios, vigila que no venga nadie más y se concentra de nuevo en el libro, dando la espalda al agua perfectamente azul del exterior.

Hace unos años, los estudios le traían sin cuidado. Había acabado con un grupo de amigos que se habrían burlado de él de haberles prestado interés. Fue Tamil, su hermano mayor, quien lo convenció de que cambiara de forma de pensar. Tamil se había marchado de casa para estudiar en la universidad y un fin de semana, cuando Ahmed tenía quince años, sus padres accedieron por fin a que pudiera ir a visitarlo. Tamil llevó a Ahmed al bar de estudiantes y pidió dos pintas de cerveza.

—No se lo digas a mamá —le advirtió, pasándole a Ahmed una de las pintas.

Tamil le contó lo mucho que estaba disfrutando con las clases y viviendo fuera de casa, le explicó la sensación de libertad que tenía. De vez en cuando, algunos de los chicos del bar saludaban a Tamil. Él les devolvía el saludo con la mano y sonreía, pero sin dejar en ningún momento a su hermano.

—Mira, tus amigos no son realmente amigos —le dijo Tamil de repente.

Ahmed empezó a discutir, llevándole la contraria, pero su hermano lo interrumpió.

—Sé que piensas que lo son, pero lo único que pretenden es que seas como ellos: gente que echará a perder su vida porque no quiere tomarse la molestia de hacer nada más. Si sigues así, tendrás que quedarte a vivir en casa para siempre. No tendrás nada de todo esto que ves. ¿Es eso lo que quieres?

Ahmed miró enfurruñado la pinta de cerveza, encorvando su cuerpo desgarbado como si fuera un niño, no un adolescente a punto de convertirse en hombre.

—Si te digo esto es porque te quiero.

Ahmed levantó la vista y se quedó mirando a su hermano. Jamás le había dicho aquello. Tamil se había ruborizado y estaba mirando a su alrededor, tal vez para comprobar si lo había oído alguien. Estaba turbado, era evidente, pero lo había dicho de todos modos.

—De acuerdo —contestó Ahmed porque, aunque no podía admitirlo, sabía que su hermano tenía razón—. ¿Puedo tomar otra pinta?

—Te pediré media. Pero, si se lo cuentas a mamá, te mato.

A veces, los antiguos amigos de Ahmed se pasan por la recepción de la piscina e intentan convencerlo para que a la salida los acompañe a fumar hierba y beber cervezas en el parque. Pero cuando Geoff los ve, sale y les pide que se marchen a no ser que estén allí para nadar o ir al gimnasio.

—Tenerte con nosotros es una suerte —suele decirle Geoff a Ahmed en cuanto se marchan, y el cuerpo de Ahmed se inunda de un calor que solo más tarde reconoce como orgullo.

14

La bolsa de natación de Rosemary siempre está preparada. Se encuentra en una silla al lado de la puerta, junto al impermeable y el paraguas. Dentro hay un bañador; tiene tres iguales, azul marino, de Marks and Spencer's. Cuando ve la etiqueta de la talla que usa, nunca deja de sorprenderse. Siempre fue delgada. Se siente como una mujer joven y delgada vestida con ropa de señora mayor y gorda. En la bolsa tiene también la toalla, las gafas, un gorro de natación de color morado, un peine, un envase de crema Astral y una latita de mostaza Colman llena de monedas de cincuenta peniques. Cuando Rosemary camina, tintinea.

Pero esta tarde, cuando sale del piso para ir a la piscina, deja la bolsa de natación en casa. De camino a la cafetería, se para en recepción para saludar a Ahmed.

—¿Qué tal van los estudios, Ahmed? —le pregunta.

—Despacio, señora P. —responde Ahmed—. Despacio.

—Tranquilo, todos sabemos lo que le pasó a la liebre.

Rosemary empuja el torno y cruza la puerta que da acceso al solárium del recinto. Después de recorrer el borde de la piscina, llega a la cafetería. Las mesas están colocadas de cara al agua, elige una vacía y toma asiento.

Kate le ha enviado un mensaje de correo electrónico a primera hora de la mañana.

«Ayer estuve nadando —decía—. ¡Estaba helada! ¿Accederá ahora a concederme una entrevista? ¿Podría ser esta misma tarde si está libre?».

Rosemary ha llegado con tiempo; le gusta casi tanto sentarse a contemplar su piscina como nadar en ella. Mientras observa a los niños que chapotean en la parte menos honda, piensa en cuando aprendió a nadar, justo después de que inauguraran la instalación con una celebración en la que el alcalde lanzó a una chica completamente vestida al agua. (El padre de la chica se sintió orgulloso de que su hija hubiese sido elegida para tal honor).

«Te prometo que no te soltaré —le dijo su madre a Rosemary, que pataleaba con fuerza—. No te soltaré, todo irá bien».

Su madre la soltó aquel mismo día y Rosemary se hundió y tragó mucha agua. Pero todo había ido bien.

—Siento llegar tarde.

El sonido interrumpe las ensoñaciones de Rosemary y levanta la vista; Kate está a su lado, sonriendo.

—No llegas tarde, soy yo la que ha llegado temprano —replica Rosemary.

Kate se sienta y saca de la mochila una libreta y un dictáfono.

—Gracias por acceder a reunirse conmigo, Rosemary —dice.

Se acerca un camarero y Kate pide té para las dos.

—¿Qué tal fue lo de nadar? —pregunta Rosemary.

Kate esboza un amago de sonrisa.

—¡El agua estaba helada! —exclama—. No sé cómo puede bañarse usted cada día.

Rosemary ríe.

—Espera y verás. Acaba siendo adictivo.

—Me gustó…, una vez superado el shock del frío —reconoce Kate.

Rosemary enarca una ceja y sonríe.

El camarero reaparece con dos pequeñas teteras. Cuando vuelven a quedarse solas, Rosemary busca algo en el bolso.

—He traído una fotografía que quería enseñarte —dice, removiendo el contenido. Extrae del bolso un libro; ha guardado la fotografía entre sus páginas—. Ahora solo quedo yo —añade, y su dedo pulgar deja una huella en la fotografía antes de pasársela a Kate.

Hay tres filas de niñas, algunas pasándose los brazos por encima de los hombros, otras con las manos en las caderas o de brazos cruzados sobre unos pechos planos. Los trajes de baño son sencillos, de una pieza, y terminan en la parte baja de las caderas, como un pantaloncito corto. Deben de tener entre diez y trece años de edad y todas sonríen en blanco y negro. Las niñas de la fotografía se ven tan llenas de energía que a Rosemary le cuesta creer que solo ella siga con vida.

—Las más mayores se colocaron detrás y las pequeñas, delante —comenta.

—¿Cuál es usted?

Rosemary sonríe y señala a una de las niñas situadas delante, con el cabello de punta por el agua y con la cara llena de pecas.

—Hola, Rosemary —dice Rosemary.

Mira a su joven yo con el cariño que una madre mostraría hacia su hija. Cuando levanta la vista, ve que Kate está observándola.

—Cuando tengas mi edad, lo entenderás —explica—. La verdad es que te empiezas a echar de menos.

Kate mira la fotografía y luego mira a la anciana que tiene sentada delante de ella.

—¿Tienes hermanos o hermanas, Kate? —pregunta Rosemary.

Kate ríe y luego se tapa la boca; el sonido la ha sorprendido.

—Perdón —dice—. ¡Es que se supone que soy yo la que tiene que entrevistarla a usted! Pero sí, tengo una hermana mayor, Erin.

—¿La quieres?

Kate se queda sorprendida, solo unos instantes, pero luego sonríe.

—La quiero más que a nadie.

Rosemary se vuelve hacia ella.

—Me gustaría haber tenido una hermana —afirma—. O un hermano. Fui hija única.

Kate lo anota en la libreta.

—¿Y dice que viene a la piscina desde siempre? Cuénteme algo sobre cómo era cuando era usted pequeña.

Hay muchísimas cosas que contar, pero le cuesta expresarlo en palabras. Las imágenes, los sonidos y las sensaciones llenan a Rosemary como si fueran helio, hasta que empieza a sentirse mareada.

—Cuando la gente te cuenta cosas sobre su infancia, el sol siempre brilla —empieza—. En sus recuerdos, éramos unos ángeles. Pero te aseguro que mienten.

Dirige una sonrisa a Kate. Kate levanta la vista de la libreta y le devuelve la sonrisa.

—Hubo días soleados y preciosos, por supuesto que los hubo, pero lo que más recuerdo es nadar bajo la lluvia. Recuerdo venir aquí con el colegio para dar clases de natación, antes de la guerra. Pese a que éramos muy pequeñas, las maestras nos obligaban a venir hiciera el tiempo que hiciese. La mayoría de las veces no nos importaba porque la piscina nos encantaba. Nos encantaba poder salir del aula, nos encantaba caminar por el parque..., aunque lo que hacíamos siempre era correr.

»Nos gustaba mucho nadar, aunque no hubiera sol. Pero hubo un día..., creo que fue un jueves, porque sentíamos esa indolencia que acompaña la proximidad del fin de semana pero no estábamos aún lo bastante alegres como para que fuera viernes... Bueno, el caso es que un día que teníamos que nadar por la tarde, llovía de verdad. Llevaba el día entero lloviendo. El pavimento del patio estaba inundado y en la calle se oían los autobuses levantando olas de agua en los charcos del asfalto.

»Les suplicamos a las maestras que no nos hicieran ir. Hubo niñas, las más atrevidas, que les dijeron que acabaríamos con hipotermia o con pie de trinchera. Y las maestras las regañaron por bromear sobre las trincheras.

»Aquella tarde nadie corrió. Recuerdo que marchamos bajo los paraguas, agazapadas dentro de los impermeables, con los zapatos empapados de agua. Cuando llegamos, nos cambiamos lentamente mientras las maestras nos esperaban bajo techo.

»No recuerdo quién fue, pero de pronto alguien tuvo la idea de vengarnos de las maestras. Cuando salimos del vestuario, lo hicimos con el impermeable por encima del bañador. Y antes de que a las maestras les diera tiempo a reaccionar, corrimos y saltamos a la piscina. Los impermeables se hincharon como vestidos. Y nos pusimos a nadar nuestros largos como si tal cosa.

»Las maestras se enfadaron, claro. Nos hicieron salir de la piscina y nos dijeron que nos habíamos comportado de forma vergonzosa. Nos mandaron a casa, chorreando, y las madres se pusieron furiosas al vernos llegar con el impermeable empapado. Pero a mi padre le pareció de lo más gracioso. No dejó de reír en toda la noche.

—Es una historia maravillosa —dice Kate—. Y en la actualidad, ¿qué? En la zona hay más piscinas, ¿por qué sigue viniendo a esta?

Rosemary se gira para mirar a una madre y un hijo que están en la zona menos honda. El niño nada decidido como un perrito hacia la madre, que lo espera, radiante, con los brazos abiertos. Por encima de ellos, el cielo está despejado. Observándolos, se pregunta por qué Kate tiene necesidad de formularle esa pregunta. No puede empezar a contarlo todo porque no acabaría nunca, de modo que le explica parte de la verdad.

—Es un lugar que me resulta familiar. Es especial y conocido, y nada sería jamás igual que esto. El reflejo del sol en el agua por la mañana. La vista de la piscina desde lo alto de la colina de Brockwell Park. Incluso el olor me resulta familiar. Cuando camino por el parque para venir hacia aquí, huelo la piscina antes incluso de ver el edificio de ladrillo. Es el hormigón mojado que huele a tormenta, pero que se mezcla con el aroma a hierba recién cortada del parque. Y el cloro..., mi piel siempre huele a cloro.

Rosemary se acerca el antebrazo a la cara e inspira hondo. Está allí, el olor a cloro que le impregna la piel como el humo de la hoguera que se infiltra en el tejido de una tienda de campaña. Cierra los ojos. George solía decir que no tenía necesidad de regalarle perfumes porque ya tenía la piscina. El cloro era su perfume, decía.

Cuando se casaron, no fueron de luna de miel. No podían permitírselo, y aquel verano hizo un tiempo tan estupendo en Brixton que no tuvieron tampoco necesidad. Se tomaron una semana de vacaciones en sus respectivos trabajos y pasaron aquellos días nadando en la piscina. George tumbándose al sol y adquiriendo la tonalidad amarronada de la madera tintada y Rosemary sentada en la sombra y mirándolo como si fuera un copo de nieve que podría fundirse en cualquier momento. Cuando tenían calor, se zambullían en el agua y nadaban arriba y abajo de la piscina, George en la calle rápida y Rosemary en la del medio. Daba igual que no nadaran juntos porque sabían que estaban compartiendo la experiencia del contacto del agua fría con la piel caliente y el damero que creaba la luz en el fondo de la piscina. Con George, nadar era como volar.

Cuando se cansaban, salían de la piscina, se ponían la ropa encima del bañador y volvían paseando a casa. En cuanto se cerraba la puerta, se quitaban mutuamente el bañador igual que si pelaran con avaricia una pieza de fruta madura. A veces no llegaban ni al dormitorio y acababan en el suelo del salón, quitándose el cloro del cuerpo a besos. Él la besaba por todas partes, aspirando aquel olor, el olor a ellos, el olor a piscina, a verano y a la pasión que reservaban para las tardes.

Rosemary abre los ojos.

—¿Y sus hijos son también grandes nadadores? —pregunta Kate.

Rosemary siente un escalofrío.

—Es decir —añade con cierta ansiedad Kate—, si es que tiene hijos.

—Siguiente pregunta.

—¿Es eso un no?

—Sí, es un no.

—Lo siento.

Rosemary mira la piscina y luego vuelve a mirar a Kate.

—¿Cuál es la siguiente pregunta? —dice.

—¿Por qué nada?

Rosemary ríe.

—Preguntarme por qué nado es como preguntarme por qué me levanto por las mañanas. La respuesta es la misma.

Hablan durante media hora más. Terminada la conversación, Kate tiene ya su perfil del personaje y Rosemary vuelve a casa con una sonrisa.

—¿Nos vemos la próxima vez en la piscina? —le dice Rosemary a Kate cuando se despiden.

Las facciones de Kate se suavizan al esbozar un indicio de sonrisa.

—Tal vez —responde—. Y le mandaré una copia del artículo cuando lo tenga terminado.

Al llegar a casa, Rosemary cierra la puerta con llave, se quita la ropa y se pone el bañador. Coge el impermeable, se lo pone sobre los hombros y se sienta así a mirar la tele hasta que es hora de ir a la cama.

15

Avanzada la semana, Kate mantiene la promesa que se ha hecho e intenta ir a nadar de nuevo. Esta vez va preparada y se ha puesto el bañador debajo de la ropa. Cualquier cosa con tal de evitar la desazonadora sensación de estar desnuda delante de desconocidas.

Se desviste en un rincón y escucha las conversaciones del vestuario, concentrándose en ellas y dejándolas pasar, como si estuviese sintonizando una radio. Escucharlas le ayuda a mantener la calma.

Una mujer mayor con un marcado acento caribeño:

—Hacía tiempo que no se te veía por aquí. ¿Dónde te habías metido?

Otra mujer mayor:

—No te rías...

—¿Qué pasa? ¿Dónde has estado?

—En un lugar de vacaciones para solteros. En Francia.

—¡Chica! ¡Me alegro por ti! ¿Y has conocido a algún atractivo Jean-Marc?

—Bueno, he intercambiado direcciones de e-mail...

Las mujeres se miran, levantan las cejas y rompen a reír.

Junto con las conversaciones, hay una banda sonora de fondo de duchas, de cisternas de váter y de agua salpicando que sube de volumen cuando alguien abre la puerta y sale al exterior.

Kate guarda la ropa en una taquilla, se envuelve en la toalla, sale rápidamente y se zambulle en la calle lenta antes de que le dé tiempo a cambiar de idea. El impacto con el agua fría es menor. Está preparada para ello y experimenta una inesperada sensación de orgullo cuando oye el grito de un bañista que se introduce en el agua a su lado. Kate nota de nuevo que el cuerpo se le despierta como el perro dormido que levanta las orejas al oír su nombre. Se sumerge bajo la superficie, contiene el aire y sale.

Nada mirando a su alrededor. El socorrista está bebiendo de un termo y hablando con una mujer de mediana edad, tal vez una bañista habitual, que lleva de la mano a un niño con un bañador con estampado de tiburones. En la parte honda de la piscina, un hombre con el pecho y el torso esculpidos, gorro de natación blanco y gafas aerodinámicas de color rojo se lanza a la piscina con un salto magnífico y empieza a mover los brazos por encima del agua. Se inicia un oleaje y las cabezas se vuelven con respeto hacia el hombre que se ha transformado en mariposa.

El cielo se extiende por encima de ella y por unos instantes se siente completamente libre. Se pone de espaldas e intenta nadar para poder ver los pájaros que surcan el aire y los brotes primaverales que saludan desde las ramas de los árboles que envuelven el edificio del recinto. Deja de nadar por un momento y flota; por primera vez en muchísimo tiempo, se permite relajarse. El agua la sostiene. Respira hondo y el agua le acaricia las mejillas. Le parece que está a punto de llorar, pero no pasa nada.

Al final, vuelve a girarse y recupera su lenta brazada para nadar hacia la parte menos honda. Y es entonces cuando ve a Rosemary. La anciana nada con elegancia hacia ella. Lleva un bañador azul marino y un gorro de natación morado. Cuando se acerca, Kate se da cuenta de que tiene los ojos del mismo color que el agua de la piscina. Rosemary sonríe al reconocerla.

—¡Hola! —exclama Kate, posando los pies en el suelo y levantando la mano a modo de saludo.

—Así que has vuelto —dice Rosemary.

—Sí, he vuelto.

Rosemary nada hacia el borde de la piscina y apoya la nuca en el muro, extiende las piernas y patalea. Le indica con un gesto a Kate que la imite y, después de unos instantes de duda, lo hace. Durante un rato se quedan así. Kate reposa la cabeza y mira a la gente que se baña en la piscina. El sol le calienta la cara.

—¿Qué tal la encuentras? —pregunta Rosemary—. ¿Te has acostumbrado ya al frío?

—Es extraño, lo sé, pero creo que me gusta el frío —contesta Kate—. Me despierta.

—¿Por qué te crees que vengo por las mañanas?

Se echan a reír.

—Me parece que empiezo a entenderlo —comenta Kate, mirando a su alrededor. Nota que el corazón le late rápido, pero está tranquila—. Lo de por qué le gusta tanto, quiero decir —añade.

—No existe lugar que se le pueda comparar —responde Rosemary, reclinándose un poco más hasta que las puntas de los dedos de los pies asoman por la superficie del agua.

Kate observa a la anciana con bañador azul marino que lleva toda la vida nadando aquí. Se imagina lo que debe de ser ver la ciudad cambiando a tu alrededor y perder el lugar que sientes como tu casa. Mientras piensa, recuerda también la conversación que mantuvo con Erin. Recuerda que oyó a su hermana contarle que su vida no era perfecta y que no dijo nada, que no hizo nada.

—Quiere salvar esto, ¿verdad? —pregunta Kate al cabo de un rato.

—Oh, por supuesto que sí.

—A lo mejor podría ayudarla.

En cuanto dice eso se da cuenta de que, sin saber exactamente cómo o por qué, es algo que necesita hacer. Necesita seguir nadando y necesita ayudar a Rosemary Peterson a salvar su piscina.

Rosemary se queda mirándola y aquella expresión cautelosa que Kate vislumbró cuando se conocieron regresa por unos instantes. Pero luego sonríe.

—De acuerdo —contesta Rosemary.

—De acuerdo —dice Kate.

16

En un rincón del vestuario masculino, un chico de catorce años se pone el gorro de natación. Se observa en el espejo mientras tira del gorro para cubrirse los oídos y esboza una mueca de seriedad en una cara que parece demasiado mayor para su cuerpo joven y delgado. Hace girar los hombros y extiende los brazos por delante del pecho.

Una vez fuera, se lanza rápidamente al agua y empieza a nadar a crol.

Nadie se ha dado ni cuenta de que salía de casa. La noche anterior, bajó a buscar un vaso de agua y los vio sentados en el salón, bebiendo vino. No se percataron de su presencia, así que se quedó observándolos un rato, disfrutando de aquel excepcional momento de calma. Y entonces fue cuando oyó la conversación que preferiría no haber oído: les oyó decir que se divorciarían cuando él se marchara de casa. La escena le pareció notablemente tranquila para tratarse de algo tan nauseabundo. Siguieron bebiendo vino, sentados el uno al lado del otro en el sofá, mirando la chimenea, cuya repisa estaba llena de fotos familiares. Tal vez estaban ya cansados de gritarse, como dos viejos leones llenos de cicatrices, pero el silencio inquietó más a su hijo que las peleas continuas.

A estas horas, tendría que estar en el colegio. Jamás había hecho novillos; jamás había entregado con retraso los deberes ni llegado tarde a clase. Esta mañana, al levantarse, hizo sus doscientas sentadillas habituales en la habitación y se contó los pelos del pecho (once). Luego, bajó en pijama a la cocina y se preparó el desayuno. Comió solo, entreteniéndose en la mesa leyendo la parte posterior de la caja de cereales y el cartón de zumo. Mientras desayunaba, oyó, arriba, el sonido apagado del llanto de su madre. Lloraba como un animal herido. Le entraron ganas de subir a consolarla, pero entonces cayó en la cuenta de que no sabía qué decirle. Las palabras formaron un nudo en su interior y se vio incapaz de deshacerlo. Le gustaría poder ayudarla a solucionar su matrimonio; le gustaría tener cien años para disponer de algún consejo acumulado y poder ofrecérselo a su madre. Pero solo tiene once pelos en el pecho de vida y sabe de sobra que no son suficientes para ayudarla.

Las palabras escritas en la parte posterior de la caja de cereales se entremezclaron hasta dejar de tener sentido y se le llenaron los ojos de lágrimas. La mesa se transformó en un batiburrillo de zumo de naranja semidescremado y mantequilla integral. Quiso gritar como un niño y vaciar los pulmones de toda la rabia que contenían. Pero lo que hizo, en cambio, fue recoger a la perfección todas las cosas del desayuno y subir las escaleras sin hacer ruido. Una vez en su habitación, se puso un pantalón de chándal, una sudadera con capucha y guardó en el armario el uniforme del colegio. Cogió la bolsa de natación y se la colgó al hombro. De camino hacia la piscina, llamó al colegio para decir que su hijo estaba enfermo.

«Espero que se mejore pronto», contestó la recepcionista.

En cuanto termina un largo, se sumerge bajo el agua y permanece sentado en el fondo con las piernas cruzadas. Contiene la respiración y cuenta hasta diez. Levanta la vista y ve el dibujo de líneas entrecruzadas que crea el sol sobre la superficie, como si hubiera capturado la piscina con una red. El agua le presiona el pecho y le llena la nariz; expulsa un chorro de burbujas y las ve bailar delante de él. Sus padres piensan que está en el colegio; los profesores piensan que está en casa con fiebre. Nadie conocido sabe que está sentado en el fondo de la piscina.

El lugar lo ha recibido como el amigo con quien te puedes pasar un buen rato sentado en silencio, sabiendo que no hay necesidad de que digas nada: es un espacio donde puede ser él mismo.

De vez en cuando, se filtran en su cabeza pensamientos relacionados con sus padres. Se pregunta si es por su culpa y si estarían todavía enamorados si no hubieran tenido un hijo. Le pican los ojos, pero se dice que seguramente es por el cloro que se filtra a través de las gafas cuando vuelve a sumergirse.

Le gustaría tener branquias para poder permanecer eternamente allí, tumbado en el fondo rasposo mirando el cielo. Allí donde nadie pudiera encontrarlo, donde nada pudiera hacerle daño, donde no fuera un chico, sino un pez.

17

Eran una pareja, como las comillas que encierran una frase. Encajaban el uno con el otro y mutuamente se ayudaban a sentirse menos temerosos y menos solos. A George le daba miedo ser un don nadie: con ella era alguien. A Rosemary le daba miedo que la abandonaran: él le daba la mano y siempre la llevaba con él.

Los amigos los conocían como Rosemary y George, George y Rosemary. Siempre iban en pareja, como la sal y la pimienta.

Durante cinco años, habían nadado miles de largos, caminado centenares de vueltas por el parque (andando muy lentamente solo para poder estar más rato cogidos de la mano) y crecido juntos.

Él le pidió matrimonio en bañador. La piscina había vuelto a abrir después del invierno y se disponían a tomar el primer baño de la temporada. Hacía aún frío; el socorrista llevaba un jersey grueso de lana con el cuello subido para protegerse del fresco.

Era un domingo, de modo que la frutería que había heredado George de sus padres estaba cerrada. Tenían toda la mañana para ellos antes de que empezaran a llegar los pedidos para el día siguiente.

Nadaron juntos como lo hacen las focas y luego se sentaron en el solárium envueltos en sus toallas, el uno pegado al otro para entrar en calor. Pidieron dos tazas de té en el bar del señor Fry, se dieron la mano y contemplaron el vapor que emergía del té y de la superficie del agua.

La calma era como un paraguas que los protegía. Aspiraron el olor de la piscina y la posibilidad de lluvia. Rosemary recordó la primera vez que hicieron el amor sobre el frío suelo, cerca de donde estaban en aquel momento sentados. Recordó cómo lo conoció el día que terminó la guerra y que empezó su vida.

Y luego él se giró y se quedó mirándola. No hizo ningún tipo de genuflexión. No había música ni el sol sonrió de repente desde detrás de una nube. De hecho, era un día gris de lo más normal, con un cielo de color hormigón.

«Cásate conmigo, Rosy», le dijo, sin signos de interrogación. Porque no había necesidad de signos de interrogación. Ella ya sabía que la respuesta a todas las preguntas era él.

18

Q ué tal vas con el artículo? —pregunta Phil varios
días después de la charla de Kate con Rosemary.

Kate saca del bolso unas hojas impresas con la entrevista y el reportaje que ha escrito para acompañarla y se lo
pasa. Phil se sienta detrás de su mesa y lo lee. Empieza a acariciarse la barriga, una costumbre que a Kate le resulta des-
concertante. Le hace pensar que está digiriendo las palabras
que ella ha escrito y que le están produciendo ardor de estómago. Odia esperar a que la gente lea su trabajo: hace que el
Pánico le ascienda por la garganta.

Jay está hoy en la oficina y nota que está mirándola. Se
sonríen.

Phil asiente con la cabeza al cabo de un rato.

—Bien —dice—. Personas, este periódico va de esto.
A nuestros lectores les gusta ver el lado humano de las cosas.

Kate sonríe con la sensación de estar de nuevo en el colegio y de estar recibiendo los elogios del profesor. Y le gusta,

por mucho que le avergüence disfrutar tanto por un cumplido tan mínimo. Phil se da unos golpecitos en el estómago.

—Tendríamos que hacer una serie. Hacer un seguimiento de cualquier novedad que se produzca, hablar con otros usuarios de la piscina. El ayuntamiento…, ¿has hablado ya con el ayuntamiento? Es lo que haremos a continuación. De hecho, mira, ponte con ello ya mismo.

Kate asiente y recoge sus cosas. La cabeza le va a mil. Jamás ha escrito una serie de artículos sobre el mismo tema y se siente excitada y aterrada a la vez. Le dice adiós a Jay con la mano y se marcha.

Como periodista, tendría que estar acostumbrada a despachos de entidades municipales y ayuntamientos, pero a Kate siguen resultándole intimidantes. Igual que los bancos y las iglesias le hacen sentirse pequeña. Y ese es seguramente el objetivo buscado, piensa.

El reloj de la torre del ayuntamiento se ve de lejos. Su cara observa el concurrido cruce que hay justo delante del cine y el McDonald's, que es recordado aún por un tiroteo que se produjo mientras un montón de gente hacía cola. El reloj ha sido testigo de todo. Columnas altas y un escudo de piedra guardan la entrada en lo alto de la escalinata que conduce hacia la puerta, peldaños que a menudo están cubiertos de confeti.

Una vez dentro, le piden que espere. En un banco situado delante de Kate hay un anciano sentado. Le tiemblan las manos sobre el regazo. Lleva abrigo largo, pantalón gris y zapatillas deportivas. Kate se fija en que los cordones son diferentes. El hombre hurga en el interior de un bolsillo y extrae una bolsa de caramelos Fisherman's Friends.

—¿Le apetece uno? —dice, con un marcado acento del sur de Londres.

—No, pero gracias igualmente.

—Van a desahuciarme —explica el hombre—, por si acaso se está preguntando qué hago aquí. Es como en la consulta del médico, ¿no? Te lo planteas, pero no te atreves a preguntar. Intentas adivinar quién finge un resfriado y quién se está muriendo. A mí me gusta especialmente identificar a las embarazadas. Siempre tienen cara de estar acojonadas, pobres putillas.

Kate levanta una ceja. El anciano ríe y chupa el caramelo. Emite un chasquido.

—Perdón, sé que a las señoras no les gusta nada que diga «putilla».

Sale una mujer de uno de los despachos que dan al pasillo y atraviesa el vestíbulo. Se queda mirándolos antes de empujar la puerta de los servicios. Kate y el hombre permanecen callados mientras pasa.

—Me echan —continúa el hombre—. Van a derribar el bloque donde vivo. Para construir un edificio pijo con gimnasio y esas cosas. Los pisos son viejos, pero sirven de todos modos, no sé si me explico. Llevo cuarenta años allí. Es mi casa.

Cambia de posición y se lleva a la boca otro Fisherman's Friend. Kate lo mira y se pregunta por su historia, sobre dónde irá y quién lo acompañará cuando se vaya.

—Lo siento —dice, pasados unos instantes—. Siento mucho lo de su casa.

Y lo dice en serio. El hombre sorbe por la nariz y asiente.

—¿No recordará, por casualidad, el nombre de la compañía que va a construir esos pisos nuevos? —pregunta Kate.

El hombre ríe.

—¡Paradise! Paradise Living, se llaman. Me echan a patadas de mi casa para dar paso al «paraíso».

Kate siente una sacudida al oír el nombre y piensa en la piscina.

—Trabajo para el *Brixton Chronicle* —dice—. Seguro que su historia les interesaría...

Rebusca en el bolso y saca una tarjeta. Se la pasa al hombre. El anciano la mira unos instantes, asiente con la cabeza y se la guarda en el bolsillo. En ese momento se abre una puerta y aparece una mujer con una carpeta. Se queda mirando al hombre.

—Ya puede pasar.

El hombre se incorpora lentamente y se dirige hacia la puerta.

—Encantado de conocerla. Espero que no esté embarazada, o muriéndose.

Le guiña el ojo a Kate y sigue a la mujer por el pasillo.

—¿Hola? —dice Kate cuando entra en la casa, aun sabiendo que no obtendrá respuesta.

La puerta se cierra a sus espaldas y pasa deslizándose junto a la bicicleta que ocupa parte del estrecho pasillo para llegar a su habitación.

La reunión no ha ido bien. Había intentado mostrarse autoritaria, pero parece más joven de lo que en realidad es. Y además es mujer. Está acostumbrada a que no la tomen en serio.

El concejal era un hombre de mediana edad vestido con un traje gris descolorido. Le ofreció un café y se levantó para prepararlo él mismo en una máquina situada en el otro lado del sofocante despacho. Durante la conversación, oyó todas las expresiones que se esperaba: «reurbanización», «falta de liquidez», «no rentable», «lo hemos intentado».

—Lo siento —dijo el concejal—. A nosotros tampoco nos apetece hacer esto, pero la oferta de Paradise Living parece la única opción que tenemos en este momento. Es una desgracia, lo sabemos. Pero son cosas que pasan. Los barrios cambian, las ciudades cambian. La vida es así.

Kate tomó notas y formuló las preguntas que llevaba escritas en la libreta, aunque, a lo largo de la entrevista, no pudo dejar de pensar en lo que le había dicho a Rosemary: «A lo mejor podría ayudarla».

Pero no podía ayudarla. Ni tan siquiera iba a poder llegar, seguramente, a escribir otro artículo. Era una periodista malísima y una persona débil que aparentaba trece años de edad y que muchas veces parecía que los tuviera. Vivía en una casa sucia con gente a la que no le importaba que hubiera tenido un mal día en el trabajo o se hubiera ahogado en el Canal.

Escuchando al concejal, había empezado a notar picores y a sentir que el despacho iba encogiéndose. El café olía a quemado y le había provocado náuseas, todo le provocaba náuseas.

Abre el armarito que tiene al lado del escritorio y saca un tarro de mantequilla de cacahuete y una cuchara.

Hacia el final de la reunión, se había preparado para marcharse y le había dado la impresión de que el concejal también tenía ganas de que se fuera. Pero justo antes de abandonar el despacho, el hombre le dijo la única cosa útil de toda la conversación.

—Dentro de dos semanas vamos a tener una reunión en el ayuntamiento. Los vecinos están invitados a asistir y expresar sus preocupaciones.

Kate se lleva la cuchara llena a la boca, pero detiene el gesto. Irá a la reunión, decide. Y no irá sola. Tal vez no pueda ayudar, pero lo intentará. Y con una sonrisa, engulle una suave cucharada de consuelo.

LA PISCINA BROCKWELL AMENAZADA DE CIERRE
El ayuntamiento de Lambeth anuncia sus dificultades para mantener la piscina a flote
Por Kate Matthews

El ayuntamiento de Lambeth anuncia que la inestable situación económica ha hecho que la piscina al aire libre y el gimnasio de Brixton se enfrenten a ofertas privadas para su reurbanización. La más destacada de todas es la de la inmobiliaria Paradise Living, que aspira a transformar el recinto en un gimnasio privado para los residentes de sus nuevos pisos.

Dave French, portavoz del ayuntamiento de Lambeth, ha manifestado: «Puedo confirmar que estamos buscando alternativas para la Piscina Brockwell y su futuro. Por el momento no se ha tomado aún ninguna decisión, pero lo que sí es cierto es que los costes de mantenimiento son elevados. Estamos considerando diversas ofertas, incluida la de Paradise Living. No tenemos la certeza de que la piscina pueda permanecer abierta».

Durante el verano, la piscina acoge a centenares de visitantes al día, pero en los meses más fríos es menos concurrida.

Geoff Barclay, el director de la Piscina Brockwell, ha declarado: «Naturalmente, estamos muy preocupados con estas noticias. La Piscina Brockwell es un lugar especial dentro de nuestra comunidad».

«Un gimnasio privado sería un gran valor añadido para nuestras propiedades —afirma un portavoz de Paradise Living—. De este modo, los inquilinos y los compradores de nuestros edificios tendrían acceso exclusivo a unas instalaciones de primera calidad».

El ayuntamiento está actualmente revisando las distintas propuestas y en los meses venideros tendremos más noticias al respecto.

19

Es de noche y un zorro merodea alrededor de una bolsa de basura depositada delante de una casa de una calle de Brixton. El zorro hunde el hocico en el plástico hasta que la bolsa estalla como un globo y aparece la cena. El menú de esta noche consiste en una rosquilla de pan a medio comer, los restos de una lata de caballa y las sobras de un tarro de mantequilla de cacahuete. El zorro cena bien pero a toda velocidad. Realiza una última inspección a la bolsa de basura para asegurarse de que no se deja nada, da media vuelta para enfilar a buen ritmo el camino de acceso a la casa y sale de nuevo a la acera. La calle está flanqueada por dos hileras de casas adosadas. Algunas tienen coches aparcados delante, pero la mayoría no. Unas tienen verja y setos; otras, caminos de acceso pavimentados. Algunas tienen macetas junto a la puerta, con flores que empiezan a cobrar vida.

El zorro se desvía a la izquierda para realizar una rápida inspección de un cubo de basura de plástico que ha caído al suelo en un jardín lleno de malas hierbas y recambios viejos de bicicleta. Hace un buen descubrimiento: una caja de pollo frito medio llena.

Continúa su paseo por la calle y las farolas lo capturan con su resplandor cada pocos pasos. Pero el zorro urbano no tiene miedo a la luz. Prosigue su veloz avance hasta que llega a la calle con más tráfico. Se incorpora a ella a la altura de la parada del autobús, donde una pareja se abraza junto a la señal de stop. La chica lleva un solo zapato. Tiene una pierna doblada por la rodilla y apoyada en el poste de la señal. Su amante se presiona contra ella. A su lado, una mujer con uniforme de enfermera intenta mirar más allá de los cuerpos entrelazados para localizar su número de autobús en el cartel.

El zorro pasa por su lado sin que nadie se percate de su presencia y sigue la dirección de los autobuses que rugen por la calle. Prueba a meter el hocico en los cubos de basura que hay delante de las tiendas que tienen la persiana metálica echada hasta el suelo. Hay una tienda que sigue todavía abierta: a través del cristal se ve un pedazo de carne ensartado en una vara metálica que va dando vueltas y en el exterior se ha formado una cola de gente. El zorro se deleita con las patatas fritas tiradas en la calle como colillas.

Pasado el kebab, dobla una esquina y accede a una plaza tranquila rodeada de rejas y un seto. En la plaza hay casas altas y al otro lado de una ventana se oye a un bebé que llora y un padre que canta. El zorro sigue un camino a través del pequeño jardín, donde hay bancos sobre los que permanecen inmóviles formas oscuras, que solo de vez en cuando cambian de posición bajo mantas y sacos de dormir humedecidos por el rocío. Debajo de un banco hay una mochila de la que asoma media barra de pan. El zorro tira con los dientes de la bolsa donde está el pan y la arrastra hasta el otro extremo de la plaza, come con rapidez y deja la bolsa vacía.

La noche empieza a transformarse en mañana en las esquinas inferiores del cielo. Las formas que eran negras se tornan azul índigo. El zorro abandona la plaza y camina a paso ligero por la calle hasta que echa a correr y su cola recuerda una coma blanca.

Se ha congregado un pequeño grupo de gente alrededor de un chico que se ha caído en la calle. Dos hombres con chaquetas reflectantes, que iban de camino al trabajo, lo cogen por los hombros para levantarlo y lo sientan en la acera. Se sientan a su lado, lo rodean con los brazos y le preguntan si está bien. El zorro salta por encima de la cartera del chico, que este ha tirado a la alcantarilla. «No pierdas esto, colega», dice uno de los hombres, cogiendo la cartera y guardándola en uno de los bolsillos del chico.

El zorro pasa por delante de las paradas de autobús y del patio dormido de la escuela y se adentra en otra calle flanqueada de casas hasta que llega a los límites del parque. Serpentea para pasar por debajo de la valla y desaparece en la oscuridad, que poco a poco empieza a iluminarse con la mañana.

20

No lo entiendo —dice Rosemary al teléfono.

—La reunión será dentro de dos semanas. Es nuestra oportunidad para poder expresar nuestra opinión sobre los planes de cierre de la piscina —explica Kate.

Rosemary está en el salón de su casa, con las puertas del balcón abiertas y el cuerpo calentado por el sol de última hora de la mañana. El bañador está colgando en el tendedero, casi seco después de su baño matutino. Se estaba planteando echarse una siesta: la mera existencia puede llegar a ser agotadora últimamente.

—Es nuestra oportunidad para intentar convencer al ayuntamiento de que no la vendan a Paradise Living, de que no cierren la piscina —insiste Kate—. Pero necesitamos más gente. ¿Cree que podría ayudarme a conseguir más gente?

Una de las cosas que tiene hacerse mayor es que notas que tu círculo de amistades se encoge. No paran de morirse. Rosemary piensa en los funerales a los que ha asistido a lo largo de los últimos diez años. Recuerda a Maureen, una de las niñas que se quedó también en Brixton cuando la guerra y que ayudó a Rosemary y a su madre en la «escuela» que montaron en la cocina de su casa. Perder aquel último vínculo con esa parte tan concreta de su infancia dejó a Rosemary muy tocada. El marido de Maureen, Jack, fue el siguiente, solo unos meses después, y Rosemary tuvo que sacar de nuevo su traje de chaqueta negro. Había habido también casos menos esperados, como el de su vieja amiga Florence, a quien conoció en la biblioteca cuando Florence era maestra e iba allí con sus alumnos para que eligieran libros. Salvo que ese funeral no fue el de Florence, sino el de su hija. Rosemary lleva ahora ya tiempo sin ver a Florence, que vive en la actualidad en Dulwich, en una residencia, y no la reconocería aunque fuera a visitarla.

Rosemary respira hondo.

—Lleva toda la vida viviendo aquí —dice Kate—. Debe de conocer gente a quien el posible cierre le importe tanto como a usted.

—No quiero pedir ayuda.

—No es ayuda para usted —señala Kate—, sino para la piscina.

Rosemary se para a pensar. Evoca a George abriendo mucho los ojos cuando estaban bajo el agua, sonriéndole. Piensa en la gente que conoce en Brixton: Frank y Jermaine, de la librería, Hope, Ahmed, Ellis y su hijo Jake... Y piensa en la piscina convertida en pista de tenis, rellenada con cemento.

—Sí —contesta, pasado un momento—, sí, tienes razón. Tenemos que salvar la piscina, Kate.

Y cuando pronuncia aquellas palabras, siente una punzada en el pecho. Sin soltar el teléfono, apoya la otra mano en el sofá y, para coger fuerzas, mira la fotografía de George que hay en la estantería. «Intentaré no defraudarte», dice en silencio, mirando la cara que tanto amó desde los dieciséis años.

—Creo que ya sé qué vamos a hacer —añade Rosemary—. ¿Estás libre más tarde?

Quedan en la puerta de la estación de metro. Kate va cargada con una libreta y un montón de folletos y Rosemary está apoyada en un carrito de la compra vacío.

—Hola —dice Kate, sujetando en precario equilibrio con una mano los folletos y la libreta y saludando a Rosemary con la otra cuando la ve llegar.

Hoy lleva el cabello suelto y recogido detrás de las orejas. Rosemary piensa de nuevo en lo joven que parece y no puede evitar sonreír.

—¿Estás lista para conocer Brixton? —pregunta Rosemary.

Kate asiente con la cabeza y se ponen en marcha, Rosemary y su carrito tomando la delantera y Kate siguiéndola a paso tranquilo.

Empiezan por Electric Avenue, serpenteando entre los puestos del mercado.

—¡Rosemary! —exclama un hombre que rondará los cincuenta y luce una barba de dos días y el pelo negro espolvoreado de gris. Es ancho de espaldas y tiene unos brazos fortalecidos por años de cargar cajas de fruta y verdura. Lleva un jersey de color verde, vaqueros y botas gruesas de cuero incluso en primavera y verano, y una bolsita negra para el dinero anudada en la cintura. Sonríe a Rosemary.

Ellis es el propietario de uno de los muchos puestos de fruta y verdura del mercado, el puesto que Rosemary visita cada semana para hacer su compra. Ellis llegó a Brixton procedente de Santa Lucía cuando era un niño. George y él se conocían; de hecho, fue el padre de Ellis, Ken, quien dio a conocer a George el quimbombó y la mandioca. Con el paso de los años, Ellis fue ayudando cada vez más a su padre hasta que pasó a gestionar el puesto de Ken cuando este se hizo mayor. Ken y su esposa Joyce regresaron entonces al Caribe y, cuando el trabajo se pone muy duro, Ellis comenta a veces que piensa hacer lo mismo. Pero Rosemary no cree que llegue a hacerlo: Brixton es su hogar. Y luego está Jake, el hijo adolescente de Ellis, que a menudo ayuda también en el puesto, igual que Ellis ayudaba a su padre. Ellis y Jake son parecidos tanto físicamente como en carácter, y Rosemary siempre les ha tenido un cariño especial.

—¿Qué tal estás, Elly? ¿Qué tal la familia?

—No puedo quejarme, no puedo quejarme. ¿Y usted qué tal, señora P.?

—¡Aguantando!

—¿Y esta quién es, Rosemary? Nunca me mencionó que tuviera una hermana.

Rosemary se gira y mira a Kate, que continúa a su lado y que sonríe a Ellis y a la montaña de productos de vivos colores.

—Es Kate —dice Rosemary—. Es mi periodista.

Kate sonríe y se presenta, estrechándole la mano a Ellis por encima del puesto de fruta y verdura.

—Rosemary está haciendo campaña para detener el cierre de la piscina —explica—. Tenga, coja uno de los folletos que ha confeccionado.

Ellis mira a Rosemary a los ojos y enarca una ceja. Le sonríe con calidez.

—Vaya, vaya. Siempre pensé que tenía un ramalazo de rebelde, señora P. —dice, guiñándole el ojo.

Rosemary le devuelve la sonrisa. Ellis acepta el folleto y mira con atención el saltador que aparece delante.

—Sí, he oído hablar del tema —comenta Ellis después de una breve pausa—. Recuerdo cuando yo era un muchacho y veía nadar a su George en la piscina. Siempre nos salpicaba a los niños porque saltaba justo al lado de donde estábamos. Y hacía además el pino de manera increíble.

Rosemary sonríe.

—Dominaba el pino, sí.

Y ríen los dos.

Kate le comenta a Ellis lo de la reunión en el ayuntamiento.

—Estaré allí —asegura.

Se despiden y Rosemary da media vuelta para marcharse.

—Espere un momento, no se vaya —dice Ellis.

Le da a Rosemary una bolsa de cerezas y a Kate otra con tomates que huelen a sol.

—Mis favoritas… Eres demasiado bueno conmigo, Ellis —señala Rosemary, inclinándose para guardar en el carrito de la compra la bolsa de cerezas.

Cuando se incorpora, ve que Kate se ha sonrojado y que tiene la bolsa de los tomates en brazos, como si sujetara por primera vez en su vida a un bebé y no supiera qué hacer con él.

—¿Está seguro? —pregunta.

—Por supuesto. Invita la casa —contesta Ellis.

Cuando se giran para marcharse, Rosemary se da cuenta de que el rubor de Kate le alcanza las orejas y que protege con gran esmero los tomates con las manos. A Rosemary le da la impresión de que Kate no está acostumbrada a moverse entre fruta fresca y verdura y le sacude una oleada de preocupación. Pero Kate está sonriendo, razón por la cual ella sonríe también.

Durante el resto de la tarde, caminan lentamente por la vía principal y por las calles que desembocan en ella como afluentes. Las aceras están llenas de gente que hace cola para coger el autobús o que camina con rapidez y a veces se hace difícil maniobrar entre la muchedumbre con el carrito de la compra de Rosemary.

Van a la tienda de objetos de segunda mano, donde le ofrecen a Rosemary una silla para que descanse y también poder elegir el producto que más le guste a modo de obsequio. No quiere nada, pero les deja un montoncito de folletos.

—Hace ya un tiempo, les llené la tienda de cosas —explica Rosemary—. Es agradable que se acuerden de ello.

Cuando George murió, tuvo que desprenderse de muchos objetos. Sin nadie a quien regalárselos, lo donó todo a aquella tienda.

«Esta chaqueta está como si fuera nueva —le dijo al encargado—. Incluso tengo los botones de recambio. Deben de estar en algún rincón del bolso, si tiene la amabilidad de esperarse un momento».

Sacó por fin una bolsita llena de botones y la guardó en uno de los bolsillos de la chaqueta.

«Y esta máquina de afeitar —añadió—. Le prometo que todavía funciona».

Rosemary inspeccionó la tienda con la mirada hasta dar con un enchufe que había al lado del mostrador. Cuando se agachó, oyó un crujido en las rodillas. Abrió la caja de la máquina de afeitar, la sacó y la enchufó. El zumbido inundó la tienda. El bebé que había en el interior de un cochecito junto a la puerta rompió a llorar.

Conservó los libros, el gorro de natación y algo de ropa. Pero dio siete bolsas de basura con camisas, corbatas, pantalones y zapatos. Al día siguiente, regresó a la tienda a buscar la chaqueta. Había olvidado que George iba a necesitar algo elegante para el funeral.

—Lo siento, pero ayer por la tarde vendimos la chaqueta —le dijo la dependienta.

—Supongo que era una chaqueta muy buena —observó Rosemary—. Como si fuera nueva.

Al final, vistieron a George con una camisa y un jersey y lo enterraron sin chaqueta.

Aún se le hace duro estar en la tienda, pero agradece la silla y la conversación. Después de la tienda de segunda mano, visitan la librería de Frank y Jermaine.

Rosemary aspira el olor a papel en cuanto empujan la puerta y acaricia a Sprout, que ocupa su lugar habitual junto al escaparate. En cuanto ve a Kate, menea la cola: es una nueva amiga. Kate se inclina para hacerle unos mimos, acaricia las orejas de la perra y le da unos golpecitos cariñosos en el lomo.

—¡Qué perro más encantador! —exclama, cuando se incorpora y mira a su alrededor—. ¡Qué tienda más encantadora! ¿Cómo es posible que nunca me haya fijado en ella?

Rosemary observa el espacio que tan bien conoce e intenta imaginárselo como si lo viera por vez primera: las pilas de libros, confortablemente desordenados, el tablón de anuncios lleno a rebosar de folletos y tarjetas de visita, y los taburetes repartidos por la tienda en rincones perfectos para la lectura.

—En efecto, ¿cómo es posible? —contesta Frank, al oír el comentario de Kate desde su puesto detrás del mostrador.

Va vestido de manera informal, con unos pantalones vaqueros descoloridos y una camisa de cuadros abierta sobre una camiseta. Su sonrisa es amplia y luminosa y sus mejillas alcanzan la altura de sus ojos verdes cuando sonríe. Jermaine, que está a su lado, es más alto y más delgado que Frank y viste con más elegancia, con vaqueros negros y camisa cuello Mao de color azul claro. Su barba, bien cuidada, es del mismo color que su cabello corto, oscuro y salpicado de gris.

Saludan a Rosemary cuando se acerca con Kate.

—Así que esta es Kate —dice Jermaine.

Rosemary se ruboriza, sin ganas de reconocer lo mucho que ha hablado sobre Kate desde que se conocieron.

—Tenemos la sensación de que ya te conocemos —comenta Frank, estirando el brazo por encima del mostrador para estrecharle la mano a Kate, que responde al saludo y estrecha, a continuación, la mano de Jermaine.

—Este es Frank y este es Jermaine —dice Rosemary y la pareja la saluda.

—Sé que tenemos una misión entre manos, Rosemary —señala Kate—, pero ¿le importa si echo un vistazo? Este lugar es el mejor del mundo.

Rosemary se alegra en secreto de poder disfrutar de una pausa. Coge el taburete que hay delante del mostrador y se deja caer en él.

—¡Puedes regresar! —exclama Jermaine en cuanto Kate desaparece entre las laberínticas montañas de libros.

Frank se vuelve hacia Rosemary y se inclina por encima del mostrador.

—Nos hemos enterado de lo de la piscina —comenta—. Ahmed pasó por aquí a principios de semana y nos lo contó. Es terrible.

Jermaine menea la cabeza con preocupación y su compostura habitual se desmorona cuando dice con rabia:

—¡Paradise Living! ¡Como si Brixton necesitara más apartamentos de un millón de libras! ¿Y un gimnasio exclusivo solo para residentes? Sí, es justo lo que necesitan las comunidades. Pero piscinas, bibliotecas, librerías...

Se interrumpe y Frank lo rodea con el brazo. Jermaine contempla el establecimiento con la mirada perdida. Rosemary lo observa y se fija en que parece muy cansado.

—¿Cómo va todo por aquí? —pregunta—. ¿Han subido las ventas?

Jermaine suspira.

—No mucho. ¿Quién me convencería a mí de montar una librería? Oh, sí, fuiste tú, Frank.

Se gira hacia Frank, niega con la cabeza y le da un beso en la mejilla. Frank sonríe.

—Aún hay esperanza —replica Frank con voz animada—, igual que hay esperanza para la piscina. Te ayudaremos, Rosemary, ¿verdad, Jermaine?

Rosemary observa la sonrisa que se cruza la pareja. Tiene las rodillas doloridas y de pronto se siente muy cansada. Jermaine asiente y ambos se giran hacia Rosemary.

—Sí, por supuesto que te ayudaremos —asegura Jermaine—. Haremos todo lo que esté en nuestras manos.

Mientras hablan, Rosemary apenas se acuerda de Kate, que va agachándose para retirar algún libro de una estantería inferior, ladea la cabeza para leer los títulos o, simplemente, va examinando toda la librería con expresión maravillada. Al final, regresa al mostrador cargada con tres libros.

—Una tienda realmente encantadora —dice.

—Me alegro de que te lo parezca —responde Frank, lanzando una mirada incisiva a Jermaine—. ¿Lo ves? Hay esperanza. ¡Tenemos una nueva clienta!

Mientras Kate paga, Jermaine le coge un folleto de «Salvemos nuestra piscina» y lo coloca en la parte central del tablón de anuncios.

—Así —dice, retrocediendo unos pasos para ver el efecto—. Esperemos que funcione.

A Rosemary le gustaría abrazarlo.

—Tenemos que irnos marchando —anuncia, levantándose despacio del taburete y oyendo que las rodillas protestan a gritos—. ¿Lista, Kate?

Kate hace un gesto afirmativo.

—Volveré pronto —afirma al irse de la tienda.

Sprout las ve marchar desde detrás del cristal.

Visitan Morley's, los grandes almacenes, donde un vigilante de seguridad ayuda a Rosemary a subir el carrito de la compra por las escaleras. Van a la farmacia y a la tienda donde venden de todo, desde coladores y secadoras de ropa hasta vestidos elegantes. Por el camino, se cruzan con varias personas que Rosemary conoce y saluda, bien por el nombre o simplemente con un gesto apropiado después de toda una vida de convivir con ellas.

Se paran un momento en la oficina de correos para hablar con Betty, una de las amigas de infancia de Rosemary, que está enviando un montón de cartas a su numerosa familia.

—¿Qué tal los polluelos? —pregunta Rosemary.

Betty tiene dos hijos, un chico y una chica, tres nietos y una bisnieta. A diferencia de Rosemary, Betty fue evacuada durante la guerra a Gales. Volvió con un ligero acento galés, que desapareció rápidamente en cuanto empezó a trabajar en Bon Marché, los sofisticados grandes almacenes que hay junto a la estación de Brixton, y a salir los fines de semana con sus amigos de la piscina. Varios años después de su regreso a Brixton, llegó al barrio un chico galés llamado Tom.

Resultó que se habían conocido durante la guerra —era el vecino de la familia que había acogido a Betty— y él le había prometido que se casaría con ella. Betty no lo creyó, pero siguieron escribiéndose y, cuando ambos tenían diecinueve años, él se mudó a Brixton y consiguió trabajo en las obras del sur de Londres. Dos años después, se casaron y han estado juntos desde entonces.

—Ya le dije que debía de tener muchas amistades por aquí —comenta Kate cuando se despiden de Betty.

Rosemary piensa en la gente que conoce en Brixton y los sitúa como puntitos de colores en el mapa de lugares favoritos que almacena en su cabeza.

—Supongo que debo de tener unos cuantos —contesta.

Acaban quedándose sin folletos.

—No se preocupe, siempre puedo imprimir algunos más en el trabajo —dice Kate.

Rosemary se apoya con pesadez en el carrito de la compra. Kate se ofrece a acompañarla hasta casa, pero Rosemary se niega, incluso cuando Kate le asegura que no la obliga a apartarse mucho de su camino.

—Sí que se aparta. Vives en el otro extremo de Brixton, me lo dijiste. Que tenga ochenta y seis años no significa que esté ya senil.

—De acuerdo, pues —replica Kate—. Gracias por lo de hoy. Creo que será de ayuda para la reunión. Y además lo he disfrutado mucho.

Está sonrosada y sonriente. Cuando sonríe es totalmente distinta: menos ratoncito y más mujer.

Se despiden y Rosemary emprende el camino de vuelta a casa, andando lentamente por las calles que conoce de toda la vida.

21

Kate ha estado muchas veces en Electric Avenue, pero nunca había comprado nada. Allí no venden ni platos preparados ni vino. Mientras abre la bolsa de papel con los tomates para ponerlos en un cuenco, piensa en el puesto de Ellis, en cómo ha aspirado hondo por la nariz y en cómo aquel olor le ha recordado los espaguetis a la boloñesa de su madre. Su madre siempre preparaba espaguetis a la boloñesa y una salsa de tomate partiendo de las materias primas. Cuando Kate estaba aún en casa, la ayudaba a veces. Le gustaba retirar la piel de los tomates calientes y notar en las manos la carne madura. Hace mucho tiempo que no tiene la energía necesaria para pelar tomates.

Abre armarios y cajones, pensando en toda la gente que Rosemary conoce en Brixton. En su barrio de Bristol, Kate conocía a la gente de las tiendas y decía hola a quien se cruzaba por la calle. Desde su llegada a Londres, solo ha conocido a gente entrevistándola. Hoy le han gustado de inmediato todos los amigos de Rosemary —Ellis, Betty, Frank y Jermaine— y todos le han hecho ver cosas sobre el lugar donde vive en las que hasta ahora no se había fijado. Tal vez, al final, va a resultar que no es tan distinto de su casa como le parecía.

Saca una sartén y la pone sobre el hornillo. Rememora la tienda de libros de segunda mano, se pregunta por qué habrá tardado tanto tiempo en descubrir ese lugar. Supone que es porque ni siquiera mira por dónde pasa; cuando tienes la vista fija en el suelo, es complicado darse cuenta de las cosas.

Kate pone la tetera a hervir y vierte agua hirviendo sobre los tomates. Luego coge la bolsa de la compra que ha dejado en la mesa, la bolsa que ha llenado en el supermercado después de despedirse de Rosemary. Por primera vez en muchos meses —o, para ser sincera, en muchos años— ha estado mirando bien lo que compraba, sin limitarse a ir directamente al pasillo de los platos preparados, y ha elegido cebollas, champiñones, carne picada de ternera y ajo.

Limpia la grasa y las manchas de la superficie de la cocina, amontona los platos de sus compañeros de piso en el fregadero y dispone en la mesa los ingredientes para la salsa boloñesa. A continuación, despacio y con vacilación, intenta recordar la receta de su madre.

Se olvida del ajo y le echa demasiada sal, hasta el punto de que, cuando termina, el resultado es a duras penas comestible. El estado de la cocina es más caótico que antes de empezar y el plato de comida resulta mucho menos atractivo que la cena casera que tiene en la memoria. Pero, con todo y con eso, se sienta y come, acompañando la cena con tres vasos de agua para combatir el sabor excesivamente salado. No son los espaguetis a la boloñesa de su madre, evidentemente. Pero por algo se empieza.

De pronto le entran ganas de enviarle a Erin una foto de la cena, pero reconocer ante ella su importancia sería también reconocer lo mal que ha estado comiendo últimamente. De modo que se decanta por enviarle la foto de la piscina que hizo el otro día y le pregunta qué tal va lo de correr. Deja el teléfono sobre la mesa y sigue comiendo.

Mientras come, nota el cansancio del día, pero está más tranquila de lo que lo ha estado en mucho tiempo. Piensa en la piscina. Confía en que los folletos se traduzcan en una buena asistencia a la reunión que se celebrará en el ayuntamiento dentro de dos semanas. Ha escrito un artículo para el *Chronicle* explicando la reunión y reclamando la asistencia de los vecinos para que puedan expresar su opinión sobre el futuro del recinto. Confía en que salga bien y, mientras piensa en todo eso, se da cuenta de lo mucho que empieza a importarle aquella campaña. Igual que le sucede con cocinarse la cena y aprender otra vez a nadar, es algo que parece necesitar.

22

Rosemary y George decidieron casarse en el registro civil del ayuntamiento. Serían un grupo reducido: sus padres, unos pocos amigos del colegio y algunos compañeros de trabajo de ella, de la biblioteca. Su madre le confeccionó el vestido de novia. Era largo hasta el tobillo y dejaba ver unos zapatos blancos de tacón bajo y con unos lacitos. El día antes de la boda, Rosemary y su madre pasaron la jornada cubriendo el pastel de bodas con papel y motivos decorativos; no había azúcar suficiente para el glaseado, pero de lejos resultaba perfecto.

Sus padres intentaron convencerlos de que alquilaran un coche para ir hasta el ayuntamiento, pero no le vieron el sentido puesto que estaba a un tiro de piedra de sus respectivas casas. Querían llegar juntos, cogidos de la mano.

Rosemary se vistió en la habitación de su infancia. Estaba llena hasta arriba de cajas: George había encontrado un piso en uno de los nuevos edificios que brotaban como setas por todo Brixton, justo delante de la piscina, y pensaban mudarse allí el día después de la boda. Tras deshacer las cajas y pasar la luna de miel en casa, empezarían su nueva vida: George llevando la frutería de su familia y Rosemary con su trabajo en la biblioteca. Rosemary nunca se planteó no trabajar; su madre había trabajado, los padres de George habían trabajado y ella también lo haría. Tenía amigas que se iban a vivir a Canadá o que se prometían con hombres ricos. Ellas no tenían trabajo, pero sí nevera. Rosemary prefería un trabajo a una nevera, pero nunca se lo dijo. Una vida pequeña era suficientemente grande para ella, siempre y cuando incluyera a George y pudieran vivir ellos dos solos en su piso, sin nadie que los molestara y abrazándose mutuamente si por la noche los despertaban la lluvia o las pesadillas.

—¿Estás nerviosa? —le preguntó su madre.

Estaba arreglándole el peinado a su hija y levantó el velo para verle la cara. Su padre estaba apoyado en una montaña de cajas, observándolas, con el ramo de su hija en la mano.

Pero Rosemary no estaba nerviosa.

Delante del reducido grupo que ocupó las sillas plegables de madera del registro civil, George y Rosemary se prometieron amarse en la riqueza y en la pobreza, en la salud y en la enfermedad. George no necesitó que el oficiante le dijera que ya podía besar a la novia.

23

En este cine solo venden palomitas de pijos con sabores, como chile dulce y sal marina, pero el olor sigue impregnando las paredes, la moqueta, el ambiente. En todos los rincones hay polvo de palomitas. Los chicos de las taquillas llevan tatuajes y gorras de visera, y sonríen mientras venden entradas y chocolatinas. Animan a los clientes a adquirir tarjetas de fidelización o a mejorar su entrada y optar por un asiento VIP.

Acaba de terminar una película y la muchedumbre empieza a salir por las puertas dobles. Los hay que cruzan el vestíbulo y salen directamente a la calle, mientras que otros se desvían hacia el bar. De repente, el ruido del vestíbulo sube de volumen.

—Ha sido tirar el dinero.

—¿Pero qué dices? ¡A mí me ha encantado!

—No me esperaba este final, ¿y tú?

—Esa escena me ha hecho saltar del asiento.

—¡Yo he saltado porque tú has saltado!

La gente sale en su mayoría en pareja, algunos en grupos de mayor tamaño, todos charlando. Entre todos ellos está Rosemary, sola en la multitud.

—Perdón, disculpe —dice una mujer cuando tropieza con ella, empujada por el torrente de gente.

—No pasa nada —contesta Rosemary, agradeciendo tener algo que decir.

Sonríe a la mujer, está a punto de preguntarle si le ha gustado la película, pero ya se ha ido. Rosemary sigue avanzando lentamente entre el gentío.

A Rosemary le encanta el cine. Va una vez al mes. Se llena los bolsillos de caramelos y se instala con un cojín que trae de casa. Le gusta sentarse debajo de la gran pantalla, mirar a los enormes actores y oír los sonidos que vibran por todo el cine y hasta en sus pies. Le da igual lo que vea. Elige las películas por el título y sin leer la descripción. Si el título le parece interesante, compra la entrada.

Elige un asiento cerca de la parte delantera para no tener que subir escaleras. Siempre llega con tiempo, pero solo se siente realmente cómoda cuando se apagan las luces y todo el mundo, como ella, se concentra en la película. Estira el cuello hacia la pantalla y mira la comedia romántica, el thriller o la película de espías que haya elegido este mes y se suma a las lágrimas o las risas del resto del público. Las emociones fluyen entre el público como una ola en un estadio de fútbol. Cuando ve películas, no está sola, forma parte de algo más grande, es una cara anónima entre un público de caras anónimas.

No es hasta que termina la película, el público se dispersa y ella se queda sola, cuando echa de menos la compañía. Se imagina el grupo como un árbol que la sostiene entre sus ramas. Y que se rompe en cuanto salen al exterior y la gente se desperdiga como las hojas que caen y se diseminan por el suelo.

Un hombre le abre la puerta; está fumando con un amigo. Rosemary le agradece el gesto con un movimiento de cabeza y gira hacia la derecha en cuanto sale del cine. Camina observando los autobuses, verificando los números y poniéndose a prueba recordando el destino de cada línea. 59: Telford Avenue. 159: Streatham Station. 333: Tooting Broadway. 250: ¿dónde va el 250? Empieza con C. No es Clapham, tampoco Crystal Palace. 250: Croydon Town Centre. Nunca se desplaza hasta Croydon ni, de hecho, a ninguno de los demás destinos, pero es importante recordarlos.

Se pregunta si a George le habría gustado la película. A ella le gustan casi todas; va al cine por el ambiente, por la gran pantalla, por la música. Pero George era más particular. Había actores que le gustaban (Sean Connery, Michael Gambon, Judi Dench) y veía cualquier cosa que protagonizaran ellos, pero, aparte de eso, decía que las películas antiguas eran las mejores. A veces, en el cine reponen los clásicos, y siempre quería ir a verlos. «No, seguramente esta no le habría gustado —piensa mientras sigue caminando—. Era demasiado sangrienta».

Sigue andando hacia el metro. Esta noche no le apetece aún ir a su piso vacío. Quiere ir a visitar un sitio. Gira hacia la derecha por la calle de la estación.

La calle está tranquila. Las tiendas que hay bajo los arcos tienen las persianas bajadas. Algunas de esas persianas están pintadas. Hay una con una bandera jamaicana que la cubre en su totalidad, pero en su mayoría están pintadas con eslóganes: «Salvemos los arcos», «Stop desahucios», «Di NO a las subidas de alquileres». Aquello le hace pensar en su piscina y se imagina las puertas cerradas y la instalación sin un solo bañista. La idea le provoca un escalofrío.

Recorre la mitad de la calle, pasa por delante de un grupo de adolescentes apiñados en la entrada de la estación fumando y oyendo música en un aparato estéreo portátil. Visten un uniforme que jamás reconocerían como tal; a Rosemary le gustaría reírse y decirles que son exactamente igual que los demás grupos de adolescentes que ha visto reunidos allí a lo largo de los años.

Durante la mayor parte de su vida, no ha tenido miedo a andar sola por la calle. Incluso durante la guerra, disfrutaba de la libertad de ser de los pocos que se habían quedado en la ciudad. Pero por entonces era joven, además: había sobrevivido y estaba segura de que volvería a sobrevivir.

Cuando se produjeron los disturbios de 1981, era mucho más mayor y la edad había hecho mella en su confianza de adolescente, la había erosionado igual que la argamasa entre los ladrillos va perdiendo solidez. Era primeros de abril y, al volver a casa después de salir de la biblioteca, había visto las carrocerías chamuscadas de muchos coches aparcados en una calle, las llamas elevándose hacia el cielo y un muro de policías refugiados tras escudos de plástico. Detrás de las llamas y el humo no había podido ver qué pasaba, pero había oído gritos y visto gente enfrentarse a la línea de la policía, con los brazos levantados como si fueran a lanzarles algo. Había vuelto rápidamente a casa y le había contado a George lo que acababa de ver. George le dijo que mejor no saliera de casa y, el peor día de los disturbios, también él decidió cerrar la tienda. Desde el balcón vieron las nubes de humo que se cernían sobre las calles de Brixton, una escena que le recordó a la guerra. Tenían el salón de casa lleno hasta arriba de cajas de verduras. A George le daba miedo que saquearan la tienda. «¿Pero a quién se le va a ocurrir saquear una tienda de fruta y verdura? —le dijo ella—. Creo que lo que buscan son televisores y cosas de esas, no sacos de patatas».

Ignora a los adolescentes y sigue caminando hasta que llega al arco que andaba buscando. Es el único que no está cerrado; hay luz y sonido, gente que sale a la calle y se sienta en los bancos que hay fuera. De la entrada cuelgan farolillos de papel y un flamenco de plástico monta guardia junto a la valla que rodea la terraza exterior.

—Perdón —dice, intentando abrirse paso entre la multitud de veinteañeros y treintañeros.

Los grupos sentados en mesas tiran de las sillas hacia dentro para dejarla pasar. La observan con perplejidad un instante y vuelcan de nuevo su atención en las copas de cóctel. En el interior del local hay risas y música que Rosemary es incapaz de escuchar, con la excepción del ritmo regular que marca el bajo. La muchedumbre se vuelve más densa a medida que se acerca a la barra. Un chico detecta la presencia de Rosemary y le da un codazo en las costillas a su amigo, haciéndolo saltar del taburete donde está sentado.

—Tú, gilipollas, cédele el asiento a la señora.

—Lo siento, señora, no la había visto —dice, volviéndose hacia Rosemary y ofreciéndole el brazo para ayudarla a instalarse en el taburete.

Rosemary toma asiento, muy despacio.

—Podrías disculparte explicándome qué es lo que beben los jóvenes hoy en día. Hace mucho tiempo que no vengo a un bar de cócteles.

—¡Entendido! Yo me encargo de pedirlo.

Levanta la mano para captar la atención del camarero. Unos minutos más tarde, deposita sobre una servilleta de papel, delante de Rosemary, un vaso ancho y corto con un líquido de color naranja y hielo.

En el exterior, un grupo de oficinistas, con el traje desabrochado y la corbata aflojada, salen de la estación y se dispersan en la noche, algunos hacia su casa y otros hacia el pub. Cuando enfilan la calle de la estación, ven un arco con luz y a una anciana sentada junto a la barra del local bebiendo un Old Fashioned. A su alrededor, los grupos de jóvenes ríen y beben copas llenas de hielo, con cócteles de colores vivos y sombrillitas de papel de estilo retro. La anciana está flanqueada por dos parejas enfrascadas en sendas conversaciones, dándole a ella la espalda. Si levantaran la vista, verían, justo encima de la coctelería, un cartel descolorido de color verde donde puede leerse: «Frutas frescas y verduras: Peterson & Hijo».

24

D espués del éxito del primer artículo de Kate sobre la piscina, Phil va pasándole gradualmente más tareas, no solo noticias sobre planificación de obras, sino historias de verdad. La primera es la historia sobre los inquilinos que se ven desahuciados de sus casas con el fin de edificar los bloques de Paradise Living, un tema que Kate le comentó a Phil después de haber coincidido con aquel hombre en el ayuntamiento. Después de aquella, siguieron más. Y las historias la llevan por todo el barrio y se lo muestran desde todos los ángulos: bonitos y feos.

Escribe sobre la inauguración de un nuevo bar y sobre el cierre de una vieja pescadería, sobre una escuela de primaria que recauda dinero con fines benéficos y sobre un adolescente que superó una infancia con padres narcotraficantes y ha acabado convirtiéndose en una estrella del deporte que competirá en los próximos Juegos Olímpicos. Nunca, desde que empezó a trabajar en el *Brixton Chronicle*, había estado tan ocupada. Se pasa el día recorriendo el barrio para realizar entrevistas y labores de periodismo de investigación.

Cada vez que ve su nombre impreso, resplandece de orgullo. Una noche, le vibra el teléfono: es un mensaje de Erin. «Me encantan tus artículos, K. Me siento muy orgullosa. Bs, E».

Kate lee otra vez el mensaje. A pesar de que el *Brixton Chronicle* tiene página web, no todos los artículos se publican online.

«No sabía que los leías. ¡Es un periódico local! Bs, K».

El teléfono vibra de nuevo pasados unos instantes.

«¡Me lo mandan! Bs, E».

Kate se imagina el *Brixton Chronicle* viajando desde el sur de Londres a Bath y aterrizando en el felpudo de casa de Erin semanalmente. ¿Cuánto le costará? Ni siquiera sabía que fuera posible repartirlo tan lejos. A lo mejor Erin tiene algún tipo de acuerdo con Phil, aunque él nunca se lo ha mencionado. Se imagina a su hermana leyendo sus palabras, acurrucada en el sofá de su casa, y piensa que le gustaría que existiera una magia capaz de transportarla instantáneamente hasta Bath para darle un abrazo. Le envía la respuesta: «Gracias, esto significa mucho para mí. Espero que estés bien. Bsss, K».

Al día siguiente, Kate tiene que preparar un artículo sobre el banco de alimentos de Norwood y Brixton, y se desplaza hasta allí para reunirse con voluntarios y familias que utilizan el banco para abastecer sus despensas vacías. Entrevista a una mujer, Kelly, que no es mucho mayor que ella y que confía en el banco de alimentos para comer mientras tiene a su hija ingresada en el hospital.

—Solo tiene seis años y los hospitales le dan pavor —le explica Kelly, sentada detrás de una mesa en la nave donde opera el banco de alimentos y dando un sorbo a la taza de té que le ha ofrecido uno de los voluntarios—. Voy a verla cada día. Lo cual implica que llevo unas cuantas semanas sin trabajar. He agotado todos nuestros ahorros y me he planteado volver a trabajar, pero llora muchísimo cada vez que me voy y, por otro lado, la situación me tiene agotada. Además, debo estar allí por si mi hija empeora.

Kelly tiene los ojos llenos de lágrimas y Kate desea darle la mano a través de la mesa. Pero se concentra en tomar notas y en mantener una postura profesional.

—Un día, después de ir a visitarla al hospital, caí en la cuenta de que no había comido en todo el día. Pero en casa no tenía nada. No hay nada peor que esa sensación, la de darte cuenta de que te estás muriendo de hambre y no hay nada que comer. Me quedé aterrada, impotente. Por eso estoy aquí.

Kelly mira a su alrededor, como si ni siquiera recordara dónde está. Una voluntaria le sonríe y la saluda con la mano. Kate observa a Kelly, ve que lleva la tristeza y el agotamiento marcados en la frente, y la vergüenza se apodera de ella. Recuerda todas las noches que se ha acostado sin cenar, todas las veces que se ha saltado una comida por no tomarse la molestia de ir al supermercado a comprarse algo. Ha sentido mucho miedo, pero jamás ese miedo tan horripilante y específico que Kelly le acaba de describir.

—Es el fracaso más grande del mundo —prosigue Kelly, levantando la vista y mirando a Kate a los ojos—. No poder ni tan siquiera alimentarte a ti mismo. Es la cosa más básica e importante que existe, ¿no crees?

Kate nota un nudo en la garganta y los ojos llenándose de unas lágrimas que amenazan peligrosamente con empezar a derramarse. Se obliga a reprimirlas y da las gracias a Kelly, con palabras que espera que suenen cariñosas y sinceras, por haberle concedido la entrevista.

—Confío en que todo salga bien y que tu hija se mejore pronto, de verdad.

Por la noche, de vuelta en su piso, Kate vuelve a cocinar. Nada complicado —pasta con pollo y pesto—, pero se concentra con esmero en la preparación, sin poder dejar de pensar en Kelly. Se siente embargada por una enorme sensación de impotencia: impotencia ante la imposibilidad de cambiar las cosas grandes del mundo o ante la imposibilidad de marcar la diferencia de alguna manera importante. En sus momentos peores, la consumen no solo sus propias preocupaciones, sino un miedo aterrador por la situación que vive el mundo, un terror por la enorme tristeza que sabe que existe. En esos momentos, es como si se encontrara en un agujero negro y todas las ansiedades del mundo la hubieran engullido hacia el interior hasta quedarse completamente rodeada de oscuridad.

Mientras come, intenta detener la marea creciente de preocupación y controlar el Pánico. Piensa en la piscina, se concentra en la próxima reunión y en todo lo que puede hacer para ayudar a Rosemary a salvar su piscina. «A lo mejor es por eso por lo que la piscina se ha convertido en algo tan importante para ella», piensa. Tal vez no sea más que una cosa, pero ya es algo. Y la oscuridad, aunque sigue estando allí, como un telón de fondo, empieza a retirarse.

25

Al principio no tenían muebles suficientes para llenar el piso. Para empezar, utilizaron una mesa hecha con una plancha de madera colocada en equilibrio sobre cajas de verduras. Los padres de George les dieron dos sillas. No eran iguales, pero no importaba. Durante una temporada fueron el único mobiliario del salón, además de las pilas de libros que amontonaron contra las paredes. Las estanterías las compraron más tarde. Entre los dos tenían una buena colección de libros, libros que los habían acompañado durante la infancia y que los habían consolado en la adolescencia. Cuando los desembalaron, fueron leyendo los títulos con cariño.

—Cuando tengamos las estanterías, ¿cómo organizaremos los libros? —preguntó Rosemary—. ¿Tendremos una estantería para cada uno?

—No —respondió George—. Quiero mezclarlos.

Cuando por fin llegaron las estanterías, disfrutaron mezclando sus libros: los Dickens de él codo con codo con los Brontë de ella.

George ahorraba todo el dinero que podía y lo utilizaba para comprar cosas para la casa. Un día llegó del trabajo con una maceta con un rosal que acababa de adquirir en el mercado. Lo colocó en el alféizar de la ventana y marcó con cruces el calendario de la cocina para recordar los días que tenía que regarlo. Para celebrar la primera Navidad que pasaron en el piso, hicieron un fondo común para comprar un gramófono. Su colección de discos empezó con uno solo, que escuchaban una y otra vez.

A Rosemary le gustaba ver los dos cepillos de dientes juntos en el estante del cuarto de baño. Se cepillaban los dientes a la vez, los dos descalzos en la alfombra, él rodeándola con el brazo por la cintura y ella mirándolo a través del espejo, con ganas de sonreír, pero con la boca llena entre el dentífrico y el cepillo. Él le hacía muecas en el espejo, para hacerla reír. Se turnaban para escupir en el lavabo. Cuando terminaban, se secaban la boca con la misma toalla y se daban un beso con los labios picándoles por la menta.

Durante los primeros meses de su vida de casados, dormían en un colchón sobre el suelo, con cortinas hechas con sábanas sobrantes y colgadas con pinzas de tender la ropa. Se acostaban en cuanto terminaban de cenar, a veces aún con luz exterior, a veces dejando los platos en la mesa para lavarlos y secarlos por la mañana. Al día siguiente les tocaba fregarlos con más fuerza, pero les traía sin cuidado.

La cama era el único lugar donde su parloteo constante se acallaba. Preferían el silencio y conversar con el cuerpo. Sus cuerpos susurraban al entrar delicadamente en contacto y gritaban cuando las lenguas se encontraban en el interior de sus bocas ardientes. Comprendían su idioma y sabían cómo responder.

A veces eran comedidos, otras eran atrevidos, pero siempre se besaban. Besos suaves, besos rudos, besos en párpados, mejillas y clavículas, y en la tierna piel de detrás de las orejas.

Cuando terminaba el sexo, se derrumbaban sobre el colchón, disfrutando de la sensación de no saber de quién era cada brazo y cada pierna. La pierna izquierda de ella caía sobre el vientre de él, la cabeza de él se acomodaba entre los brazos de ella. El cuerpo de él se aplastaba sobre el de ella, corazón con corazón, la cara de él enterrada en el cabello de ella. Los dos de costado, él cogiéndola por la cintura y cubriéndole un pecho con una mano, la mano de ella descansando en la espalda de él. Yacían en silencio, con pensamientos separados y cuerpos entrelazados.

—Te quiero —dijo George una fresca noche de verano, varios meses después de la boda.

Compartían su calor sobre el colchón y debajo de un lío de sábanas.

—Y yo te quiero a ti —contestó Rosemary.

Refugió su cuerpo bajo el brazo de él, acurrucó la cabeza bajo su axila y descansó el brazo sobre su estómago.

—Me sabe mal que no tengamos todavía una cama de verdad —continuó George—. Te prometo que pronto tendremos una.

Rosemary habría dormido cada noche sobre un suelo de piedra si eso significaba dormir al lado de él. Cree que así se lo dijo, pero también es posible que se quedara dormida antes de expresarlo en palabras.

26

Rosemary y Kate se encuentran en la piscina a las siete de la mañana. Ahmed abre la portezuela de cristal que protege el tablón de anuncios y las ayuda a colgar carteles sobre la reunión, bajando un poco un anuncio de clases de ukelele para que quepa todo bien.

—La verdad, ¿a quién se le ocurre tocar ese chisme? No es más que una especie de guitarra para niños —dice.

Colgados los carteles, Rosemary y Kate van a nadar. Rosemary ha invitado a Kate, que se ha quedado sorprendida ante lo mucho que le ha gustado la invitación. No consigue recordar la última vez que alguien la invitó a hacer algo.

En el vestuario, Kate se desviste. Lleva el bañador debajo. Cuando se gira, ve que Rosemary está desnuda, charlando con otra mujer que debe de rondar los setenta, calcula Kate. La mujer también está desnuda, salvo por un gorrito de natación de color rosa. Rosemary y la mujer empiezan a reír y se sujetan mutuamente por los brazos mientras sus cuerpos arrugados se sacuden de la risa.

Ven que Kate, tapándose con incomodidad el cuerpo con los brazos, está observándolas.

—Disculpa, Kate, te presento a Hope —dice Rosemary—. Trabajábamos juntas.

—Encantada de conocerte —saluda Hope, estrechándole la mano a Kate con sus dos manos.

Kate jamás se habría imaginado que le estrecharía la mano a una mujer desnuda de sesenta y muchos años. No sabe dónde mirar.

—Rosemary me lo ha contado todo sobre ti —comenta Hope cuando Rosemary se gira para cambiarse.

—Yo también estoy encantada de conocerla —contesta Kate.

Espera a que Rosemary se prepare. Rosemary se gira, con el bañador puesto y el gorro y las gafas en la mano.

—Será mejor que vayamos —dice.

—Y yo mejor que vaya secándome y vistiéndome —replica Hope—. Disfrutad del agua. Esta mañana está fría pero perfecta.

—Hasta pronto, cariño —se despide Rosemary.

Kate le dice adiós a Hope y sigue a Rosemary hacia el exterior, asegurándose de permanecer a su lado en todo momento.

—No es necesario que me esperes —dice Rosemary.

—Hace poco me torcí el tobillo. No puedo andar más rápido.

—No te creo.

—Pues no me crea.

Llegan juntas al borde de la piscina. Rosemary se apoya en la escalerilla.

—Preferiría que no miraras —dice.

Se escucha un chirrido, luego una pausa, un leve salpicar de agua. Cuando Kate se vuelve, Rosemary ya está en la piscina, poniéndose el gorro y las gafas y echándose agua sobre los hombros. Kate baja también y se sitúa a su lado. Hope tenía razón: el agua está fresca pero deliciosa. Cuando el frío rodea su cuerpo, Kate respira hondo y siente que algo en su interior se despereza y cobra vida.

En la piscina, es Rosemary la que tiene que bajar la marcha para esperar a Kate. Cada pocos largos la espera y hacen una breve pausa para descansar junto a la pared antes de ponerse a nadar de nuevo.

Rosemary observa a Kate mientras nada. Ve que se esfuerza por mantener la cabeza por encima del nivel del agua, como el perrito que va a buscar una pelota que le han lanzado al río.

—Tendrías que utilizar gafas —le dice Rosemary cuando están en el lado menos hondo de la piscina, durante una de las pausas—. Me canso solo de verte con la cabeza fuera todo el rato.

—Es que no sé cómo hacerlo —contesta Kate—. Y odio que me entre cloro en los ojos.

—Las gafas te ayudarán con eso. Tengo unas de sobra que podría pasarte. Mueve las piernas y los brazos por separado, verás que te cansas menos. Y deja que la cabeza se sumerja bajo la superficie al ritmo de tus brazadas.

Nadan juntas pero separadas, y solo de vez en cuando rompen el silencio para charlar un poco en la parte menos profunda. El sol asoma la cabeza entre los árboles.

Kate visualiza a su Pánico sentado en una de las mesitas del solárium del recinto. Mientras nada, es consciente de que está allí, observándola, pero se siente segura. «Aquí no puedes atraparme», piensa cuando se sumerge bajo el agua y el frío la abraza como un viejo amigo.

27

Salen del agua después de media hora de nadar, se envuelven en las toallas y van a cambiarse. El vestuario está lleno de gente preparándose para ir a trabajar. Mujeres que se suben medias y se abrochan blusas, que han dejado el bañador mojado colgado en la puerta de la taquilla o tirado en el suelo.

Rosemary observa la hilera de mujeres situada frente a los espejos, algunas hacen cola para el secador y otras están maquillándose. Miran el cristal y ponen caras raras para aplicarse el rímel, levantando las cejas y entreabriendo la boca. Una de las mujeres está casi pegada al espejo para dibujarse las cejas con un lápiz y frunce incluso la cara por el exceso de concentración. A su lado, una chica se aplica una capa más de maquillaje y, a cada capa que se pone, sus pecas se difuminan más, hasta acabar desapareciendo.

Una vez vestida, Rosemary se da un masaje en la cara con crema hidratante y se cepilla el pelo.

—¿Nos vemos fuera? —le dice a Kate, que acaba de incorporarse a la hilera de mujeres del espejo.

Kate asiente con la cabeza mientras abre su neceser de maquillaje. Rosemary se queda observando unos instantes cómo busca el producto adecuado para cubrir o resaltar los distintos rasgos de su cara. Se pregunta cuánto tiempo debe de dedicar una mujer a todos esos rituales a lo largo de su vida. ¿Y para qué? Ha visto a todas esas mujeres en la piscina con la cara lavada y desnudas en el vestuario, y le parecen perfectas. Naturalmente, ella también lo hacía de joven. No llevaba tanto maquillaje como muchas de sus amigas, ni como las mujeres que entraban en la biblioteca con un corte de pelo distinto cada semana, pero hacía un esfuerzo, sí. Solía consumirle al menos cinco minutos.

Rosemary coge la bolsa y sale. Se sienta en un banco delante de la piscina para esperar a Kate. Kate aparece al cabo de unos minutos, se dirige hacia ella y toma asiento a su lado.

—Cuénteme dónde trabajaba, Rosemary —le pide, sentadas al sol a la espera de que se les seque el pelo.

—Trabajaba en la biblioteca. Trabajé allí treinta y cinco años, hasta que cerraron.

—Oh —dice Kate—. El Old Library.

El espacio que ocupaba la biblioteca es actualmente un café.

—Es una estupidez, pero siempre pensé que era solo el nombre del local. Qué tonta soy.

—Vivía entre libros allí donde ahora está el café —explica Rosemary—. No sé qué pasó con todos los libros. Rescaté muchos, por eso tengo el piso tan lleno, pero no sé qué fue del resto. Confío en que los donaran a las escuelas del barrio. Solo de pensar en que pudieran tirarlos...

Rosemary hace un gesto de dolor y sus ojos de color azul intenso se esconden entre las arrugas profundas de su piel.

—La cuestión es que nunca lo vimos venir —prosigue—. Un día apareció un cartel que anunciaba que el ayuntamiento tenía un plan para recortar costes y, prácticamente al instante, Hope y yo nos vimos en la calle, de narices contra las puertas cerradas. Fue muy triste.

»Me tomaba mi trabajo muy en serio. Era feliz trabajando. Siempre pensé que las mujeres que no trabajaban debían de aburrirse como una ostra. Sé que no era más que una simple bibliotecaria, pero prefería considerarme como la Guardiana de los Libros. Mi trabajo consistía en mantener las estanterías organizadas de tal modo que la sección "Romántica" quedara discretamente apartada de la ficción para que los chicos de doce años pudieran localizar *El libro del cuerpo* sin tener que preguntar. Era además un lugar donde ir cuando estaba lloviendo fuera. Recuerdo un muchacho que se llamaba Robbie y que entraba con su mochila y su saco de dormir y los dejaba en una silla antes de dirigirse al pasillo de "Idiomas". Siempre decía *"Bonjour"* y me contaba que iba a ir caminando y nadando a París. Me pregunto dónde estará ahora…

Rosemary suspira y mira hacia la colina del parque que conoce de toda la vida. Piensa en la biblioteca, en los niños riendo en el rincón infantil, en la gente que estudiaba y utilizaba los ordenadores para cumplimentar sus solicitudes de trabajo, y en los días finales, cuando aún estaba abierta. El último día de la biblioteca, se acercaron muchos habituales a hablar con ella. La señora Lane le comentó lo mucho que le gustaba ver a su hija Megan elegir lectura entre montañas de libros. «Este es el único lugar donde le permito coger exactamente lo que quiere —dijo—. ¿Qué puede tener de malo permitirle que lea todos los libros que le gustan?».

El señor Gudowicz había acabado abrazando a Rosemary. Con los ojos húmedos y brillantes, le contó que gracias a la biblioteca había podido estudiar para la certificación que le había ayudado a conseguir un trabajo. «Y ahora puedo volver a ser padre y esposo», le explicó.

Rosemary se vuelve hacia Kate.

—La piscina tiene que permanecer abierta. Tiene que seguir aquí.

—Lo sé —contesta Kate.

Rosemary mira con atención a la joven sentada a su lado. Los ojos castaños de Kate están serios, pero, por una vez, no dejan entrever miedo. Algo en esos ojos se abre como una ventana y Rosemary vislumbra en su interior a una mujer completamente diferente. Una mujer fuerte y que puede ayudarla, comprende de repente Rosemary. Que va a ayudarla.

—Eso me recuerda —dice Kate— que los del ayuntamiento me llamaron para darme más detalles sobre la reunión. Por lo visto, tenemos que nombrar un portavoz que pueda resumir las opiniones de los vecinos, lo que la piscina significa para ellos. No se me ocurre otra persona mejor que usted. Lo hará, ¿verdad, Rosemary? Estaremos todos allí, a su lado.

Rosemary piensa en que Geoff la había descrito ante Kate como su «nadadora más fiel». Confía en poder encontrar las palabras adecuadas para explicarles lo que la piscina significa para ella.

—Sería un honor —contesta.

Kate sonríe y exhala un pequeño suspiro.

Observan a la gente que sale de la piscina hacia el parque con el pelo mojado y la bolsa de deporte colgada al hombro.

De pronto, Kate mira el reloj.

—Oh, no, voy tarde. Tengo que ir a Brixton Village, abren una tienda nueva y voy a entrevistar al propietario antes de la inauguración. Nos vemos pronto, ¿vale?

Rosemary asiente con la cabeza y ve marchar a Kate. Su figura delgada serpentea con velocidad por el parque. Reflexiona entonces sobre la reunión con el ayuntamiento e intenta imaginarse lo que dirá cuando le toque el turno de hablar. Piensa en lo mucho que ya ha perdido Brixton y en lo mucho que desea que esta vez salga todo bien.

28

El último sábado de cada mes, llega a Station Road el mercado Brix Mix y la calle se llena de comerciantes que venden ropa *vintage*, telas con motivos africanos, cerámica artesanal y figuritas de madera de vivos colores en forma de animales. El olor al pollo adobado que chisporrotea en el grill instalado delante de una furgoneta estacionada en la calle impregna el ambiente.

En un sábado típico, Kate se queda en casa a ver series. A veces se aventura hasta la cafetería que hay al final de su calle para leer un libro detrás de la seguridad de los ventanales.

Pero hoy cruza la puerta y emerge al radiante día primaveral, un día de esos que los pintores pintan y sobre los que escriben los poetas. Enfila la calle con una sonrisa y deja que la esperanza del cielo azul le suba los ánimos. Hace semanas que no sufre ningún ataque de pánico. Ha empezado a nadar con regularidad, a veces con Rosemary si consigue llegar a la piscina a tiempo, y a veces cuando sale de trabajar. Cuando nada, recuerda los artículos que ha leído sobre lo bien que va el deporte para la ansiedad. Pero hay más: la campaña contra el cierre de la piscina le está haciendo sentirse más optimista en general. Ha encontrado algo en lo que creer, en lo que concentrarse. Nota que controla más la situación que hace unos meses.

En cuanto llega a la calle principal, el sonido de los autobuses y de las multitudes que emergen de la estación la sobresalta. Pero en vez de dar media vuelta, como habría hecho normalmente, sigue caminando y esforzándose en mantener la cabeza alta y no bajar la vista hacia el suelo. Serpentea entre la gente que ocupa la acera y va con cuidado de no chocar contra nadie.

Nota que el teléfono le vibra en el bolsillo. Lo saca y ve que es un mensaje de Erin. Cuando lo abre, aparece una fotografía de Erin sonriente y con una medalla colgada al cuello. «He hecho mi primer diez mil», dice el texto. Kate se detiene un momento en el hueco de una tienda para mirar bien la foto y responder. Erin está feliz, con las mejillas sonrosadas y el cabello pelirrojo recogido en una coleta alborotada, una de las pocas veces que Kate la ha visto despeinada. Kate no puede evitar sonreír y, de pronto, desaparecen tanto el sonido de los autobuses como la congoja que le provoca el gentío.

«Me siento muy orgullosa de ti, hermanita», responde y vuelve a guardar el teléfono en el bolsillo.

Al llegar al cine, gira a la derecha por Coldharbour Lane y sigue hasta el escaparate lleno de libros y con un golden retriever detrás de los cristales. Empuja la puerta y entra en la tienda de Frank y Jermaine.

Jermaine levanta la vista del mostrador, donde está inclinado leyendo un libro.

—¡Kate! —exclama.

Kate se siente alborozada: parece feliz de verla.

—Ya te advertí que volvería pronto —dice Kate.

—Frank está de descanso. Pero le encantará saber que has pasado por aquí.

—Salúdalo de mi parte. Voy a echar un vistazo, ¿puedo?

—Como si estuvieras en tu casa.

Jermaine continúa con su libro y Kate explora la tienda. Hay toda una sección dedicada a escritoras y empieza por allí. Repasa los lomos de los libros hasta que encuentra uno que le dice algo y lo saca para leer la contraportada y la primera página. Pasa a continuación a la sección de literatura extranjera, luego a un expositor dedicado a lecturas de verano y después se centra en la sección infantil que hay al fondo, solo para sentir la nostalgia de tocar libros que leía de pequeña. Se arrodilla y los hojea, recordando la felicidad que le produjo descubrir la lectura y cómo la transportaba a épocas y lugares distintos, a un mundo distinto. Cuando leía un libro, podía ser quien le apeteciera. Va cogiendo libros aquí y allí y el montón asciende hasta alcanzar los cinco ejemplares. Se siente satisfecha, el aroma de la librería la consuela.

—Tengo que parar; si no, no podré cargar con tantos libros —dice, dejando la montaña en el mostrador—. Es una tienda encantadora, de verdad.

—Gracias —contesta Jermaine.

Su cuerpo alto se alza por encima del mostrador y mira los precios escritos a lápiz en el interior de las cubiertas. Se rasca la barba mientras sigue hablando, en un gesto distraído.

—Me parece estupendo todo lo que estás haciendo para ayudar a salvar la piscina. No sé si Rosemary te lo habrá mencionado, pero en la tienda tenemos algunos problemas. No es necesario que te lo cuente, podrás adivinarlo de sobra. Tener una librería es complicado hoy en día.

Kate mira a su alrededor. La tienda está desordenada, pero resulta tremendamente acogedora, hay libros amontonados por todas partes y taburetes estratégicamente colocados junto a las estanterías para que la gente pueda sentarse a leer.

—Haremos todo lo que podamos para ayudar a la causa —continúa Jermaine, mirando de nuevo a Kate—. Hay cosas por las que merece la pena luchar.

—Gracias —dice Kate, resistiéndose al deseo de abrazarlo. Se dirige hacia la puerta y acaricia rápidamente a Sprout antes de abrirla—. ¿Nos veremos entonces en la reunión?

—Allí estaremos.

Sale de la tienda con una sonrisa dibujada en la cara. Rosemary y ella tienen una dura batalla por delante, pero al menos hay gente que se suma a la causa. Hope, Ellis y Jake, Ahmed y Geoff, Betty y, ahora, también Frank y Jermaine. Y Kate está segura de que habrá más, mucha más gente que nada en la piscina y que se preocupa. «A lo mejor —se dice—, a lo mejor todo acaba saliendo bien».

29

Sientes que nos hayamos casado? —preguntó Rosemary.
Se quedó mirando a George después de hacer la pregunta. George estaba sentado en la silla que tenían al lado de la cama, con las manos tensas sobre las rodillas y la espalda inclinada. Llevaba aún el delantal de cuero con el que se protegía la ropa. Normalmente, cuando llegaba de trabajar, colgaba el delantal detrás de la puerta de entrada para tenerlo listo para el día siguiente.

George había ido a la biblioteca y les había dicho que Rosemary estaría ausente unas cuantas semanas. No le gustaba en absoluto imaginarse la conversación, pero lo hizo de todos modos: se imaginó la pena que les habría inspirado a todos, y eso era lo que más aborrecía.

—¿Por qué dices eso? —contestó George, cogiéndole la mano y apretándosela con fuerza.

Cuando se movió para aceptar la mano de George, le dolió todo, pero intentó que no se le notara. La calidez de su piel le inundó el cuerpo.

—Porque si no nos hubiéramos casado, esto no habría pasado —dijo Rosemary—. Podrías estar con otra. Podrías tener un bebé.

Se estremeció al pronunciar la palabra. Pensó de nuevo en la conversación que George debía de haber mantenido en la biblioteca. Tal vez se estuvieran oyendo las risas del rincón de los niños mientras se lo explicaba a Hope y a los demás y George se había estremecido también. Se preguntó qué debían de haber dicho, qué podían decir. Se imaginó la vuelta al trabajo. Al menos, ahora podría volver a levantar cajas de libros y pasar sin problemas por los pasillos estrechos de la sección de referencias. Aunque eso no le servía de consuelo.

George la miró con la expresión más triste que le había visto nunca. Se le veía mayor, pero asustado como un niño. Era como una rama seca que se rompe con la tormenta. Cerró los ojos.

—No digas eso —respondió George—. No lo digas nunca más. Podría estar con otra, pero no serías tú. Podría tener un bebé, pero no sería el tuyo.

Rosemary volvió a abrir los ojos y allí estaba él, amándola tal y como ella era. Nunca lo había dudado en absoluto.

—A lo mejor este bebé no estaba preparado para nacer, pero el próximo lo estará —continuó George—. Y aún nos tenemos el uno al otro. Aún te tengo a ti.

George intentó esbozar una sonrisa, pero no funcionó. Su cara se contorsionó en una expresión que le provocó a Rosemary aún más tristeza, si eso era posible: estaba tratando de sonreír por ella. Ver a George de aquella manera le recordó una vez en la piscina, cuando cayó al agua un nido que había en un árbol. Eran aún adolescentes y George nadó hasta donde había caído el nido y empezó a llorar antes de alcanzarlo, puesto que sabía con anticipación lo que había pasado. Sacó el nido del agua y se sumergió hasta el fondo para recoger los cuerpecitos. Al verlo que se sumergía una y otra vez, también ella acabó llorando. Le dijo a George que lloraba por los pajaritos, pero en realidad lloraba por él. George siguió sumergiéndose en el agua hasta recoger todos los pájaros para dejarlos alineados en el borde de la piscina.

Los ojos de George estaban llenos de lágrimas y finalmente permitió que empezaran a rodar por sus mejillas. Cayeron sobre el delantal, que quedó manchado con gotas oscuras.

—Tranquilo —dijo Rosemary.

Y George rompió a llorar. No eran lágrimas comedidas ni silenciosas, sino que brotaron de él como una presa cuando se rompe. Viéndolo, con aquellas manos tan fuertes y su delantal de frutero, jamás habrías imaginado que fuera capaz de derramar aquel tipo de lágrimas.

—Ven a la cama conmigo —susurró Rosemary.

George rodeó la cama y se subió por el otro lado, la envolvió con los brazos y descansó las manos en el vientre de ella. La abrazó y lloró, y ella lloró también, sin saber si estaba llorando por el bebé o por él. Cuando se despertaron a la mañana siguiente, él seguía con el delantal y los zapatos.

30

El día de la reunión con el ayuntamiento, Kate nota que el Pánico empieza a apoderarse de ella. No quiere fallarle a toda esa gente. No quiere fallarle a Rosemary.

En el trabajo, guarda silencio. Teclea un artículo mientras piensa en lo que pasará en la reunión y en si vendrá suficiente gente. Y si el hecho de que vayan servirá realmente de algo.

Está cansada, además. Por la noche ha soñado que sufría otro ataque de pánico. Iba de camino a la piscina, con la bolsa de deporte colgada al hombro. Estaba desesperada por zambullirse en el agua fría y nadar lentamente unos largos. Y al llegar allí, la piscina no estaba donde debería haber estado. De repente, se encontraba en una parte desconocida de la ciudad, a los pies de una torre de pisos que impedía el paso de la luz del sol. Las calles le resultaban desconocidas y la gente caminaba tan rápido que no le daba tiempo a parar a nadie para preguntar cómo ir. Había un cartel donde se leía «piscina» y señalaba hacia la izquierda, pero el mapa del móvil le indicaba que fuera hacia la derecha y el punto que marcaba su destino estaba justo en el bloque de pisos.

Rodeaba el bloque, inclinaba la cabeza hacia atrás para ver lo más alto de la torre. Y mientras caminaba, el pánico empezaba a apoderarse de ella. ¿Cómo era posible que la piscina se hubiera movido de su sitio? ¿Cómo podía aparecer en el mapa pero no en la realidad? Empezaba entonces a andar por calles desconocidas y se detenía un momento a mirar el teléfono. La informaba de que estaba a dos minutos de su destino, pero ¿dónde estaba la piscina?

La frustración empezaba a cerrarle la garganta, a presionarle las sienes. Luego, el pánico y el miedo a perderse burbujearon hasta adoptar la forma de ardientes lágrimas de rabia. Respiraba a bocanadas y, de pronto, las piernas dejaban de guiarla. Estaba paralizada en la acera, con las lágrimas rodando por sus mejillas y respirando con dificultad.

La gente pasaba por su lado, sin percatarse de su presencia o lanzándole una mirada y adelantándola con rapidez, como si fuera un niño que se está portando mal. Se imaginaba entonces lo que estarían pensando de ella, de una chica con el maquillaje totalmente corrido y llorando sin razón aparente en medio de la calle. Al final, se le acercaba un adolescente y le preguntaba si se encontraba bien.

«No es necesario llorar, deje de llorar, por favor», le decía.

Pero ella no podía y no sabía explicar por qué. Contarle que se había perdido y que lo único que deseaba era nadar le parecía una excusa demasiado débil para aquellas lágrimas violentas e imparables.

Y entonces se despertó, agotada como si hubiera sufrido un ataque de pánico.

—He pensado que a lo mejor querrías un café —dice una voz al mismo tiempo que aparece una taza sobre la mesa.

Kate levanta la vista y ve una masa de pelo rubio rojizo y una cara sonriente.

—Gracias, Jay. Me has leído la mente.

—Soy fotógrafo-barra-lector-de-mentes. Es un peso con el que tengo que cargar.

Kate bebe un poco de café y solo el aroma ya la revive un poco.

—Me han pedido que te acompañe a la reunión de esta noche para hacer fotos para el periódico. Espero que te parezca bien.

Kate se queda mirando a Jay. No lo conoce bien, pero ve a diario su pelo rubio rojizo y su cara amable. Forma parte del tejido de su vida y, por alguna razón, es una cara que la tranquiliza.

—No es exactamente una reunión —le explica—. Pero por supuesto que me parece bien. Aunque no estoy segura de que puedas conseguir grandes fotos, aquello no son más que las dependencias del ayuntamiento.

—Eso ya lo veremos —replica Jay, saltando del extremo de la mesa donde se había sentado para ir a coger su bolsa con el equipo de fotografía—. Si resulta que soy tan buen fotógrafo como lector de mentes, te llevarás una sorpresa. Ahora me largo a fotografiar ese nuevo restaurante mexicano. Imagino que podré conseguirte unos nachos gratis, si quieres. Ellos aún no lo saben, pero solo vamos a darles dos estrellas.

—Tranquilo, con el café ya mato el gusanillo. Gracias.

—Como quieras. Nos vemos luego.

Cuando Jay se marcha, Kate cae en la cuenta de que hacía mucho tiempo que no mantenía una conversación con un hombre que no fuese su jefe o alguno de sus entrevistados. Cae en la cuenta también de que ha dejado de sentirse tan nerviosa.

31

Después del tercer aborto de Rosemary, George sugirió unas vacaciones.

—Quiero que sientas el agua del mar entre los dedos de los pies, Rosy —le dijo una noche.

Y ella sonrió, imaginándose la sensación. Él estaba sentado en el sillón, al lado de la chimenea, y abrió los brazos. Ella cruzó el salón y saltó a su regazo. Recordaba tan perfectamente las descripciones que le había hecho de Devon que era capaz de saborear la sal en los labios y oír el sonido de las olas siempre que pensaba en ello. Pero nunca había visto el mar en persona.

—Quiero que nos vayamos, solos los dos —añadió él.

Siempre estaban solos los dos, pero entendió qué quería decirle George. Ella también ansiaba huir del recuerdo de esa persona que nunca llegaría a conocer. Quería sentirse como si fueran de nuevo adolescentes. De modo que decidieron irse de vacaciones y la emoción de la idea los embargó de repente.

Era la primera vez que George cerraba la tienda una semana entera desde que se habían casado. Con varias semanas de antelación, puso un cartel en el escaparate anunciando el cierre y todas las conversaciones que mantuvo con la clientela durante aquellas semanas giraron en torno a las vacaciones. Hablaba con orgullo del viaje que habían planificado y utilizaba incluso la palabra americana *«vacation»* de vez en cuando. Rosemary y George no eran gente de vacaciones. Jamás en su vida las habían tomado.

Devon estaba demasiado lejos, razón por la cual acabaron decantándose por Brighton. Reservaron una semana en un hostal y empezaron a ahorrar los dos chelines y seis peniques necesarios para viajar desde la estación Victoria a bordo del *Brighton Belle,* el tren Pullman pintado de color chocolate y crema conocido por sus preciosos vagones.

—Tú eres mi Brixton Belle —le dijo George al oído cuando la ayudó a subir a bordo desde el abarrotado andén.

Llevaban una pequeña maleta que habían pedido prestada a una de las amigas de Rosemary. En cuanto encontraron sus asientos, Rosemary asimiló la totalidad del vagón: el papel pintado en tonos marrones con motivos *art déco,* el suave resplandor de las lamparitas de mesa y el tenue olor a tostadas, café y arenques ahumados.

Rosemary intentó disimular su nerviosismo. Jamás había salido de Londres y, cuando vio que la estación se perdía de vista, sintió dolor de estómago. Era como liberarse, como flotar por los aires. George le apretó la mano.

—¿Para qué crees que debe de ser eso? —preguntó Rosemary, señalando un timbre que había en la pared.

—Es para el camarero —dijo la mujer que tenían sentada enfrente, enarcando una ceja.

George y Rosemary se miraron y sonrieron. George presionó el timbre. El camarero apareció casi al instante, les mostró la carta y se dirigió a George como «caballero» (Rosemary se tapó la boca para disimular la risa). Solo podían permitirse un té, pero fue como si hubieran pedido champán. El viaje fue tambaleante y los asientos eran incómodos, pero no les importó.

Cuando llegaron, Rosemary quiso ir directamente a ver el mar, y siguieron a las familias y las parejas por Queens Road hasta la costa. Todo el mundo iba vestido para ir a la playa: gafas de sol redondas cubriendo los ojos de hombres y mujeres y sombreros de ala ancha en la cabeza de los niños. Pasaron por delante de heladerías, salones de té y bares donde tocaban jazz, pero Rosemary ni los vio, de lo concentrada que estaba en llegar al mar.

Aceleró el paso a medida que fueron acercándose. Las gaviotas chillaban trazando círculos por el cielo. Y luego, por fin lo vio: una extensión infinita de agua verde que se filtraba como la tinta en el horizonte azul. Sobresalía del agua el Palace Pier, con su disparidad de edificios y cúpulas y los dos toboganes en espiral al final, de cara al mar.

Un viento marino los recibió con fuerza cuando descendieron a la playa. Rosemary se pasó la lengua por los labios: sabían a pescado con patatas fritas. La playa estaba llena de tumbonas con tela de rayas y familias y jóvenes parejas descansando en ellas. Un hombre en bañador corría detrás de una mujer también con bañador y gorro de natación hasta lanzarse juntos al agua. Había un niño sentado sobre los guijarros, señalando las gaviotas y comiendo pan con azúcar y mantequilla. Un grupo de adolescentes fumaba a la sombra de una barca volcada.

Rosemary y George se quitaron los zapatos y los calcetines y los dejaron encima de la maleta. Caminaron por los guijarros y, con las manos entrelazadas, se adentraron en el agua. Estaba tan fría como la de su piscina. Se quedaron en la orilla, contemplando un agua aparentemente interminable. George observó cómo miraba ella el mar y sonrió con todo su cuerpo.

Pasearon hasta el muelle, donde compraron patatas asadas untadas con mantequilla y las comieron apoyados en la barandilla y rodeados de gaviotas a la espera de que les cayera algún resto. Hileras de hombres con gorras blancas pescaban caballas junto al mar; mujeres con vestidos de tirantes caminaban cogidas del brazo y un montón de niños hacía cola en un puesto de rosquillas fritas. El vendedor le pasó un cucurucho de papel grasiento a una niña y la pequeña sonrió encantada.

George dio la espalda al sonido de la risa de los niños y se apoyó en la barandilla. Rosemary se volvió hacia él y sonrió, confiando en que lo que viera en su rostro fuera suficiente para llenarle la vida.

Pasaron la semana entre la ciudad, donde comían pasteles en el salón de té Lyon's y exploraban locales de jazz llenos de humo, y la playa. Por la noche, regresaban al hostal con la piel pegajosa por la capa de brea que les dejaba el mar.

—Basta con que se froten con mantequilla y saldrá enseguida —les dijo el propietario del hostal, así que compraron una barra de mantequilla y, cuando subían a la habitación, se frotaban mutuamente con aquella grasa de color claro, riendo como adolescentes. Se quedaban dormidos oliendo a mantequilla, con los cuerpos resbaladizos transformados en un revoltijo de extremidades desnudas sobre las sábanas.

Después de su último día de playa, con la cara bronceada y curtida por el agua de mar y el sol, entraron en una cafetería para tomar un chocolate caliente y escuchar la música de la máquina de los discos. El local estaba neblinoso por el humo del tabaco y el vapor de la cafetera. George pagó una canción y la voz de Elvis Presley, cantando *My Wish Came True*, llenó el local.

—¿Bailas? —le dijo George a Rosemary. Apartaron la mesa y se abrazaron en medio de la cafetería. Rosemary apoyó la cara contra el pecho de él, escuchó el latido de su corazón y pensó en su casa. Amaba el mar, pero en aquel momento deseó estar ya de nuevo en su piscina, cuyas paredes eran un consuelo, no una trampa. Había disfrutado de una semana en la que habían vuelto a sentirse jóvenes, en la que se habían escondido en el laberinto de espejos del muelle, habían hecho el amor en la ruidosa cama del hostal y habían huido de pensamientos que ambos querían olvidar. Pero deseaba ya volver a casa, a su pequeño piso. A pesar de que la tristeza se asentaba en los rincones de las habitaciones y de vez en cuando el ambiente se alteraba con una oleada de emoción que flotaba como el polvo, era su casa y su vida, y para ella era más que suficiente.

Elvis Presley estaba cantando para ellos y George la besó.

32

Rosemary está en la escalinata del ayuntamiento, viendo el confeti esparcido a sus pies. La brisa empuja un corazón de papel hasta la punta de sus merceditas de tacón bajo. Se queda pegado allí.

—¿Lista? —pregunta Kate, cogiéndole la mano a Rosemary y apretándosela.

Rosemary baja la vista, sorprendida por el contacto. Kate sonríe antes de soltarle rápidamente la mano.

Los demás esperan en la escalinata, detrás de ellas. El personal de la piscina y de la cafetería ha cerrado pronto para poder llegar a la hora; el camarero del bar va aún con su delantal. Ahmed y Geoff están charlando. Ellis y Jake hablan con Hope, y Frank y Jermaine se han quedado cerca de Kate, con Sprout sentada a sus pies. Betty ha venido con su nieta. Hay una mujer con un recién nacido colgado contra su pecho en un fular portabebés y su marido, que le da la mano. Está también una profesora de yoga que da clases en una de las aulas de las instalaciones de la piscina con algunos de sus alumnos. Un adolescente delgado y una pareja que se han quedado en la acera, algo apartados, y que Rosemary supone que deben de ser los padres del chico. Ha venido asimismo el vigilante de seguridad de los grandes almacenes, algunos maestros de la escuela del barrio y un grupo de niños del club de natación, sus padres y el entrenador. Y al fondo está Jay, con la cámara colgada al cuello, tomando fotografías del grupo que se ha congregado en la entrada del ayuntamiento.

—Estamos todos con usted, señora P. —dice Ellis.

Rosemary levanta la vista hacia las columnas que enmarcan la puerta que da acceso al ayuntamiento, se agarra al pasamanos y empieza a subir despacio las escaleras. Los demás la siguen pacientemente hasta llegar a la sala donde tendrá lugar la reunión. En la parte frontal de la sala hay una mesa larga y, detrás de esta, varios hombres trajeados. El concejal que se reunió con Kate está en el centro y los demás se sientan a ambos lados.

—Bienvenidos —saluda el concejal, y su voz se oye por encima del sonido de las patas de las sillas que rozan el suelo cuando los asistentes toman asiento delante de la mesa del comité—. Me alegro de que haya venido tanta gente. ¡Vamos a necesitar más sillas!

Al final, se consiguen sillas suficientes para todos y el grupo se instala. Rosemary y Kate se sientan delante, con Geoff y Ahmed a su lado.

—Deje que la ayude a quitarse el abrigo, Rosemary —dice Kate, haciendo el gesto.

Pero Rosemary se aparta y ajusta con más fuerza el cinturón del abrigo.

—No, tengo frío.

El concejal da comienzo a la reunión cuando todo el mundo está sentado. Habla con rapidez y su discurso está salpicado de jerga que hace que el grupo de vecinos se mueva con incomodidad en sus asientos. Habla sobre recortes a las subvenciones, sobre disminución de presupuestos y dice que la piscina significa «un goteo de dinero que podría gastarse en otras diversiones y recursos locales».

—Estoy seguro de que todos ustedes querrían que ese dinero fuera parar a otros servicios, como las escuelas del barrio —concluye, mirando a los usuarios de la piscina, que bajan la vista cuando el concejal habla.

Rosemary se siente juzgada, como si el esfuerzo que están invirtiendo en aquella lucha no mereciera la pena.

—Y ahora ha llegado el momento de oírlos a ustedes. ¿Quién desea compartir su opinión con respecto al cierre? Perdón, ¿con respecto al posible cierre? ¿Han nombrado algún portavoz?

Rosemary se levanta lentamente, apoyándose en el hombro de Kate para ayudarse. Se ciñe el abrigo alrededor del cuerpo y se recoloca la bufanda alrededor del cuello.

—Dispone de tres minutos para hablar; escuchemos lo que tenga que decirnos —dice el concejal.

Rosemary permanece de pie, consciente de que los rostros de sus amigos se vuelven expectantes hacia ella. Confían en ella.

Piensa en los baños matutinos que comparte con Kate, en cómo le está enseñando a girar por debajo del agua al terminar el largo, en los momentos que pasan juntas sentadas en el banco, charlando. Piensa en George, haciendo el pino en el fondo de la piscina, en las plantas blancas de los pies señalando hacia el cielo. Piensa en la gente que ve a diario y que encuentra en la piscina un lugar donde escapar de sus problemas. Carraspea para aclararse la garganta y empieza a hablar.

—Cuando cerró la antigua biblioteca, nadie se dio cuenta de la importancia de la pérdida hasta que ya no estuvo allí. Era un lugar de aprendizaje y también un centro para la comunidad. Y con la piscina sucede lo mismo. Todos damos por sentado su existencia y por eso es tan importante. Confiamos en que esté allí, a nuestro servicio. Es un lugar donde poder ir para disfrutar de un momento contigo mismo, independientemente de cuál sea el motivo por el que necesitas de ese momento.

Se gira y mira a toda la gente sentada detrás de ella, pensando en que cada uno carga sobre sus hombros con su propio motivo.

—La piscina alberga muchos recuerdos para todos nosotros. Para los niños que nunca han estado en el mar, significa verano y libertad. Para los padres es el recuerdo de ver a sus hijos nadar por primera vez, ese momento en que tienes que soltarlos y dejarlos volar. Y para mí…, para mí, es mi vida.

—¿Pero ha pensado usted en los meses más fríos? —dice el concejal, interrumpiéndola—. Sí, es muy posible que la piscina esté concurrida en los días soleados, pero cuando hace mal tiempo incluso pierde dinero. La gente no quiere nadar en una piscina al aire libre cuando hace frío y llueve, lo cual sucede, seamos francos, infinidad de veces. Estoy seguro de que una mujer de su edad comprende los riesgos que comporta para la salud nadar en un agua tan fría como esa.

Mientras el concejal habla, Rosemary empieza a desabrocharse el abrigo lentamente. Cuando Rosemary se desabrocha el abrigo y se desanuda la bufanda, se ve un destello de negro. Y cuando se baja el abrigo hasta la altura de los hombros, todos sus amigos irrumpen en aplausos.

—Como puede apreciar, voy perfectamente equipada.

La cabeza y el cuello asoman por encima de la parte superior del traje de neopreno que se ciñe a su cuerpo rollizo. El traje termina a la altura de las rodillas y deja al descubierto sus piernas torcidas y las merceditas que calza aquel día. El concejal sufre un ataque de tos. La cámara de Jay captura la fotografía que ocupará la portada del *Chronicle*.

—Hemos pensado que tal vez merecería la pena diversificar los productos que vendemos en recepción —interviene Geoff, acariciando el brazo del traje de neopreno de Rosemary—. Tiene razón, el agua puede estar helada, ¡pero ahora ya no hay excusas!

Rosemary se gira muy despacio para mostrar a todo el mundo su modelito y sus amigos ríen. Capta la mirada de Kate; ve que está esforzándose por no reír, pero que acaba fracasando en el intento y riendo como todo el mundo. El concejal se ha quedado mudo: es evidente que jamás en su vida ha visto a una mujer de ochenta y seis años vestida con un traje de neopreno en una sala del ayuntamiento.

33

Al día siguiente, la fotografía de Jay con Rosemary vestida de neopreno ocupa la portada del periódico. Kate escribe el artículo, mencionando que a partir de ahora, cuando termine el verano y el tiempo empiece a enfriar, los clientes podrán comprar trajes de neopreno en la piscina.

Cuando Kate llega al trabajo, Phil la recibe mostrándole el periódico. Jay está en su mesa y levanta una segunda taza de café al ver a Kate para brindar con ella.

—Esta mañana, cuando venía en el autobús, he oído a gente hablando sobre el tema —dice Phil en cuanto Kate cruza la puerta. Señala la fotografía de Rosemary—. ¿Sabes con qué frecuencia oigo a la gente hablar de las noticias que publica el *Brixton Chronicle*? Nunca jamás. Se vende en todos los quiscos y en la estación de metro, pero a veces pienso que la gente se lo lleva a casa para tirar en él las mondas de las patatas.

Kate y Jay se miran y enarcan las cejas.

—Pero esto... ¿Dónde la encontraste?

Kate no responde. Está empezando a preguntarse si fue ella la que encontró a Rosemary o fue más bien al contrario.

—Esto es justo lo que necesita la historia de la piscina: más imágenes. Kate, quiero que vayas con Jay a la piscina, que le presentes a la gente que has conocido allí. Jay, quiero fotografías con interés humano, que ayuden a comprender esa visión de que la piscina es «el corazón latiente de la comunidad», tal y como dice Rosemary Peterson.

—A sus órdenes, jefe —contesta Jay, cogiendo ya la bolsa de la cámara.

Phil se sienta detrás de su mesa, abre una bolsa de papel con manchas de grasa y empieza a devorar un cruasán de jamón y queso. Las migajas caen sobre la fotografía de Rosemary como una lluvia de hojas de otoño.

Kate está recogiendo sus cosas para marcharse cuando vibra el móvil, que había dejado sobre la mesa. Lo coge y lee un mensaje de Erin: «¡Adoro a Rosemary Peterson! Es maravillosa. ¡Mark y yo nos hemos reído mucho esta mañana con la foto! Feliz de ver tu artículo en portada. Bs, E».

Kate sonríe al leerlo.

—¿Vamos? —le dice Jay a Kate, con la bolsa ya colgada al hombro y el trípode bajo el brazo.

—¡Sí, perdona!

Le manda a Erin el emoticono de un nadador y unos besos y guarda el teléfono en el bolso.

—Vámonos.

Mientras desayuna, Rosemary lee la noticia y estudia la fotografía que ocupa la portada.

George no se creería que aparezca en la portada de un periódico, por mucho que sea solo local. Cuando por la mañana se ha acercado al quiosco para ir a buscarlo, ha visto que había gente mirándolo.

—Mira esto, es alucinante —le decía un chico a su novia mientras Rosemary pasaba discretamente por su lado.

Y ella tampoco se lo cree. El traje de neopreno está colgado en la puerta de su dormitorio a modo de recordatorio. Cuando esta mañana lo ha visto, no ha podido evitar sonreír.

La verdad es que ponérselo, antes de acudir a la reunión, le costó lo suyo. Tuvo que introducir las manos y los pies en bolsas de plástico para poder pasarlos mejor por las estrechas aberturas de brazos y piernas, y cuando se vio en el espejo del cuarto, se partió de risa. Y la risa acabó transformándose en tos y tuvo que sentarse un momento, con el traje de neopreno a medio poner y las bolsas de plástico en las manos y los pies. Sentada en la cama, miró la fotografía de George que tenía junto a la almohada. Posaba delante de la frutería, con su delantal y la calabaza más grande que habían visto en toda su vida. Sonreía.

—¿Qué te parezco, George?

Subirse sola la cremallera de la espalda también había sido complicado. Había pasado un montón de tiempo retorciéndose para alcanzar la cremallera y había estado dos veces a punto de caerse. En cuanto consiguió subirla, se cubrió con el abrigo y se envolvió bien con la bufanda para esconder el cuello del traje. El neopreno no cedía mucho y había tenido que ponerse a cuatro patas para alcanzar los zapatos.

En muchos sentidos, la reunión en el ayuntamiento no había ido bien. Los concejales los habían mirado por encima del hombro, le había parecido, y la habían hecho sentirse como si estuviera de nuevo en el colegio y aquella gente fueran los maestros. A mitad de su discurso, se acordó de las maestras que las habían hecho nadar en plena tormenta y en su expresión cuando las vieron lanzarse al agua con los impermeables. El recuerdo la llevó a sonreír. «Espera a que vean lo que escondo bajo el abrigo», pensó.

Adivinar el resultado de la reunión era complicado. Después de que Rosemary volviera a cubrirse con el abrigo y el concejal dejara de toser, el hombre les había dicho que comunicaría sus preocupaciones al Consejo (quienquiera que fuese esa gente) y que las someterían a consideración. Los vecinos y el personal de la piscina serían debidamente informados, añadió, pero no se cerró ninguna fecha para una reunión de seguimiento. A pesar de la incertidumbre, las palmaditas en la espalda y las risas de sus amigos al salir del ayuntamiento le hicieron olvidar por un momento todas sus preocupaciones. A la salida, incluso fueron a tomar algo en el pub de la esquina. Kate y Ellis la ayudaron a encaramarse a uno de los taburetes de la barra, desde donde ni siquiera tocaba el suelo con los pies. Ellis la invitó a media pinta de sidra. Y mientras estaba allí sentada, con el traje de neopreno y el abrigo, algún que otro cliente la miró con extrañeza. Ella se limitó a responder a las miradas levantando su copa y sonriendo.

Mientras bebía, observó el grupo de gente reunido en el bar. Ellis, Hope y Betty reían y compartían una bolsa de cacahuetes y sus recuerdos de Brixton. Frank y Jermaine le iban dando trocitos de cerdo a Sprout, que se había tumbado en la pegajosa moqueta, debajo de una de las mesas. Hablaban con Kate, cuyos ojos se iluminaron al explicarles el último libro que estaba leyendo. Kate sujetaba una copa de vino y tenía las mejillas sonrosadas. Cuando los tres se echaron a reír a carcajadas, Sprout meneó la cola con fuerza. Ahmed estaba hablando con aquel agradable fotógrafo que le había dicho a Rosemary que tenía una cara perfecta para una portada.

Rosemary los había estado observando a todos y la había inundado una oleada de satisfacción y cariño. La sidra, por otro lado, también debía de haber tenido algo que ver.

Cuando termina de desayunar, abre un cajón y extrae de su interior un rodillo de amasar, un rollo de papel film y otro de papel de aluminio y localiza por fin las tijeras de la cocina. Con manos temblorosas, recorta el artículo de la portada del periódico. Una vez recortado, aparta un poco la postal que le envió Hope cuando estuvo de crucero hace dos años y la carta de la tienda de comida caribeña para llevar que hay en su misma calle, y cuelga el artículo en la nevera.

A continuación, llama por teléfono a Kate y hace algo que hacía mucho tiempo que no hacía: la invita a cenar.

Kate se queda sorprendida, pero accede al instante.

—Sí, por supuesto, me encantaría. Gracias —dice—. Oh, y, Rosemary, sé que es una propuesta de último minuto, pero ¿tiene algo que hacer ahora? Si está libre, podría ayudarnos en la piscina. Jay está preparando algunas fotos para otro artículo, confiamos en que dar más cobertura a la noticia resulte útil. Ahmed ha creado una página de Facebook que se llama «Salvemos la Piscina Brockwell» y la mencionaremos también en el artículo. Luego se la enseñaré, ya está recibiendo muchos seguidores.

—Me parece maravilloso —contesta Rosemary, esbozando una sonrisa al pensar que Ahmed y los demás se están sumando a la iniciativa de apoyar a la piscina—. Estaré allí en un cuarto de hora.

—¿Puede traer el bañador? —pregunta Kate—. Jay ha pensado que una fotografía de usted en la piscina funcionaría muy bien. Y viendo que ya ha ocupado la portada, he pensado que no le importaría.

Rosemary ríe.

—¿Por qué no? —responde.

Quedan los tres en la puerta de la piscina. Ahmed sale a recibirlos y se sirve de su móvil para enseñarle a Rosemary la página de Facebook que ha creado.

—Ya tenemos sesenta «me gusta», y eso que acabo de ponerla en marcha esta mañana —comenta feliz.

A Rosemary le gustaría preguntarle que es un «me gusta», pero no quiere quedar como una ignorante. De modo que dice:

—Me parece estupendo, Ahmed, bien hecho.

Kate y Rosemary le muestran las instalaciones a Jay y él va fotografiando su mundo. Le presentan al personal y a los bañistas, y él sigue haciendo fotografías. Los niños del grupo de natación le preguntan si puede enseñarles la cámara. Jay se arrodilla en el suelo y les cuenta para qué sirven los distintos botones y les enseña algunas fotografías en la pantalla. Ellos se mueren por tocar la cámara. Cuando se levanta, tiene los pantalones con marcas oscuras de agua en las rodillas. Parece que lleve rodilleras y a Kate le entran ganas de reír.

—Lo siento —dice, cuando él la ve riendo—. Espero que no te importe que jueguen con la cámara.

—Estoy acostumbrado —responde Jay—. Tengo tres sobrinas y dos sobrinos.

Rosemary mira cómo hablan Jay y Kate y piensa en lo distinta que está Kate en comparación a cuando la conoció. Se la ve feliz.

Al final de la jornada, los tres se despiden junto a las verjas del parque.

—Hasta mañana por la tarde entonces, ¿no, Rosemary? —dice Kate.

—Sí, hasta mañana —contesta Rosemary.

34

Tiene una casa encantadora, Rosemary, gracias por invitarme —dice Kate en cuanto entra en el piso de Rosemary y le hace entrega de un ramito de tulipanes lilas.

El sol de la tarde se filtra a través de las ventanas del balcón y proyecta un resplandor dorado en el salón. La estancia es pequeña, pero pulcra y ordenada. Hay un sofá de dos plazas, un sillón y una mesita de centro con un tocadiscos al lado, en el suelo. El sofá y el sillón están complementados con cojines de colores vivos: Kate reconoce en ellos los estampados intensos de la tienda de telas africanas de Brixton Village. La sala le parece un confortable remanso de paz.

—Puedes dejar el abrigo en esa silla —le indica Rosemary, señalando la silla que hay junto a la puerta y donde reposa expectante su bolsa de natación.

Rosemary desaparece en la cocina y deja a Kate sola en el salón. Kate aprovecha para acercarse al balcón. Por encima de la barandilla, al otro lado de la calle, se ven las puertas de la piscina. El ladrillo parece terracota dorada por el sol vespertino. Más allá del recinto, el resto del parque se extiende como una neblina verde de copas de árboles y hierba.

Se aleja del balcón para acercarse a la librería que ocupa una de las paredes en su totalidad.

—¡Oh, cuántos libros! —grita Kate para hacerse oír en la cocina, ladeando la cabeza para leer los títulos: *El guardián entre el centeno*, *Una historia de Brixton*, *Poemas para una vida*...

»¿Ponemos un poco de música? —le pregunta a Rosemary cuando esta entra en la sala con un platito con cacahuetes. Señala el tocadiscos.

—¿Qué te gustaría escuchar? —dice Rosemary.

—Es complicado elegir..., tiene una colección estupenda.

—En su mayoría son de George.

—¿Puedo?

—Sí, por favor.

Rosemary se sienta y Kate se arrodilla en el suelo para mirar los discos. Elige finalmente uno, lo extrae de la funda y lo coloca en el tocadiscos.

—Me encanta Frank Sinatra. Mi madre y mi padrastro lo bailaban en la cocina. Cuando era adolescente y los veía, me sentía incómoda, pero en el fondo me encantaba: las canciones y el baile.

—George y yo también bailamos en más de una ocasión con sus temas.

—Lo siento —dice Kate—. Puedo elegir otro, si lo prefiere.

—No, déjalo. Me gusta.

Kate toma asiento en el sofá. En la estantería que queda a su lado hay una fotografía enmarcada de George y Rosemary el día de su boda. Están en el parque, cogidos de la mano bajo un árbol. Ninguno de los dos mira a la cámara; ríen y miran alguna cosa por encima del hombro del fotógrafo.

—Está muy hermosa —dice Kate—. Los dos lo están.

—Gracias. Sé que normalmente no utilizamos esa palabra para describir a los hombres, pero creo que era realmente hermoso. En verano se ponía muy moreno.

Rosemary sonríe y cierra los ojos un instante. La suave voz de Frank Sinatra inunda el piso. Escuchando la música, Kate piensa en su casa. Hace ya tiempo que no va a visitar a su madre y a Brian. Antes le preocupaba la posibilidad de ir a casa y luego no querer volver a Londres. Por mucho tiempo que lleve sin ir a su casa, la visualiza aún con claridad. Recuerda su olor: velas con perfume de naranja y la fragancia de la madera de la mesa del comedor, que tienen de toda la vida, y un aroma indescriptible que es una combinación del cabello y la ropa de las personas que más quiere en este mundo. Cuando Erin y Kate eran pequeñas, tenían dos bufandas de cuadros idénticas que les había regalado su abuela. Para saber cuál era de cada una, olían el tejido y reconocían su propio aroma al instante.

Kate levanta la vista y ve que Rosemary está observándola. Vuelve a mirar de reojo la foto del día de la boda y piensa en lo distinta que está ahora Rosemary y también en lo similar que sigue siendo en muchos aspectos. Por mucho que su cara haya envejecido, los ojos son los mismos y la sensación de confianza que inspira es la misma en la mujer de la foto que en la mujer que Kate tiene ahora enfrente.

—Cuénteme más cosas sobre George —pide Kate, devolviendo la fotografía enmarcada a su lugar en la estantería.

—Oh, no sé ni por dónde empezar —contesta Rosemary, hundiéndose un poco en su asiento—. Imagino que a estas alturas ya habrás adivinado que era muy buen nadador. Durante la guerra, lo evacuaron a Devon y, si tengo que creer lo que me contó, aunque no estoy segura del todo, resulta que incluso nadó en una ocasión entre los delfines.

Kate se ríe.

—Cuando terminaba pronto en la biblioteca, iba a visitarlo a la frutería. A veces, estaba atendiendo a clientes y yo me esperaba junto a las patatas. Le veía girar las bolsas de papel en el aire para cerrarlas o pesar tomates con auténtica concentración. Si no había nadie en la tienda, siempre me hacía un regalo: un paraguayo que sabía que sería especialmente dulce, o una zanahoria torcida entre un montón de zanahorias rectas, o alguna cosa que no hubiera visto nunca, como un ñame de sus amigos caribeños del mercado.

»Le gustaba leer, como a mí, y yo llevaba libros de la biblioteca a casa para los dos. Nos sentábamos y leíamos, y a veces él se ponía a reír por alguna cosa que había leído e intentaba luego guardar silencio para no molestarme, pero muchas veces no podía contenerse y reía tanto que acababa llorando a lágrima viva. Yo también me echaba a reír, claro, y me imaginaba qué pensarían sus clientes si vieran a su alto frutero riendo hasta acabar llorando.

Kate sigue sentada y apoya la barbilla en la mano mientras escucha a Rosemary hablar sobre el hombre que amó. Cuando habla, sus ojos azules brillan y sus mejillas se ruborizan un poco. Kate se imagina a George, el frutero nadador. Lo visualiza sentado en este salón, compartiendo el sofá de dos plazas con Rosemary.

Rosemary levanta la vista.

—Lo siento, te estoy aburriendo.

—No, al contrario —replica Kate—. Estoy disfrutando mucho escuchándola.

—Imagino que es porque hacía tiempo que no hablaba de él.

—Debe de echarlo de menos —dice con delicadeza Kate.

Rosemary mira a su alrededor. Kate se pregunta qué debe de ver, si a George sentado en el sillón, de pie junto al balcón o sonriéndole desde la puerta de la cocina.

—Sí, muchísimo.

Se oye la alarma de un cronómetro en la cocina.

—Hora de cenar —anuncia Rosemary, y la breve sombra se esfuma de sus ojos y su voz vuelve a sonar animada.

Se levantan y van hacia la cocina. La mesa está puesta para dos y el centro está decorado con un jarrón con lavanda recién cortada.

Kate ayuda a Rosemary a sacar del horno una bandeja humeante: una pierna de cordero sobre un lecho de verduras crujientes con miel.

—Huele delicioso, Rosemary —dice Kate.

Rosemary busca encima de la nevera y coge una vieja libreta con tapas de tela. Tiene muchas hojas sueltas y por los bordes asoman notas en trozos de papel. Se la pasa a Kate.

—Las recetas de George. Me han sido muy útiles. Él era el que solía cocinar.

Kate abre la libreta y gira con cuidado las hojas. Las hay con marcas de huellas y manchas de comida. Otras tienen anotaciones tachadas y comentarios añadidos, todo escrito a mano. Va hojeando las recetas.

—Debe de sentirse muy orgullosa de él —comenta, devolviéndole la libreta a Rosemary.

—Mucho.

Con cuidado, Rosemary vuelve a colocar la libreta encima de la nevera. Kate retira la mesa para que Rosemary pueda sentarse y vuelve a colocarla bien.

—Usted ha cocinado, yo serviré —dice.

Rosemary parece dispuesta a llevarle la contraria, pero ha quedado atrapada detrás de la mesa y no tiene otra elección que permanecer sentada y dejar que Kate ayude.

—En la nevera hay ensalada. ¿Puedes sacarla, por favor?

Cuando Kate se dispone a abrir la nevera, ve su artículo y la foto de Rosemary en la puerta y sonríe.

La nevera está llena de coloridas verduras de Ellis y en el interior de la puerta ve una botella de vino blanco con su nombre. Kate coge el cuenco de la ensalada y el vino y cierra la puerta.

Deja la ensalada en la mesa y sujeta el vino con una sonrisa y una ceja enarcada. Se gira hacia Rosemary con la botella etiquetada como «Kate» y se queda mirándola.

—Oh, sí, casi se me olvida —exclama Rosemary—. ¿Te apetece un poco de vino?

—¿Copas?

—En el armario de arriba, justo encima del microondas.

En el armario hay parejas de todas las cosas. Kate coge dos copas de vino y abre la botella. Llena la copa de Rosemary hasta la mitad.

—Se lo merece —dice, sirviéndole primero a Rosemary y luego a ella de la bandeja que ha dejado antes en la mesa.

La carne y las verduras están perfectamente cocinadas e incluso la ensalada está deliciosa, hecha con lechuga fresca y aliñada con algo que Kate no consigue identificar, pero que tiene un sabor maravilloso.

—Estoy impresionada, todo esto es fabuloso. Gracias, Rosemary.

—De nada —contesta Rosemary, sonriendo—. Soy muy afortunada. George era un cocinero excelente. Lo sabía todo sobre las verduras, evidentemente, pero también era muy bueno con la carne. Lo aprendió de los carniceros del mercado. Les pedía que le contaran sus secretos a cambio de un saco de patatas o unas bolsas de fruta.

Mientras comen, Rosemary sigue contándole a Kate detalles sobre George y su vida en común. Después, mientras Rosemary habla, Kate va recogiendo la mesa y lavando los platos. Está preparando la tetera, cuando oye que Rosemary suspira.

—Ha sido un cumpleaños precioso —dice.

Kate se gira en redondo.

—¡No me había dicho que es su cumpleaños!

Rosemary se encoge de hombros.

—Le habría traído algo más que unas flores —protesta Kate, frunciendo el entrecejo y con voz enojada—. Habría preparado alguna cosa. Y ahora me sabe mal que haya tenido que cocinarlo usted todo.

—Es mi ochenta y siete cumpleaños. Creo que ya he celebrado más que suficientes.

—Pues entonces, como mínimo, nos tomaremos otra copa de vino —dice Kate, apagando la tetera y cogiendo de nuevo la botella de vino—. Vamos allá —añade, sirviendo dos copas enteras—. Feliz cumpleaños, Rosemary.

Las dos mujeres brindan y beben un poco. Se sientan otra vez en las sillas y siguen charlando. Hablan sobre la piscina y sobre George, y durante un rato es como si él estuviera allí en la cocina con ellas, apretujado detrás de una mesa en la que en realidad solo caben dos.

35

Cuando estuvo encaramada al árbol, la altura le pareció mucho mayor. Enlazó las piernas alrededor del tronco y sujetó con fuerza la rama con musgo. Le colgaban las piernas. George ya estaba en el otro lado; vislumbraba los perfiles de su cuerpo, de pie en uno de los bancos de la zona de pícnic, con los brazos extendidos, esperándola.

—¡Soy demasiado mayor para estas cosas! —le dijo desde arriba.

—No sé de qué me hablas —replicó George. Rosemary no podía verle bien la cara, pero por su voz supo que estaba sonriendo—. ¿No dicen que los sesenta son los nuevos treinta?

—¡Ya tengo setenta y uno!

George rio.

—Pues entonces, los nuevos treinta y cinco.

—Lo que tú digas, pero mis rodillas no son de treinta y cinco.

Como si acabaran de oírla, las rodillas empezaron a propagar la sensación de dolor hacia las piernas.

—Puedes hacerlo, Rosy, sé que puedes hacerlo.

La luna salió de detrás de una nube e iluminó unos instantes la cara de George. Sonreía a Rosemary. «Esa cara —pensó, mirándolo—. Siempre he estado loca por esa cara». Pasó una pierna por encima de la rama del árbol, la sujetó con fuerza entre los brazos y extendió las piernas hacia abajo, buscando, intentando encontrar una superficie sólida. Fue bajando y bajando hasta que por fin localizó la seguridad que le ofrecía el banco. Cuando se sintió cómoda, se dejó ir un poco y aterrizó con un golpe sordo.

—¡Ay! —exclamó—. ¿Siempre he sido tan ágil?

Se sacudió la ropa y le dio la mano a George.

—Sí, y más —dijo George, riendo.

Bajaron con cuidado del banco y se examinaron en busca de posibles daños. No había sangre, tampoco huesos rotos, la ropa estaba en perfecto estado. En cuanto decidieron que seguían enteros, levantaron la cabeza, al mismo tiempo.

La luz moteada de la luna alumbraba el solárium de la piscina, el reloj destacaba en blanco y la silla del socorrista sobresalía extrañamente vacía entre las sombras. El cielo estaba salpicado de nubes. Las estrellas llenaban los espacios despejados. Los árboles montaban guardia alrededor de los muros del recinto y sus ramas eran aún más oscuras que el cielo que les servía de telón de fondo. Reinaba el silencio, la oscuridad y el frío.

—¿Vamos? —propuso George, mirando el rostro de su esposa y sin ver las arrugas que se habían apoderado de él con el paso de los años.

Se soltaron de la mano y se encaminaron cada uno a un lado de la piscina. Rosemary se colocó en una esquina y George, en la opuesta. Empezaron a retirar la lona hasta que el agua quedó al descubierto. Dieron media vuelta y regresaron al banco de la zona de pícnic, donde se sentaron el uno al lado del otro. Rosemary se quitó los zapatos. George se agachó para desabrochar los cordones de los suyos.

—Ay —dijo, enderezándose y llevándose la mano a la zona lumbar.

—¿La espalda? —preguntó ella.

George asintió y se quitó el zapato izquierdo con la ayuda del pie contrario. Rosemary le frotó el hombro. Se desnudaron lentamente. Rosemary ayudó a George con los botones de la camisa y George ayudó a Rosemary con la cremallera de la falda.

—Es esa que siempre se queda pillada —comentó ella—. Recuerda que tienes que tirar con fuerza.

Por fin se quedaron desnudos. La piel de los cuerpos era aún más blanca bajo la luna. Se miraron, como si se estuvieran contemplando en un espejo; conocían el cuerpo de la persona que tenían enfrente tan bien como el propio. Aquella cicatriz en el pie izquierdo de George provocada por una caja de patatas que le cayó encima cuando estaba arreglando la mercancía que acababa de llegar a la tienda; esa mancha rosada, como una pulsera, en la muñeca de Rosemary, consecuencia de la quemadura que se hizo al sacar un pastel del horno (no era de extrañar que George no la dejara cocinar); las curvas de las respectivas barrigas, que se habían ablandado y acolchado con los años.

Se acercaron a la piscina cogidos de la mano. Ella tomó entonces la delantera, se sujetó a la escalerilla y descendió por ella, de cara al agua.

Se dejó caer con un leve sonido y cogiendo aire. El agua oscura la engulló en su frialdad. La siguió él, eligiendo hacerlo de cara a la pared de la piscina. Rosemary, que lo esperaba flotando sin moverse del sitio, no pudo evitar reír al verle el trasero tan blanco. George soltó algún que otro taco al sumergirse en el agua y realizó unas cuantas brazadas para entrar en calor. Pero se echó también a reír. Se quedaron unos momentos de espaldas para acostumbrarse al frío que los mantenía a flote y les inundaba los oídos. Y entonces empezaron a nadar. Nadaron entre las estrellas y los fragmentos negros de agua, allá donde las nubes bloqueaban el paso de la luz. Se mantuvieron en todo momento el uno junto al otro, emparejando sus ritmos. Las patadas ondulaban la superficie del agua y ambos percibían las pequeñas olas que generaban sus brazadas.

Sin necesidad de mencionarlo, ambos tenían la sensación de que sería irrespetuoso hablar mientras nadaban; el silencio era bellísimo. De modo que permanecieron callados, abrazados por el frío y contemplando el cielo.

Después de unos cuantos largos, se dirigieron otra vez hacia el lado menos profundo de la piscina y salieron. Tenían el cuerpo tan frío que notaron calor con el aire exterior. Se encaminaron entonces a las esquinas y colocaron de nuevo la lona para cubrir el agua y protegerla de la noche. Regresaron al banco, sacaron las toallas de la mochila de George y se envolvieron con ellas. Se sentaron el uno junto al otro.

—¿Te acuerdas de lo que hicimos después?

Rosemary rio.

—Espero que no estés pensando en esas cosas, George.

—¿Sabes si extendimos alguna toalla? No me acuerdo..., pero sí de que acabé con las rodillas llenas de rasguños.

—¡Ay! ¿En qué estaríamos pensando?

—Pienso que sabíamos perfectamente bien lo que estábamos haciendo. Fue uno de los mejores momentos de mi vida.

Rosemary se volvió hacia George. Su sonrisa era la misma, solo que ahora estaba perfilada con arrugas profundas que se propagaban como olas hacia el exterior. Pero las arrugas de George estaban donde tenían que estar: demostraban la realidad de su carácter. Conocía gente que se consideraba optimista y que se sorprendía de que se les formaran arrugas en el entrecejo. Pero ella las comprendía a la perfección al recordar viejas discusiones o momentos de amargura. Las arrugas no mentían.

George se había quedado calvo hacía ya tiempo; había empezado a perder el pelo antes de cumplir los treinta y se había comportado de manera admirable riéndose de aquella circunstancia. Rosemary sabía que en realidad le dolía y que le preocupaba que ella dejara de encontrarlo atractivo. En una ocasión, lo había sorprendido hojeando un ejemplar de *Men's Health* en el supermercado. Pero a ella le traía sin cuidado que George no tuviera ni un solo pelo en la cabeza. Lucía su calvicie con elegancia y eso era lo que importaba. Y además, también a ella le había empezado a clarear el pelo, y era consciente de que con los años había ganado peso. Su figura esbelta se había ido rellenando. Al principio le había preocupado muchísimo, apenas lograba reconocerse, pero ahora solo le preocupaba levemente.

—Cincuenta años —dijo George, suspirando.

Ambos guardaron silencio unos instantes, mirando hacia la piscina en penumbra.

—Espero que creas que ha valido la pena —continuó él en voz baja, mirándose los pies desnudos—. Sé que no hemos viajado, que nos hemos quedado toda la vida en el mismo lugar. Y que nunca he sido rico, la verdad, y que... solo hemos estado nosotros dos...

Rosemary miró a su marido mientras él seguía contemplándose los pies.

—Y sé que nunca he sido un tipo elegante y que, francamente, me he puesto un poco gordo. Y todas estas arrugas. Y que sé más de coles que de política. Pero lo que quiero decir es que espero que todo esto haya sido suficiente para ti. Que espero haber sido suficiente para ti.

Levantó por fin la vista para mirarla a los ojos. Volvía a ser un adolescente, era uno de aquellos raros momentos en los que perdía su confianza y Rosemary podía ver al chiquillo nervioso que se escondía detrás. Rosemary tragó saliva.

—Ven aquí, tonto —dijo, atrayéndolo hacia ella y besándolo con fuerza.

Se abrazaron y las toallas se deslizaron levemente por sus cuerpos. Permanecieron un rato así, pegados el uno al otro, sintiendo el latido del corazón en el pecho del otro. «Siempre has sido suficiente», le habría gustado decir a Rosemary, pero no consiguió que le salieran las palabras aunque, por otro lado, sabía que no era necesario pronunciarlas. Su forma de abrazarse daba a entender que ambos lo sabían.

Se separaron un poco al cabo de un rato. Recolocaron las toallas y rieron al verse desnudos.

—Y, en cualquier caso —añadió Rosemary—, los dos estamos gordos y arrugados.

Rieron a la vez.

—Vamos, tenemos que irnos —dijo George, y empezaron a pasarse la ropa que habían dejado en el banco—. Cariño, me parece que esto no es mío... —comentó, con el sujetador de color lavanda de Rosemary en la mano.

—Uy, lo siento —contestó ella riendo, cambiándoselo por los calzoncillos que había cogido.

George la ayudó a abrocharse el sujetador, acariciándole a continuación los hombros. Se vistieron despacio, peleándose con botones y cremalleras en la oscuridad.

—¡Malditos cordones! —exclamó George, agachándose para ponerse los zapatos.

—Deja, que lo hago yo —dijo ella, arrodillándose para abrochárselos—. ¡Ay!

—¿Las rodillas? —preguntó él.

—Sí. Últimamente no paran de dar guerra.

Le ató los cordones y se incorporó.

—Cómo estamos, ¿eh? —comentó él, sonriéndole.

—Viejos, así es como estamos.

—¿En qué momento nos ha pasado?

—No tengo ni idea. Me parece que estábamos demasiado ocupados viviendo como para darnos cuenta de ello.

—Sí, se nos ha echado encima.

—A lo mejor no es verdad que nos estemos haciendo viejos, sino que son los demás los que rejuvenecen.

—Sí, debe de ser eso.

—Vamos, volvamos a casa. Necesito una buena taza de té.

George se colgó la mochila a la espalda y le ofreció la mano a Rosemary para ayudarla a subirse al banco. Se encaramó él a continuación y estiró el brazo para alcanzar la rama del árbol. Ella se volvió para echar un último vistazo a la piscina. Se imaginó nadando de nuevo allí por la mañana, guardando el secreto de su aventura nocturna detrás de una sonrisa. Las manecillas del reloj se habían colocado elegantemente juntas: acababan de superar la medianoche.

Y entonces se oyó un crujido tremendo, como el casco de una barca que se astilla contra las rocas. Rosemary se giró justo a tiempo de ver la rama del árbol partiéndose por la mitad y cayendo al suelo, esparciendo sus hojas por el solárium. George se quedó inmóvil en el banco, con la mirada fija en el espacio que había ocupado la rama y con los brazos todavía extendidos, vacíos. Bajó la vista a la rama caída.

—Bueno, esto sí que no estaba previsto.

Miraron los dos el árbol. Sin la ayuda de la rama para impulsarse, era imposible que pudieran superar el muro. Volvieron a mirar la rama.

—Las cosas se han puesto interesantes.

La piscina no abría hasta las seis y media de la mañana y ambos estaban temblando de frío. Se miraron un instante, presas del pánico: estaban atrapados.

Y entonces rompieron a reír a carcajadas. Rieron como niños, abrazándose mientras la risa les sacudía todo el cuerpo. No podían parar; era contagiosa y ridícula. Al final, George empezó a respirar con dificultad y Rosemary, con los ojos llenos de lágrimas, lo ayudó a bajarse del banco.

—Tranquilo, tranquilo —le dijo.

Se sentaron los dos y miraron de nuevo el amasijo de hojas. La luna les guiñó entonces el ojo desde detrás de una nube, un coche tocó el claxon y se oyó el rugido de una moto. Pero en el interior de las paredes del recinto reinaba el silencio.

—Tendremos que llamar por teléfono para pedir ayuda —señaló finalmente Rosemary.

—Pero hemos violado una propiedad, ¿no nos meteremos en problemas?

Estallaron otra vez en carcajadas.

—¡Estoy hablando en serio! —dijo Rosemary cuando consiguieron tranquilizarse—. No pienso quedarme aquí toda la noche. Estoy congelándome. Somos demasiado viejos para estas cosas; a lo mejor no sobrevivimos hasta mañana. ¡Todo esto fue idea tuya, así que ahora te toca a ti sacarnos de aquí, George Peterson!

George buscó en la mochila el teléfono móvil que había adquirido hacía un tiempo para utilizar en caso de emergencia. Aunque aquella no era precisamente la emergencia que tenía en mente.

—¿Cómo lo enciendo? —preguntó George.

—Con esa tecla grande que hay arriba.

—No veo nada. ¡Estamos a oscuras!

—Trae, déjame a mí.

George le pasó el teléfono. Rosemary lo toqueteó a oscuras hasta que se iluminó la pantalla. Se lo pasó de nuevo.

—Toma.

—Gracias.

Cuando el teléfono estuvo conectado, George marcó el «999».

El teléfono empezó a sonar y Rosemary prestó atención a la conversación de George.

—¿Hola? Con la policía, por favor, o quizá con los bomberos. Estamos en la Piscina Brockwell, en Brixton, encerrados dentro.

Hubo una pausa.

—Entramos saltando la pared, pero la rama se ha roto, ¿sabe usted?, y ahora no podemos salir. Mi esposa y yo. Sí, mi esposa. Setenta y uno. Sí, he dicho setenta y uno. No, no es una broma. Bueno, sí, ya sé que somos mayorcitos para estas cosas.

Rosemary estaba riendo otra vez, tapándose la boca con la mano para intentar disimular el sonido. George le lanzó una mirada y le dio una palmada débil en el muslo con la mano que tenía libre.

—¿Qué? Bueno, sí, supongo que tendríamos que haberlo pensado. Vale. Sí, de acuerdo, gracias.

Colgó el teléfono.

—Enseguida vienen.

Esperaron a oscuras, sentados el uno junto al otro en el banco de la zona de pícnic, como escolares a la espera de ser llamados al despacho del director. Rosemary descansó la cabeza en el hombro de George y contemplaron las nubes y las estrellas del cielo.

Los bomberos les ahorraron el bochorno de la sirena, pero sí vieron la luz azul destellando por encima del muro del recinto, iluminando las ramas de los árboles.

—¿Hola? —oyeron gritar a alguien pasados unos instantes.

—¡Hola! —gritaron al unísono Rosemary y George.

Cuando apoyaron la escalera a la pared del recinto, se oyó un sonido metálico contra el ladrillo. Apareció enseguida un bombero, que se quedó mirándolos desde arriba.

—¿Qué pasa aquí? —preguntó.

George y Rosemary levantaron la vista y la oscuridad ocultó el sonrojo de sus mejillas.

—¿Listos? —gritó alguien desde el otro lado de la pared del recinto y el bombero se giró para agarrar otra escalera que le pasaban desde abajo. La hizo descender por el lado interior del muro hasta que quedó descansando en el solárium, cerca del lugar donde había caído la rama del árbol.

—Vamos —dijo el bombero con voz seria, aunque se notaba que disimulaba la risa.

George le dio la mano a Rosemary y la ayudó a subir los primeros peldaños de la escalerilla. Rosemary subió hasta arriba y el bombero la ayudó entonces a pasar la pierna por encima del muro para empezar a bajar por la escalerilla situada al otro lado. George la siguió entonces, lanzando una última mirada a la piscina antes de saltar la pared y descender hacia el parque.

Los bomberos los regañaron por hacerles perder el tiempo y les comunicaron que, al tratarse de su primera infracción, solo recibirían una amonestación.

—No se preocupe, señor —contestó Rosemary—. No creo que mis rodillas estén para trepar otra vez por ahí.

Se ofrecieron a acompañarlos a casa, pero les dijeron a los bomberos que vivían justo al otro lado de la calle. Volvieron a disculparse, se dieron la mano y regresaron a casa. Una vez en su habitación, se metieron directamente en la cama, sus cuerpos lo bastante cerca como para sentir el aliento del otro en la cara. Con las toallas colgadas detrás de la puerta del dormitorio, cayeron enseguida dormidos.

36

Kate se despierta arrepintiéndose de la última copa de vino. La nota obligándola a mantener los ojos cerrados, aporreándole la cabeza como el repartidor que llama a la puerta. Por mucho que Rosemary tenga ochenta y siete años, es Kate la que necesita aprender a gestionar mejor la bebida.

Se gira y mira el teléfono. Hay un mensaje de Erin y una llamada perdida de su madre. Les envía a ambas un breve mensaje contándoles lo de la cena, pero sin mencionar la resaca. Deja otra vez el teléfono, boca abajo en esta ocasión, pues la luminosidad de la pantalla le hace daño en los ojos.

Se salta la piscina y de camino al trabajo se desvía un momento para visitar la furgoneta cafetería que hay siempre delante de la estación. El sonido del vapor coincide con el sonido de un autobús que arranca en la calle. Pide un café para ella (doble) y otro para Jay.

—Gracias. ¿Trasnochando? —pregunta Jay cuando Kate le deja el café encima de la mesa antes de ir a sentarse detrás de la de ella sin decir nada.

—¿Tanto se nota?

—¿Tuviste una cita?

Kate ríe y bebe un poco de café. Ve que Jay está observándola por encima del borde de su taza.

—Sí. Y fue maravillosa: una conversación estupenda, una cena estupenda y muchísimo vino. Con el pequeño detalle de que «él» era «ella», tiene ochenta y siete años y se llama Rosemary; la conoces.

Jay ríe también y bebé café.

—Hablando de Rosemary, ¿has visto el periódico de hoy?

Le pasa un ejemplar por encima de la mesa.

Las fotografías que hizo Jay de la piscina y sus bañistas ocupan la doble página central del periódico. Rodeando las imágenes, el artículo de Kate, lleno de anécdotas sobre la piscina extraídas de las personas de todas las edades que nadan allí. «Recuerdos de agua», reza el titular.

«Me gusta hacer el pino con mi papá en la piscina». Hayley, 7 años.

«Empecé a entrenarme para el triatlón en Brockwell. Me queda cerca de casa, y por eso podía venir antes de ir a trabajar. Cuando por fin terminé el triatlón, volví para celebrarlo con unos largos. Fue estupendo volver al lugar donde empezó todo». Reggie, 43 años.

«Mis hijos aprendieron a nadar en Brockwell. Mi foto favorita es una en la que posan junto a la piscina embadurnados con crema solar. Se les ve tan felices que me siento dichosa cada vez que la miro». Dawn, 59 años.

«En los buenos y en los malos tiempos, la piscina siempre ha estado ahí para poder zambullirme cuando lo he necesitado. Solo me gustaría decir: gracias». Ben, 55 años.

«Es una playa en la ciudad». Mel, 12 años.

Aparece Ahmed, que levanta la cabeza de sus libros y esboza un principio de sonrisa. Está rodeado por un montón de notas adhesivas que han invadido el mostrador de recepción. Por la ventana que tiene a sus espaldas se filtra un rayo de luz que se refleja en la superficie de la piscina y dibuja estrellas en el techo de recepción. En primer plano, una niña con una mochila en forma de delfín da la mano a su madre y mira las estrellas de luz con la boca entreabierta y una expresión embelesada en su cara pecosa. Por encima del suéter lleva unos manguitos.

El socorrista está levantándose de su silla, con el silbato en la boca y las mejillas hinchadas. Señala hacia el extremo más alejado de la piscina, donde una serie de niños se da la mano en un movimiento congelado en el aire. Saltan con los ojos cerrados, la boca abierta, sus piernas lanzando una patada a sus espaldas. Son niños de diversas alturas; el más pequeño, colocado en una punta, es el único con los ojos abiertos y mira al resto de los niños con cara de sorpresa. Kate se los imagina viendo la foto cuando sean hombres adultos con familia y puestos de trabajo que sus hijos no entienden, y se pregunta si recordarán el día que saltaron en la piscina con sus amigos.

La fotografía siguiente muestra a un niño rubio de pie en el borde de la piscina, en el lado más profundo, con las rodillas dobladas y los brazos levantados, como si fuera a lanzarse al agua. Pero parece que acaba de oír o ver algo, porque tiene la cabeza girada en dirección opuesta. Mira a lo lejos, como si estuviera examinando el público que lo observa. Le han roto la concentración y, por un instante, su expresión de seriedad, que le hace parecer mayor de lo que en realidad es, se ha borrado de su cara y no es más que un niño flaco en bañador a punto de lanzarse a la piscina.

Hay varias fotografías de Rosemary. Rosemary en el solárium, vestida, con la bolsa de natación colgada al hombro y mirando a la cámara con expresión desafiante. Incluso vestida, se adivina que tiene las rodillas torcidas, pero posa lo más erguida que puede. Detrás de ella se ve el viejo reloj y el azul de la piscina. Hay una fotografía de Rosemary en el agua, con los brazos cruzados a un lado y el gorro de natación cubriéndole el pelo. La cámara no esconde las arrugas de su cara ni los lunares de sus brazos, pero, con todo y con eso, tiene un porte elegante. La luz se refleja en la superficie y, desde allí, en su cara. Kate la encuentra muy guapa. Y luego hay otra foto de Rosemary sentada en una silla, en la terraza de la cafetería, con una taza en la mano y la mirada perdida hacia la piscina, contemplándola.

Y finalmente hay una de Kate. Le sorprende encontrar una foto de ella en el periódico y, al principio, ni se da cuenta de que es ella. Pero sí, allí está, sentada en una silla delante de Rosemary, viendo cómo contempla la piscina. Kate nunca había visto una foto suya en la que se la viera tan espontánea como aquí, capturada en un momento en que ni siquiera se dio cuenta de que la estaban fotografiando.

—Son preciosas, Jay.

—Gracias. La verdad es que a mí también me lo parecen.

Kate está tan absorta mirando las fotografías que ni se da cuenta de que, durante todo el rato que ella mira las fotos, Jay está mirándola a ella.

37

Aquel día, Rosemary se salta también su sesión de natación matutina y, como una excepción, se regala un rato más en la cama. No se levanta hasta las nueve. Por mucho que haya cumplido ya los ochenta y siete, no ha perdido aún esa sensación que la saca de la cama por las mañanas, la sensación de que tiene que ir a la escuela o a trabajar a la biblioteca. Hacía meses que no holgazaneaba en la cama.

Es el día de la compra y se dirige al mercado. El ambiente está cargado con el aroma de los mangos maduros y el sonido de los vendedores que anuncian las ofertas de la jornada. Es una mañana muy concurrida y Rosemary serpentea lentamente entre los compradores. En cuanto Ellis la ve acercarse, agita la mano para saludarla. Pero, cosa rara en él, no está sonriendo, sino que su expresión es muy seria.

—¿Estás bien? —le pregunta Rosemary cuando llega al puesto.

Ellis se mueve con inquietud. Se pasa la mano por el pelo corto.

—No sé si tendría que contárselo —empieza a decir, con cierta ansiedad.

—¿Qué pasa?

Ellis mira a Rosemary unos instantes más, hunde la mano en el bolsillo y saca el teléfono.

—Empecé a seguir a Paradise Living en Twitter cuando me enteré de que pretendían cerrar la piscina —dice—. Y esta mañana he visto esto...

Le pasa el teléfono. Rosemary saca del bolso las gafas de lectura y se las cuelga en la punta de la nariz. En la pantalla del teléfono hay una sección transversal de un edificio bajo de ladrillo. En el interior se ve una cafetería con amplios ventanales que dan a una pista de tenis. Necesita un momento para reconocer el edificio.

—Han publicado los planos de lo que piensan hacer en la piscina si ganan la puja —explica Ellis, recuperando el teléfono de manos de Rosemary, que se ha quedado paralizada—. Aunque, naturalmente, ya no habrá piscina...

Aunque Ellis le haya quitado a Rosemary el teléfono, aquel dibujo se le ha quedado grabado en la mente.

—Pero estoy seguro de que aún hay esperanzas —añade con rapidez Ellis—. Estamos todavía pendientes de que el ayuntamiento nos diga algo, ¿no?

—Sí —responde Rosemary—. Kate dice que será pronto.

Se queda en silencio y baja la vista. Están empezando a llegar fresas y las cestitas con la jugosa fruta ocupan la zona central del puesto.

—Lo siento —dice Ellis—. Tal vez no tendría que habérselo enseñado.

—No, no, no pasa nada —contesta Rosemary, levantando la vista e intentando esbozar una sonrisa—. Me alegro de saberlo, así podré contárselo luego a Kate. Sería buen material para un artículo del *Brixton Chronicle.*

—La página de Facebook de Ahmed está funcionando muy bien —comenta Ellis—. Ya tiene centenares de «me gusta» y estoy seguro de que nos ayudará. A la gente le interesa el tema.

—Sí, claro —dice Rosemary—. Bueno, cogeré lo de siempre y luego debería ir volviendo.

Ellis prepara dos paquetes y se los pasa a Rosemary, que los guarda en la bolsa. Ellis descansa una mano en el hombro de Rosemary antes de que esta se marche. No dicen nada; Ellis se limita a hacer un gesto de asentimiento y retira la mano. Rosemary echa a andar hacia Electric Avenue. Normalmente se reuniría con Hope para tomar un café, pero hoy Hope está ocupada cuidando de Aiesha y Rosemary, en el fondo, se alegra. No está con ganas de compañía en este momento. De modo que, terminadas las compras, enfila el lento camino de vuelta a casa.

Kate mira los planos en el ordenador del trabajo. Se le hace muy extraño ver la piscina que tanto quiere llena de cemento en vez de agua perfectamente azul. Solo de pensarlo, lo ve todo gris.

—¿Estás viéndolo? —le pregunta Rosemary, que está al teléfono.

—Umm… —responde Kate.

—¿Y? —dice Rosemary—. ¿Crees que podrías escribir un artículo al respecto?

Las personas que salen en el dibujo tampoco son adecuadas. Resultan demasiado perfectas, perfectas según el concepto de la promotora de un complejo inmobiliario elegante.

—Sí, sí, por supuesto que escribiré un artículo —responde Kate, pasado un momento—. Gracias por informarme. Escribiré el artículo hoy mismo.

—¿Nos vemos mañana por la mañana para nadar? —pregunta Rosemary.

—Sí, nos vemos mañana.

Cuando cuelga el teléfono, Kate se queda mirando la pantalla del ordenador. Nota los latidos del corazón contra el pecho, se da cuenta de que le están empezando a sudar las manos. Mira a su alrededor, buscando instintivamente a Jay, pero ha salido a hacer un reportaje. El ritmo de la respiración se le acelera.

—¿Va todo bien? —pregunta Phil.

Sale en aquel momento de la cocina y se dirige a su mesa con una taza de café en la mano. Cuando llega delante de la mesa de Kate, se apoya ligeramente en el borde y amenaza con tirar al suelo una montaña de carpetas y libros.

Kate respira hondo y levanta la vista, obligándose a esbozar un intento de sonrisa.

—Sí, todo bien —contesta—. Tengo un nuevo artículo para ti, nuevas noticias sobre el tema de la Piscina Brockwell.

—Estupendo —dice Phil, levantándose—. ¿Me lo tendrás preparado hacia las dos?

—Sí, lo intentaré —responde Kate, cuando por fin Phil se dirige a su mesa y la deja en paz.

Bebe un trago de agua y luego respira hondo para intentar sosegar la respiración. Su cabeza está llena a rebosar de pensamientos sobre la piscina: el agua fría que la relaja por las mañanas cuando va a nadar, la promesa que le hizo a Rosemary de que intentaría ayudar, saber que desde que descubrió la piscina ha empezado a sentirse como en casa por primera vez desde su llegada a Brixton. Es consciente de que la publicación de los planos de Paradise Living forma parte de lo que ya sabían que estaba pasando, pero ver la imagen del recinto de la piscina totalmente alterado ha marcado una diferencia. Ha hecho que, de repente, la perspectiva del cierre de la piscina se haya vuelto muy real.

Se inclina sobre el ordenador y se concentra en la redacción del artículo. Para ello, se aferra a la hora límite de las dos del mediodía como ayuda para controlar la situación. El Pánico pega la cara a las ventanas de la oficina y la observa; mira cómo teclea. Pero el trabajo es el único lugar donde jamás le permite entrar. Sabe que le consume todas las fuerzas, pero está decidida a seguir siendo profesional y a no dejar que sus colegas vean la menor fractura en el escudo que se ha construido a su alrededor cuando está trabajando. Tal vez transmita un aspecto distante o de preocupación, pero jamás el de una persona consumida por el pánico. Baja la cabeza y se concentra en lo que tiene entre manos.

Entrega el artículo a las dos menos cuarto.

PARADISE LIVING HACE PÚBLICOS SUS PLANES PARA LA PISCINA BROCKWELL

Un plano alzado muestra la piscina como un gimnasio privado exclusivo para inquilinos y propietarios de Paradise

La piscina Brockwell está en venta y la promotora inmobiliaria Paradise Living se encuentra actualmente en la recta final de la presentación de una oferta ganadora. Hoy nos ha mostrado una primera imagen del aspecto que podría tener el recinto en el futuro.

«Un gimnasio privado sería un gran valor añadido para nuestras propiedades —declaró un portavoz de Paradise

Living—. De este modo, los inquilinos y los compradores de nuestros edificios tendrían acceso exclusivo a unas instalaciones de primera calidad».

El plan incluye un gimnasio, una sauna y una cafetería, pero no una piscina.

«Nuestra investigación sugiere que el tenis es más popular en Paradise, o entre nuestros clientes potenciales», afirmó el portavoz. En consecuencia, el plan consistiría en llenar de cemento la piscina y construir allí una pista de tenis.

Un grupo de Facebook, que lleva por nombre «Salvemos la Piscina Brockwell», está ganando adeptos entre los vecinos del barrio.

Ahmed Jones, que puso en marcha la página y que es además empleado de la Piscina Brockwell, nos dijo: «Ahora que Paradise Living ha dado a conocer sus planes, vemos realmente la pérdida que supondría transformar la piscina en un club privado. Animo a todo el mundo a demostrar su apoyo haciéndose seguidor de nuestra página, donde iremos publicando cualquier avance, así como las diversas herramientas que estamos poniendo al alcance de los vecinos que quieran implicarse en la causa. No podemos permitir que esto se haga realidad».

38

Al día siguiente, Rosemary vuelve a levantarse temprano. Cuando se despierta, en lo primero que piensa es en la imagen que Ellis le mostró ayer con el plan de Paradise Living para la piscina. Solo de pensarlo, le entran ganas de quedarse en la cama, de taparse la cabeza con la colcha y permanecer escondida durante una buena temporada. Pero se obliga a levantarse, aunque, antes de poner los pies en el suelo, se detiene un momento a acariciar el marco con la fotografía de George que tiene junto a la cama. Se viste todo lo rápidamente que puede (que no es muy rápido) y coge la bolsa de natación de su lugar habitual, junto a la puerta.

El recorrido hasta la piscina es un corto paseo, pero esta mañana se decide por el camino más largo, que la lleva por el centro del parque, saltándose el sendero y pisando el césped. La humedad se filtra a través de la lona de sus zapatillas deportivas, pero le da igual. Quiere sentir la tierra bajo los pies. Dejar sus huellas en forma de hierba aplastada y mojada. Recuerda cuando de pequeña corría por el parque nevado. Quería ser la primera en dejar unas huellas que proclamaran a gritos: «Existo», para que se enteraran de ello el sol de la mañana y los pájaros que se acurrucaban entre sí para entrar en calor sobre las ramas nevadas de los árboles.

Al pasar junto a los cristales de la sala del gimnasio, mira hacia el interior y ve que los asistentes a la clase de yoga están haciendo el saludo al sol. Cambian a la siguiente postura y algunos ven pasar a Rosemary. Por un instante, la imagen del gimnasio transformado en una cafetería con vistas a la pista de tenis le corta la respiración. Pero sonríe y sigue andando hasta doblar la esquina del edificio y llegar a la entrada del recinto.

Una vez dentro, se cambia y sale a la piscina. Busca la toalla de Kate, que suele estar colgada de la barandilla que hay junto al lado menos profundo, pero no la ve. Se pregunta si debería esperarla, pero decide que seguramente llegará enseguida y empieza a bajar lentamente por la escalerilla. Se prepara para la mordida del frío y se sumerge en el agua.

Rosemary nada sus largos e intenta no pensar en el futuro y en lo que le deparará a ella y a la piscina. Se concentra en las sensaciones: en el frío que siente en la piel, en el sol de la mañana en la frente, en el agua que se filtra entre sus dedos mientras nada a braza. De vez en cuando, le pasan por la cabeza pensamientos relacionados con George —George lanzándose al agua desde el trampolín alto que proyectaba una sombra sobre el lado más hondo—, pero también le resultan excesivamente dolorosos. Tiene que limitarse a pensar en lo que en estos momentos contienen las cuatro paredes del recinto.

Cuando llega al final de su sesión de natación, se detiene un instante y observa a los demás bañistas. Algunos hacen que la piscina parezca un estanque, de lo rápido que la cruzan. Para otros, es un océano.

Su mirada se desplaza hacia la cafetería, donde uno de los camareros intenta sujetar un puñado de globos de colores en una de las sombrillas. La brisa los agita y uno acaba escapándose y se marcha volando. El chico salta para cazarlo, pero la cuerda se escabulle de entre sus dedos y el globo queda en libertad. Rosemary lo observa volar por encima de la piscina. Confía en que no se quede enganchado en alguno de los árboles; quiere que vuele libre. Sopla entonces una bocanada fuerte de aire que lo aleja de las ramas del roble y lo eleva hacia el cielo. Durante unos instantes, flota delante del sol y el sol parece una pelota amarilla con una cinta a modo de cola.

Sube con cuidado la escalerilla y sale de la piscina. En cuanto pisa terreno seco, se vuelve de nuevo mortal. Mientras nada, las rodillas no le dan ningún problema.

El camarero ha conseguido asegurar el resto de los globos y ha vuelto a entrar en la cafetería. Rosemary coge la toalla, se envuelve en ella y se la sujeta por delante.

—¡Ya ha salido! —grita una voz.

De pronto, Kate cruza las puertas de la cafetería y sale al solárium seguida por Frank, Jermaine, Hope, Betty, Ellis, Jay, Ahmed y Geoff. Todos llevan platos con pastas de té.

—¡Feliz cumpleaños! —exclaman al unísono.

—Aunque sea dos días más tarde de lo que corresponde —añade Kate, que ocupa el centro del grupo y lleva un vestido de tirantes con estampado de florecitas que Rosemary considera de lo más colorido para lo que es habitual en ella—. Sentimos el retraso.

Rosemary mira los globos y entonces cae en la cuenta de que son para ella. Jay lleva la cámara colgada al cuello y dispara con rapidez una fotografía, capturando su rostro cuando enarca las cejas en una expresión de sorpresa.

—¡Corre, cógela antes de que se nos escape! —exclama Ellis.

Y Kate deja su plato y echa a correr hacia Rosemary. La rodea con un brazo y la guía hacia la mesa. Rosemary no opone mucha resistencia; está atónita.

Jay retira la silla que ocupa la cabecera de la mesa y Kate acomoda a Rosemary con delicadeza mientras todo el mundo mueve las sillas para tomar asiento. Rosemary se sienta encima de la toalla. El sol brilla lo suficiente como para mantenerla en calor sin necesidad de entrar a buscar la ropa.

—Siento mucho no haber nadado con usted esta mañana. He estado liada preparando todo esto —dice Kate—. Ochenta y siete años no pueden pasar de largo sin una buena celebración. Y ya sé que es un poco temprano para la tarta, pero…

Rosemary mira la mesa. El centro está ocupado por una espléndida tarta Victoria rebosante de nata y mermelada. Está decorada con cierta torpeza con trocitos de fresa y ramitas de romero. La parte superior está cubierta con azúcar glaseado.

—Es preciosa. ¿La has hecho tú?

Kate asiente con la cabeza. Es la primera tarta que elabora desde hace años. La noche anterior estuvo despierta hasta las tantas preparándola. Primero tuvo que lavar los platos sucios de sus compañeros de piso y limpiar las superficies. Luego se puso un poco de música y fue pesando con cuidado todos los ingredientes.

—Gracias, Kate, es maravillosa.

Aparecen entonces Geoff y uno de los camareros, cada uno con un ramo de flores.

—Para nuestra clienta favorita —anuncia Geoff, inclinándose para darle un beso en la mejilla a Rosemary.

Rosemary se ruboriza y acepta las flores. Las deja en su regazo.

—No sé qué decir.

—No es necesario que digas nada —replica Hope—. Tú limítate a disfrutar del desayuno.

Durante un breve instante, todo el mundo se queda inmóvil, pero de pronto todos se inclinan hacia delante para coger sus platitos con pastas. Mientras desayunan, Kate se acerca un poco más a Rosemary.

—Sé que ayer tuvimos malas noticias con lo de aquel plano —dice—. Pero he estado pensándolo, y no creo que signifique nada. No tenemos que dejar de luchar ni de disfrutar de este lugar. Y no podemos permitir que esto interfiera en la celebración del cumpleaños, ¿de acuerdo?

Rosemary se queda sorprendida. Nunca había oído hablar a Kate con tanta confianza.

—De acuerdo —responde, con un gesto de asentimiento y una sonrisa—. Y ahora, si no te importa, ¿podrías cortarme un poquito de esa tarta tan deliciosa?

Kate señala la tarta.

—Solo un segundo antes de cortarla —dice, sacando el teléfono del bolsillo—. Le prometí a mi hermana que le haría una foto. Anoche le conté lo de la fiesta. De pequeñas, preparábamos tartas entre las dos.

Rosemary vuelve a sonreír y piensa en lo feliz que parece Kate. Kate toma una fotografía de la mesa con la tarta en el centro y, acto seguido, Rosemary coge el cuchillo y corta el bizcocho.

Todos ríen y charlan y le piden a Rosemary que les cuente cosas sobre sus recuerdos de la piscina. Al principio permanece callada, conmocionada aún por la sorpresa, pero poco a poco va entrando en conversación. Les cuenta cómo era la piscina en verano cuando ella era pequeña.

—Por aquel entonces estaba aún más concurrida que ahora y para llegar al agua tenías que vigilar para no pisar a la gente que estaba tomando el sol. Y cuando te metías en la piscina, apenas tenías espacio para nadar un ancho. Pero daba igual; se trataba de zambullirse en el agua y refrescarse... La verdad es que teníamos demasiado calor y demasiada pereza como para nadar. Era el lugar donde estar y donde ser visto. Nosotras, las chicas, nos sentábamos en fila en el borde, todas con la misma rodilla cruzada sobre la pierna. Dejábamos los pies colgando en el agua. Y fingíamos no mirar a los chicos que se lanzaban a la piscina y ellos fingían no ver que los estábamos mirando. Pero me parece que ni los unos ni las otras hacíamos un buen trabajo al respecto.

Ríe y todos ríen con ella.

—Era justo allí —dice, señalando hacia la piscina—. Yo me sentaba justo allí.

Todo el mundo se gira e intenta imaginarse a la joven Rosemary sentada con los pies en el agua y mirando a los chicos.

—Llevo más de ochenta años nadando aquí.

Sus amigos le sonríen. De vez en cuando, un bañista sale de la piscina para acercarse a saludar a Rosemary y desearle feliz cumpleaños. Algunos se detienen para conversar un poco más con ella; Rosemary les pregunta por los hijos, el trabajo o la autocaravana que se han comprado. Luego, Frank posa una mano en el hombro de Rosemary.

—Me temo que tenemos que volver a la tienda —dice.

—He dejado a Jake a cargo del puesto —comenta Ellis, también levantándose—. Mejor será que vaya regresando antes de que el chico me deje en la bancarrota.

Le sigue Hope; esta mañana tiene previsto hacer una lectura a los niños de la escuela de primaria.

—Jay y yo también tenemos que ir a trabajar —dice Kate—. ¿Quiere salir con nosotros?

—Id vosotros —responde Rosemary—. Me apetece quedarme aquí sentada un rato más.

—¿Seguro? —pregunta Jay.

—Sí, de verdad, marchaos. Quiero disfrutar de la vista un momento. Y gracias por todo, Kate.

Rosemary le coge la mano y se la aprieta. Mira con cariño a Kate, que le devuelve la mirada con una sonrisa de oreja a oreja.

—De nada —contesta Kate, ruborizándose levemente.

Cuando se han ido todos, Rosemary se levanta. Hay una leve brisa que agita los árboles y tira de las cuerdecillas de los globos. Se empujan entre ellos, chocan contra el parasol. Con cierta dificultad, Rosemary levanta el brazo. Es un trabajo complicado y sus manos ya no son tan fáciles de controlar como antes, pero al final consigue deshacer el nudo que sujeta los globos. Se liberan de inmediato y se diseminan por el aire en direcciones distintas. Al estirar el brazo, se le ha soltado el nudo que sujetaba la toalla, que ha caído al suelo. En bañador, contempla los globos flotando por encima de la piscina. Los bañistas que están en el agua los miran también mientras siguen nadando o se recuestan de espaldas en el agua para verlos bailar por encima de la piscina. El corazón de Rosemary flota con ellos y, de pronto, se llena de esperanza. Contemplando esos globos, todo parece posible. Al final se transforman en puntitos y desaparecen por completo.

39

Hubo un chico —dice Kate.

Es el día siguiente y está sentada con Rosemary en un banco, justo delante de la piscina. Han estado nadando y ahora beben despacio de una taza de té de cartón antes de que Kate se marche a trabajar.

Kate ha visto una foto de Joe en Facebook esta misma mañana y el recuerdo le ha puesto el corazón a mil.

Kate mira de reojo a Rosemary: está dando vueltas al té y observándola con una ceja enarcada. Por una vez, Kate tiene ganas de hablar. Sabe que ese chico, que ahora ya es un hombre y al parecer vive en Manchester con una novia y dos perros, es una de las muchas cosas que forman un nudo en su interior, y que si pudiera al menos quitarse de encima los recuerdos de él, sería un buen principio.

—Siempre hay un chico —contesta Rosemary.

—Yo no era más que una niña. Lo que hace que lo que tuvimos fuera pequeño, minúsculo, en comparación con lo que tuvieron usted y George. A estas alturas ya tendría que haberlo superado.

Kate piensa en cuando ha visto la foto en su teléfono esta mañana y en cómo se ha encogido de miedo al ver su cara.

—El amor es el amor —dice Rosemary—. Igual que un árbol es un árbol. Independientemente de que sea un arbolito joven o un roble de cien años, tiene raíces, vida y está a merced de las estaciones.

—El suyo era un roble, Rosemary. El mío, un arbolito joven.

Una nube oculta el sol y crea un breve momento de sombra. El viento la ahuyenta. Es como si el sol simplemente hubiera guiñado el ojo.

—Cuéntame cosas sobre tu arbolito.

Kate relaja un poco su postura y ladea la cabeza para mirar a Rosemary, que está esperando.

—Se llamaba…, se llama Joe. Cuando ahora lo pronuncio, me parece una locura. Habíamos pasado muchísimo tiempo juntos pero nunca había sucedido nada. Decidí que tenía que explicarle lo que sentía por él.

»Lo vi por el pasillo de la escuela y le dije que tenía que hablar con él. Como no sabía dónde ir, lo agarré por el brazo y tiré de él hacia la primera puerta que encontré y que daba acceso a las bambalinas del teatro de la escuela. Supongo que pensé que allí estaríamos más tranquilos. Cerré la puerta y de pronto nos quedamos a oscuras y pegados el uno al otro, entre una montaña de atrezo y el armario de los disfraces.

»Cuando abrí la puerta, no me di cuenta de que había un grupo de alumnos de teatro ensayando en el escenario. Pero nadie podía vernos donde estábamos y guardamos silencio. Recuerdo grandes nubes de polvo a nuestro alrededor. Esperé a que tanto el polvo como mis nervios se asentaran. No sabía cómo decírselo, así que le pedí que cerrara los ojos y, cuando los hubo cerrado, le di un beso.

Kate mira de reojo a Rosemary. La anciana está sonriendo.

—¡Lo sé! —dice Kate—. No se imaginaba que podía llegar a ser tan valiente. No me lo creo ni yo misma. El grupo de teatro siguió ensayando mientras nosotros nos besábamos refugiados en la oscuridad. Fue mi primer beso. La verdad es que no sé si me gustó o me resultó odioso. Me sentía enferma, estaba sudando y su boca me resultaba extraña, pero fue maravilloso.

Kate calla unos instantes.

—Durante las primeras semanas que siguieron a nuestro beso fue como si el suelo se hundiera bajo mis pies. Jamás me había sentido así. Pero me daba igual estar hundiéndome porque me sentía muy viva.

»Estoy segura de que mis amigas me odiaban porque utilizaba todo el rato la palabra "novio". "Mi novio" esto, "mi novio" aquello. Seguro que las ponía enfermas.

Rosemary ríe.

—Si lo llaman mal de amores es por algo.

Kate ríe también y, por un momento, la risa ocupa el espacio que queda entre ellas en el banco y las abraza a las dos.

—Cuando lo pienso ahora, estoy segura de que era una pesada. Tenía la sensación de ser la primera persona del mundo que descubría el gran secreto de la vida. De pronto, el amor se convirtió en algo enorme que se apoderó de mi existencia.

—Pero... —dice con cautela Rosemary—, imagino que ahora aparecerá un «pero».

—Durante mucho tiempo no hubo ningún «pero». Fue perfecto. Pero un día dejó de serlo. Sabía que él se marcharía a Durham, a estudiar en la universidad, y que yo me quedaría en Bristol, pero supongo que en realidad no había pensado mucho en el futuro. Me sentía tremendamente confiada.

»Entonces me dijo que no quería que siguiéramos juntos cuando acabáramos las clases. Que tanto él como yo teníamos toda una vida por vivir. Le contesté que lo entendía y que no tenía mucho sentido seguir juntos lo que quedaba de verano. Se quedó herido cuando se lo dije, aunque en realidad no entiendo todavía por qué. Tendría que haber comprendido que era evidente que no soportaba estar ni un segundo más con él sabiendo que nuestra relación tenía un límite de tiempo. Tal vez fui increíblemente ingenua, pero lo quería todo para mí, siempre. Solo sabía amarlo así.

»Aquel día volví a casa, como siempre. Hablé brevemente con mi madre y Erin, que estaba pasando unos días en casa porque tenía vacaciones en la universidad. No sé si se dieron cuenta de que algo iba mal, pero el caso es que no comentaron nada. Dije que tenía que repasar para los exámenes y me metí en la cama. Y entonces lloré, lloré y lloré.

Kate calla. Rememora la sensación de la colcha como un bote salvavidas, tratando de mantenerse a flote derramando unas lágrimas completamente nuevas.

—Sé que es una estupidez seguir pensando en ello —continúa—. La gente se pasa la vida rompiendo relaciones. Yo era muy joven y de eso hace ya mucho tiempo, pero resulta que esta mañana he visto una foto de Joe y la verdad es que pienso que no he conocido a nadie como él. No he conocido a nadie, de hecho. Y creo que tal vez esa sea una de las razones por las que mi traslado a Londres ha sido tan complicado. Vivir en un lugar nuevo, sola. Darme cuenta de que eso era lo que él quería cuando rompimos, pero que yo no lo he visto como una oportunidad, como sí lo veía él.

Kate respira hondo.

—Lo siento —se disculpa, secándose la cara.

Rosemary mueve la cabeza de un lado a otro con energía.

—Nunca digas lo siento —replica, con mirada enfurecida—. Nunca sientas haber tenido sentimientos. Nunca sientas haberte enamorado. Yo nunca dije lo siento. Jamás.

Kate se fija en que Rosemary está jugando con su anillo de casada.

—Y pronto conocerás a alguien —añade Rosemary, levantando la vista para mirar los ojos brillantes de Kate—. Pero tienes que estar preparada para conocerlo.

Permanecen sentadas mientras los autobuses paran y arrancan en el otro lado del parque. Cuando reina el silencio, la soledad es como una tercera persona sentada entre ellas. Reconocen su presencia, pero nunca la llaman por su nombre.

Kate suspira y cierra los ojos, consciente, incluso con los ojos cerrados, de los perfiles de la piscina delante de ella y de la presencia de Rosemary a su lado. Se siente aliviada después de haber hablado con Rosemary. Por mucho que Joe haya aparecido esta mañana en la pantalla de su móvil, la realidad es que él está en Manchester y ella en Brixton, un lugar que está empezando a amar. Ninguno de los dos forma ya parte de la vida del otro. Y cuando respira hondo, el nudo que tenía en su interior se afloja un poco.

40

Estuvieron juntos hasta el final. Rosemary no quiso separarse de él y, cuando una de las enfermeras que venía a ayudarla le sugirió trasladarlo a una residencia asistida, ella se echó a reír.

—¿Está usted casada? —le preguntó Rosemary.

La enfermera se quedó sorprendida.

—Sí —respondió.

—Pues entonces debería recordar sus votos. En la salud y en la enfermedad. Hasta que la muerte os separe. Llevo casada sesenta y cuatro años y todavía me acuerdo de esta parte.

La enfermera puso mala cara y recogió rápidamente sus cosas. Luego, Rosemary se arrepintió de su brusca reacción —las enfermeras eran todas muy amables—, pero lo único que sabía era estar con él. No soportaba imaginárselo solo en un hospital.

Cuando la enfermera se marchó, Rosemary le llevó a George una taza de té. Lo rodeó de cojines y lo incorporó un poco pasándole los brazos por debajo de las axilas. Le acercó la taza e inclinó su cabeza con cuidado para ayudarlo a beber el líquido caliente. Cuando hubo terminado, se tumbó en la cama a su lado y le cogió la mano. Su respiración era superficial, trabajosa y preocupante, pero Rosemary intentó disimular.

George trataba de decirle algo.

—Ffff…

—¿Fruta? —preguntó Rosemary—. ¿Tienes hambre? Acabas de comer.

George negó con la cabeza.

—Ffff… —empezó a decir de nuevo.

Estaba levantando el brazo, señalando el armario. Rosemary miró en aquella dirección.

—¿Fotos?

George asintió. Rosemary le besó en la frente y saltó de la cama. Arrastró una silla, se encaramó en ella y cogió la caja que guardaban encima del armario. La bajó, dejó la silla y se instaló con la caja en la cama. En cuanto se acomodó entre los cojines, y con la caja entre las piernas, quitó la tapa y buscó en el interior.

—Mira esta —dijo, cogiendo una fotografía para que pudiera verla George—. Estabas morenísimo. Como una nuez.

Cogió otra foto. No estaban en ningún orden concreto, de modo que George y Rosemary envejecían y rejuvenecían a medida que Rosemary iba sacando fotografías.

—Mírame aquí —señaló—. Ese bañador me encantaba. ¡Ojalá aún cupiera en él! ¡Y no me digas que me quedaría igual! Oh, y mira esta…, mira qué alto estaba el trampolín. Eras un saltador estupendo, cariño.

Le cogió la mano a George.

—Aquí estamos en Brighton —continuó, acercándose a él para aproximarle la foto a la cara—. ¿Te acuerdas de las rosquillas que nos comíamos en la playa? Mmm..., ahora mismo iría a comprar una. Recuerdo el sonido de las gaviotas, ¿y cómo era esa canción? Elvis Presley...

Recordó la máquina de los discos y empezó a cantar. Desafinando, pero daba igual. Mientras cantaba, notó la mano de George en la suya, presionándola. Le tembló la voz, pero continuó, bajando el volumen cuando había partes de la letra que no recordaba y subiéndolo al llegar al estribillo. Cuando acabó la canción, le dio un beso en la mejilla. Y se secó rápidamente los ojos.

—Bueno, ya basta de eso —dijo con voz temblorosa. Respiró hondo—. Oh, y mira esta, George...

Le enseñó todas las fotos de la caja, riendo y señalando detalles, comentándolas todas. Cuando terminó, la caja estaba vacía, su regazo lleno de fotos y George se había quedado dormido. Guardó de nuevo las fotografías en la caja y la subió al armario. Se puso el camisón y se acostó al lado de George. Se tumbó de cara a él, pasándole un brazo por encima de la barriga. Se quedó un rato viéndolo dormir.

—Buenas noches, George.

Cuando se despertó, él seguía durmiendo.

41

Los del ayuntamiento no devuelven las llamadas de Kate. Entre teclear entrevistas y revisar artículos, intenta llamar y cada vez le piden que deje un mensaje. Cuando pregunta sobre la piscina, siempre obtiene la misma respuesta: «El comité está revisando las distintas opciones». Cuando pide hablar con el concejal, le dan un número donde siempre le sale un contestador.

—¿Seguimos sin noticias del ayuntamiento? —pregunta Jay cuando llega a la oficina.

—¿Tan evidente es? Se supone que tendría que hacer también otras cosas.

—No, simplemente me lo preguntaba. ¿Qué tal Rosemary? ¿Cómo van sus rodillas?

—No me ha comentado nada sobre sus rodillas.

—Será que no quiere preocuparte.

—Pues me preocupa. Igual que me preocupa lo que va a pasar con la piscina. Me gustaría que no fuera así, pero sinceramente estoy preocupada.

Las cosas han vuelto a la normalidad desde la fiesta sorpresa: Kate sigue nadando con Rosemary prácticamente todas las mañanas antes de ir a trabajar. Ha estado escribiendo artículos para el periódico, centrándose esta semana en uno sobre los preparativos del Lambeth Country Show, una feria que llena cada año Brockwell Park con puestos de comida, música y animales de granja. Es un artículo divertido de escribir y que le recuerda las contradicciones de la ciudad donde vive y ese sol que sale cuando menos te lo esperas. Pero la preocupación sigue ahí: el miedo a lo que le aguarda muy pronto a la piscina y la pregunta de cuánto tiempo más podrá seguir nadando cada mañana con Rosemary.

—Sería una auténtica lástima que tuviera que cerrar —comenta Jay—. Es lo mismo que contó Rosemary sobre la biblioteca: protestaron, pero solo cuando la cerraron se dieron cuenta de lo que habían perdido.

—Eso sí que es una buena idea —dice Kate, levantando la vista del ordenador.

Jay está confuso y sus cejas rubias se fruncen. A Kate le entran ganas de reír, pero intenta disimularlo.

—Gracias, buenas ideas tengo un montón —replica Jay—. Pero ¿a cuál de ellas te refieres, concretamente?

—A la de la protesta —responde Kate—. Tendríamos que organizar una manifestación de protesta.

Jay asiente.

—Sí. Lo único que habría mejorado la fotografía de Rosemary en el ayuntamiento habría sido que encima llevara una pancarta.

—Venga, estoy hablando en serio.

—Y yo también. Si estás hablando en serio sobre lo de montar algún tipo de manifestación de protesta, tienes que pensar en cómo va a quedar en portada. Pensar en cómo la fotografiarás.

—¿Nos ayudarás, entonces?

—No recuerdo que me lo hayas pedido con buenas palabras.

—¿Nos ayudarás, por favor?

—Por supuesto que sí. Mañana, cenando, podríamos hacer una lluvia de ideas.

Kate asiente y vuelve a concentrarse en el ordenador para esconder la sonrisa que se le acaba de dibujar en la cara. Se da cuenta de que es la segunda vez que la invitan a cenar en pocos días.

La tarde siguiente, mientras está preparándose, Kate echa perfume a su habitación y baila en ropa interior. Ha leído en una revista que es la mejor manera de perfumarse. Aunque no la más elegante.

«¡Socorro! —le escribe a Erin cuando abre el armario. Se acerca dos vestidos al pecho y hace una foto—. ¿Cuál me pongo?».

Observa con expectación los puntitos que se mueven en el teléfono, que indican que Erin está escribiendo.

«Cualquiera de los dos te quedará estupendo —dice la respuesta—. Pero yo apostaría por el azul».

Kate sonríe aliviada en el mismo momento en que suena el timbre de la puerta.

—Mierda —exclama.

Se mete el vestido por la cabeza y a la vez se calza las sandalias que tiene junto a la puerta y, con el movimiento, derriba una pila de libros.

—Mierda —vuelve a protestar.

Oye las risas de Jay en la puerta.

—¡Ya voy! —grita, empujando con cuidado los libros con el pie.

Tiene la cazadora vaquera colgada de la barandilla de la escalera, la coge y se la pone en los hombros. El bolsillo se engancha en el manillar de la bicicleta que está apoyada en la pared del pasillo y lo libera antes de abrir la puerta.

—Vaya, vas hecha un desastre —comenta Jay riendo.

Está apoyado en la pared junto a la puerta y la luz del atardecer captura el rojo de su pelo rubio rojizo. Kate se alisa el vestido.

—¡Eres encantador!

—No lo decía como un insulto. Se te ve desaliñada pero encantadora. Es lo que me gusta de ti.

Kate no sabe qué decir y, en consecuencia, no dice nada. Cierra la puerta y sale a la calle.

—Te he traído una cosa —dice Jay cuando está fuera.

Le entrega un paquete plano.

—No sabía si dártelo ahora o más tarde, así que te lo doy ahora. Aunque a lo mejor tendría que habértelo dado más tarde porque ahora tendrás que llevarlo.

—Gracias. Tranquilo. Llevo una bolsa —contesta, mientras abre el papel de regalo.

Es un marco; y el marco encuadra la fotografía de Kate y Rosemary junto a la piscina. Lo mira y se queda sin saber qué decir.

—Lo siento, tal vez tendría que haberte comprado flores.

—No, es perfecto. Gracias —dice Kate, tragando el nudo que se le ha formado en la garganta.

Caminan un rato en silencio. Cruza por delante de ellos un zorro que desaparece rápidamente por el hueco abierto en la valla del jardín de una casa.

—Una calle muy agradable —comenta Jay.

Observa la calle flanqueada por árboles y los ventanales de las casas adosadas. Algunas están divididas en dos o tres pisos; otras son casas unifamiliares y se ven coches de juguete y columpios en los pequeños jardines.

—Lo es. Solo puedo permitirme vivir aquí porque comparto el piso con cuatro personas más.

—¿Y qué tal son?

—No lo sé. No nos vemos mucho. No sabía que vivir con tanta gente podía llegar a resultar tan solitario.

Van andando, pero no se miran, aunque Kate es consciente de la forma del cuerpo que camina en la acera a su lado. No le importa haberse sincerado con él, pero ha sucedido antes de que le diera tiempo a evitarlo.

—A mí me lo vas a decir —contesta Jay—. Tengo tres hermanas.

—¿Tres? Eso es mucha energía femenina.

—Lo sé. Mi padre y yo siempre nos aliábamos. Muchas veces nos largábamos con nuestras cámaras solo para escapar de ellas. Fue él quien me metió en lo de la fotografía.

A Kate le resulta sorprendentemente fácil imaginarse a un joven Jay y a su padre con las cámaras colgadas al cuello, un pelo rubio rojizo idéntico, huyendo de una casa llena de mujeres. Se da cuenta de que lleva casi dos años trabajando con Jay y que nunca le ha preguntado nada sobre su vida. La idea la incomoda y decide que tiene que recuperar el tiempo perdido.

—¿Y el resto de tu familia? El otro día en la piscina mencionaste que tenías sobrinos y sobrinas.

Y así, caminando, Kate conoce detalles sobre la familia de Jay: tiene dos hermanas que siguen viviendo en Londres con sus maridos y sus hijos y otra que vive en Edimburgo con su pareja. Se gira para mirarlo de vez en cuando y ve que el rostro de Jay se ilumina cuando habla de sus sobrinos y sus sobrinas. Se entera de que lleva toda la vida viviendo en el sur de Londres, primero en Croydon y Peckham y ahora en Brixton. Kate supone que si no se lo había preguntado antes ha debido de ser porque ya lo había deducido por su acento, aunque sabe que eso no es del todo cierto. Nunca se le ocurrió preguntárselo.

—¿Y ahora? ¿Compartes piso con gente? —le pregunta.

—Sí, pero solo con un amigo, Nick. Es músico y trabaja en un bar, por lo que no nos vemos mucho. Suelo estar solo. No es más que un minúsculo sótano con humedades constantes, pero me gusta.

—Imagino que a los sapos les gusta la humedad.

—¡No digas eso!

—Eso va por lo de antes, por decirme que iba hecha un desastre.

—Un desastre de lo más sexi.

—¿Y eso es mejor?

Se miran y sonríen.

—Venga, que ya casi estamos.

Dejan la calle para seguir por la que recorre el perímetro del parque. Cuando llegan a uno de los bloques de pisos, entran en la zona de aparcamiento y en el pequeño jardín exterior. Rosemary está sentada sobre un murete, junto a la entrada. Lleva un vestido de color verde claro y una chaqueta a juego. Sostiene un bolsito y está mirando el reloj, aunque levanta la vista al notar que la pareja se aproxima. Cuando Kate se acerca a ella, huele a muguete.

—Está preciosa, Rosemary —dice Kate.

—Una visión en verde —añade Jay.

—Oh, por esto lo dices. Hacía años que no me lo ponía. Me sorprende que aún me entre —contesta y sonríe—. Gracias por invitarme.

—Considérelo una reunión de trabajo. La necesitamos aquí, Rosemary —replica Kate—. Si no fuese por usted, nada de todo esto habría empezado.

—Está bien eso de salir…, y también lo de tener compañía.

—Y además —prosigue Kate— usted ya cocinó para mí. Siento no ser una gran cocinera, pero lo que sí que puedo hacer es llevarla a la mejor pizzería de la ciudad. O, al menos, eso es lo que me ha dicho Jay. Yo no he estado nunca.

—Ya verán como les encanta —interviene Jay—. La mejor pizza que se puede encontrar fuera de Italia.

Cuando se ponen en marcha los tres, Rosemary entre Kate y Jay, Kate se pregunta qué imagen deben de ofrecer vistos desde fuera. A lo mejor parecen dos hijos llevando a su madre o a su abuela a cenar. O a lo mejor simplemente parecen lo que son: tres amigos de lo más improbable. Y mientras piensa eso, cae en la cuenta de un detalle, por vez primera desde su llegada a Londres: tiene amigos.

Acceden a Brixton Village a través de una de las arcadas que dan a Atlantic Road. Tardan un rato en cruzar la calle, que está muy concurrida por el tráfico y colapsada por una furgoneta que está realizando una entrega en el nuevo restaurante mexicano de la esquina. Forma parte de una cadena, pero con su fachada pintada con colores vivos y la pizarra escrita a mano del exterior podría confundirse fácilmente con un negocio familiar. Esperan para cruzar delante de una tienda con un escapare intensamente iluminado y repleto de sartenes, cazuelas y cubos de basura.

La pizzería está escondida en un rincón del Village, enfrente de una carnicería. En la entrada del restaurante hay un mostrador donde el público puede comprar porciones de pizza. Un ciclista con pantalones de licra y un jersey sujeta el casco bajo el brazo y pide una porción antes de emprender el viaje de vuelta a casa. A su lado, una madre da la mano a dos niños que levantan la cabeza con ansia hacia el mostrador.

Jay guía a Rosemary hacia un banco de madera y una mesa larga. La mesa está adornada con velas y macetas de metal con flores.

—¿Pedimos vino? —dice Kate.

Mientras esperan para pedir, Kate mira a su alrededor y asimila los sonidos y los olores del mercado. Hay ruido y está lleno de gente riendo y charlando. El olor a pizza cocinándose en el horno de leña le lleva a preguntarse cuánta comida buena se habrá perdido con sus platos preparados.

La velada transcurre entre vino y pizza. Rosemary empieza a comer con cuchillo y tenedor hasta que ve que Jay y Kate cogen la pizza con las manos y pasa a imitarlos. Derrama un poco de salsa de tomate sobre la mesa, pero le resta importancia. Entre los tres, beben dos botellas de vino. Jay va rellenándoles las copas sin que se den cuenta.

Mientras comen, plantean ideas para el acto de protesta y Kate va tomando notas.

—He decidido poner en marcha una petición online —comenta—. La compartiré en la página de Facebook de «Salvemos la Piscina Brockwell». Ya tendría que haberlo hecho hace tiempo, pero confío en que aún nos sirva para algo.

—Buena idea —dice Rosemary—. Cuando escribas explicando lo de la manifestación de protesta, puedes mencionar también esa petición.

—Para la protesta necesitamos algo que haga mucho ruido —apunta Jay.

—Tiene que ser algo que funcione visualmente —señala Kate—. Podríamos preparar pancartas y colgarlas por encima de la piscina. ¿Pero qué poner en ellas? ¿«Salvad la Piscina Brockwell»? ¿«Queremos seguir nadando»? ¿«No le quitéis el tapón a nuestra piscina»?

—Esa es buena —comenta Jay y Kate la anota en la libreta.

—¿Y unos patitos de goma? —sugiere Rosemary.

Kate y Jay se vuelven para mirarla. Los tres estallan en carcajadas.

—Es perfecto —dice Kate—. Y creo que conozco a alguien que podría ayudarnos.

Rosemary se ruboriza y sonríe. Kate nota que también está sonriendo.

Delante del restaurante empieza a tocar una banda: una cantante folk y dos guitarristas. La música suena fuerte y, al principio, Kate nota que el sonido le aumenta la frecuencia cardiaca.

—¿Quieres hacer feliz a una anciana y bailar conmigo? —dice de pronto Rosemary, levantándose y tendiéndole una mano a Kate.

Kate se queda mirándola, sorprendida.

—Oh, no soy precisamente una gran bailarina.

Kate recuerda cuando celebraban fiestas en discotecas estando en el instituto y se escondía en un rincón para ver cómo sus compañeros de clase reían y movían el cuerpo con extrema facilidad, deseando poderlo hacer como ellos. Al cabo de un par de años, dejó de ir. Luego, en la universidad, siempre encontraba una excusa cuando sus compañeros de curso iban de fiesta. Pronto dejaron de invitarla.

—Tampoco lo soy yo —replica Rosemary—. Pero eso no importa. Me gusta.

Kate mira a Rosemary y piensa que tal vez tenga razón. A lo mejor no importa. Nada importa. Se levanta también.

—Vale, bailemos —dice.

Las dos mujeres se alejan de la zona de mesas y salen al pasillo donde están los músicos. Entonces se cogen de las manos y se enlazan. Rosemary es lenta y Kate es patosa, pero bailan. El guitarrista y la cantante les sonríen y la gente del restaurante se vuelve para verlas. Por una vez, Kate no se entera de que están mirándola: está demasiado ocupada observándose los pies y luego contemplando a Rosemary.

—¡Estoy haciéndolo! —exclama, radiante.

—¡Es verdad!

Siguen bailando ellas dos solas en el pasillo, observadas por los músicos, los clientes y Jay. Giran lentamente y giran, y giran, y giran.

Kate se concentra en la música y el movimiento y bloquea todo lo demás. El calor la inunda por completo. Se siente como un globo lleno de aire, a punto de alejarse flotando hacia el cielo. Tiene el cuerpo lleno a rebosar de luz, pero se siente vacía y libre al mismo tiempo. En un primer momento, piensa que debe de ser por el vino, pero luego recuerda qué es esa sensación. Es alegría. Mientras baila, se muere de ganas de llamar por teléfono a Erin para contárselo todo: la maravillosa pizza que quiere que pruebe la próxima vez que venga a Londres, el baile con Rosemary en pleno Brixton Village. Sabe que hará reír a su hermana y Kate se siente feliz al saber que tiene algo positivo que contarle a Erin, que no tendrá que esconderle nada ni inventarse cosas alegres.

—Lo siento, me duelen las rodillas —dice Rosemary, deteniéndose—. Jay, ven aquí. Me parece que Kate aún no ha acabado de bailar.

Jay se levanta y Rosemary regresa a la mesa. Posa una mano en el brazo de Jay cuando se cruza con él.

—Cuídala —le susurra.

Jay asiente y se acerca a Kate, pensando que nunca la había visto tan bonita. Tiene las mejillas sonrosadas y los ojos brillantes, como si por un instante se hubiese apartado la nube que los oculta.

—Bailemos —dice Kate, extendiendo los brazos y sorprendiéndose a sí misma con tanta confianza.

Jay le coge la mano y la atrae hacia él rodeándola por la cintura. Bailan a destiempo, sin seguir el ritmo de la música. Tropiezan el uno con el otro y se pisan los pies. Pero ríen. Y mientras bailan, Kate siente que la alegría le invade el cuerpo y se aferra a ella con fuerza. Rosemary los mira y recuerda.

Por la noche, cada una en su cama, las dos mujeres soñarán con bailar. Jay también.

42

L a piscina está llena de patitos de goma. Flotan sobre la superficie del agua, un sonriente mar amarillo. Algunos se apiñan en grupos y se dan empujones cuando sopla la brisa; otros van en parejas y sus picos naranjas se topan cuando chocan el uno contra el otro. Un par de ánades reales nada entre ellos, parecen totalmente confusos.

—Ayúdame con el otro extremo de la pancarta —le dice Kate a Erin, pasándole una punta de un pedazo de tela larguísimo.

Caminan por el borde de la piscina en dirección contraria y Frank y Jermaine las ayudan a sujetar la pancarta. Kate llamó por teléfono a Erin después de su cena con Rosemary y Jay.

«Estamos planificando una jornada de protesta para salvar la piscina —le explicó Kate—. Y he pensado que, como eres experta en relaciones públicas, tal vez podrías ayudarnos». Erin había accedido de inmediato y se había mostrado encantada de colaborar. Pero ahora, cuando Kate mira a su hermana y la ve al otro lado de la piscina ayudando a Frank y Jermaine a sujetar la pancarta, con su melena roja ondulada agitada por el viento, piensa que probablemente hay algo más. Que para las dos hay algo más. Sus miradas se cruzan por un instante y Kate recuerda cuando, de pequeñas, iban a la piscina que había cerca de su casa y ella saltaba al agua desde los hombros de Erin. Mira a su hermana e intenta detectar las diferencias entre la mujer que ve ahora junto a la piscina y la chica de antaño. Los ojos tienen el mismo verde, el cabello sigue manteniendo aquella tonalidad rojiza que Kate tanto envidiaba cuando era más joven, pero que Erin odiaba; Erin sigue siendo más alta que Kate, pero se ha acostumbrado a su altura y ya no se siente incómoda con ella. La expresión de enfado que solía tener de adolescente se ha suavizado, pero debajo de sus ojos sigue habiendo un indicio de círculos oscuros, y Kate recuerda el estrés de trabajo que le mencionó por teléfono Erin. Hoy lleva un vestido ceñido de color azul y luce un maquillaje inmaculado. Erin siempre ha dicho que vestir bien es muy importante para su trabajo, pero Kate sabe perfectamente que la ropa y el maquillaje forman parte de la armadura de Erin. Una armadura con un corte estupendo, colorida, pero una armadura, al fin y al cabo. Cuando la pancarta está debidamente colocada en su lugar, todos se paran un momento a contemplarla. «No le quitéis el tapón a nuestra piscina», reza.

—Ha quedado perfecto —comenta Frank, volviéndose hacia Jermaine.

Este fin de semana han dejado al empleado que tienen contratado a tiempo parcial al cargo de la librería. Por mucho que adoren su tienda y su casa, es un alivio poder ausentarse un par de días. No dejan de cruzarse sonrisas todo el rato.

—Cierto —se muestra de acuerdo Rosemary, que dirige el proceso desde una silla situada al borde de la piscina y tiene un té helado a sus pies.

Al presentarle a Erin esta mañana, Kate se sintió extrañamente nerviosa. Pero Erin le dio a Rosemary un gran abrazo y le dijo: «Confío en que no le moleste, pero tengo ya la impresión de conocerla. He disfrutado mucho leyendo los artículos que ha escrito Kate sobre la piscina... y sobre usted». Rosemary dirigió una sonrisa a Erin y luego otra a Kate, que permanecía al lado de Erin, rodeándose el cuerpo con los brazos y dedicándole una media sonrisa a su hermana. Erin se mostró más tranquila con Jay, estrechándole la mano y sonriéndole con afecto.

«Kate me ha hablado mucho de ti», le dijo Jay, lo cual, técnicamente, no era del todo cierto. Pero cuando Erin se giró y sonrió a Kate, esta comprendió por qué Jay había dicho eso.

Erin charló también con todos los demás, muy especialmente con Ahmed, que se mostró encantado al descubrir que Erin había estudiado Administración de Empresas en la universidad. Le formuló una lista interminable de preguntas. Kate se quedó en el otro lado de la piscina viéndolos charlar, observando la forma de escuchar y asentir de Erin, su manera entusiasta de responder, moviendo los brazos y riendo.

El obturador de la cámara de Jay se abre y se cierra continuamente mientras toma fotografías de la pancarta y de los patitos de goma que flotan en la piscina. La gente se apiña en el solárium. Un adolescente adorna con globos las sombrillas de la cafetería; Ahmed cuelga otra pancarta en un extremo de la piscina, justo debajo del reloj; una madre sostiene a su bebé en la cadera y le señala los patitos de goma.

El bebé ríe. Hope ha entrado en la cafetería y ha pedido té y café para todo el mundo y el camarero los acerca con una bandeja a una de las mesitas del exterior.

—Está precioso, hermanita —dice Erin cuando se aproxima a Kate y se queda a su lado, con sus cuerpos tan cerca el uno del otro que casi se tocan.

—Gracias por venir —contesta Kate—. Y por tu ayuda.

A pesar de su elegante vestido azul, Erin ha empezado a ayudar en cuanto ha llegado, cargando las cajas con los patitos y depositándolas en el borde de la piscina, pero su mayor contribución ha sido su idea sobre la distribución posterior de los patitos de goma.

Cuando la protesta termine, entregarán una caja de patitos al ayuntamiento y los demás irán a parar a las oficinas de periódicos locales y nacionales. Los patitos llevarán una etiqueta colgada del cuello con el eslogan: «No le quitéis el tapón a nuestra piscina». Lo de enviar los patitos ha sido idea de Erin.

En las etiquetas habrá además un enlace a la petición que Kate ha puesto en marcha. Hasta el momento se han recogido cien firmas, una cifra que tiene maravillada a Rosemary, pero que decepciona, por el momento, a Kate.

«¡No conozco a cien personas ni de lejos!», ha dicho Rosemary, y Kate ha intentado explicarle, sin conseguirlo, el funcionamiento de las redes sociales.

Se oye ruido en el agua: el adolescente se ha lanzado a la piscina y está nadando con los patitos de goma y los patos de verdad, que agitan las alas en una esquina. Kate y Erin se giran para mirarlo.

Debajo del agua, el adolescente gira el cuerpo hacia arriba para vislumbrar fragmentos de cielo azul entre las formas amarillas. Saca burbujas por la nariz y las ve ascender hacia la superficie como burbujas de champán. Cuando asciende para coger aire, un grupo de patitos de goma se hace a un lado para que pueda salir. El chico ríe, una carcajada breve pero potente que emerge de él con la inesperada brusquedad de un motor que petardea.

Kate ve que Jay se ha arrodillado en el borde de la piscina para capturar una imagen del chico rodeado de patitos amarillos y con la cabeza asomando por encima de la superficie.

—Ahora sal, que tenemos que hacer la foto de grupo —le dice al chico, que nada hasta la parte menos honda y sale impulsándose, ignorando por completo la escalerilla, y se dirige con Jay al otro lado de la piscina.

—Supongo que tendríamos que ir nosotras también —propone Kate, y Erin asiente y la sigue hacia el lugar donde se ha congregado la gente, debajo del reloj y la pancarta.

Erin se suma al grupo y Kate dirige la puesta en escena, como si fuera el fotógrafo de una boda.

—Rosemary, usted en el medio. Ellis y Hope, a ambos lados de Rosemary. Ahmed, tú podrías colocarte allí…

Se acerca a Jay para supervisar la colocación del grupo de bañistas.

—¿Crees que quedará bien? —le pregunta Kate—. Perdona, sé que es tu trabajo.

—Quedará perfecto —contesta Jay—. Pero ahora colócate tú también.

Kate lo mira con recelo y Jay le da un empujoncito.

—Yo ya he salido en portada —dice Rosemary—, y la verdad es que no estuvo tan mal. Ahora te toca a ti.

Tira de Kate y le pasa un brazo por el hombro. Kate posa en el medio, con Rosemary a un lado y Erin al otro, rodeada de toda la gente que ha conocido desde que la piscina entró en su vida hace ya tres meses. Sonríe cuando Jay dispara las fotos, no para la cámara, sino por la oleada de cariño que invade su cuerpo.

Por la tarde tienen ya todas las fotos que necesitaban y han retirado los patitos de goma de la piscina. La gente ha entrado en la cafetería para tomar algo y Rosemary se ha ido a casa a descansar, pero Kate y Erin siguen sentadas en el borde de la piscina. Se han descalzado y están con los pies en el agua. Está fría, pero es justo lo que sus pies necesitan después de la larga jornada. Kate mueve tranquilamente los pies adelante y atrás y ve que Erin hace lo mismo. Lleva las uñas pintadas de rojo.

El sol está en esa hora que adquiere tonalidades doradas e ilumina los muros de ladrillo y el cabello castaño rojizo de Erin. Se refleja en la superficie del agua y le da una tonalidad más azul que el azul.

Sin toda la gente, Kate se siente extrañamente nerviosa en presencia de Erin. Se conocen lo bastante bien como para que los silencios que puedan producirse entre ellas resulten cómodos, pero esta vez Kate quiere contarle muchísimas cosas.

—Siento no poder invitarte a quedarte —dice—. Pero tengo trabajo que hacer y creo que no será muy divertido.

En parte es cierto —tiene trabajo que hacer—, pero la imagen de la casa sucia y de los compañeros de piso que le ha dado a entender que son sus amigos hace aterradora la perspectiva de que Erin vaya a verla allí.

—No pasa nada —contesta Erin—. Tengo unos amigos en Hackney que quiero ir a visitar.

Se quedan otra vez en silencio, y el sonido de las risas procedentes de la cafetería y el del agua cuando agitan los pies es lo único que lo interrumpe.

—Sé que tendría que habértelo preguntado antes —dice por fin Kate—. Pero ¿va todo bien por tu lado? Hace un tiempo me mencionaste lo del estrés del trabajo y también que estabas intentando quedarte embarazada. Lo siento, no sabía qué decir, pero tendría que haberte preguntado al respecto. ¿Va todo mejor?

Erin suspira, se recuesta en sus brazos y estira las piernas para sacarlas un momento del agua y volver a sumergir los pies a continuación.

—Aún no me he quedado embarazada —contesta—. Pero hemos decidido ir a una clínica de fertilidad. Tomar la decisión ha servido para que los dos nos sintamos mejor, creo, con la sensación de controlar más la situación.

Kate se recuesta también un poco para seguir escuchando a Erin. Pensándolo en retrospectiva, se pregunta si Erin confía realmente en su hermana menor y cuántas cosas debe de guardarse única y exclusivamente para ella. Le gusta oír a Erin hablando, por mucho que se sienta culpable por no haberle formulado antes todas estas preguntas.

Cuando termina de hablar, Erin se queda mirando a Kate. Sus ojos verdes brillan al sol.

—¿Y tú? —pregunta entonces—. ¿Tú cómo estás? Y no me digas que bien. Me refiero a que quiero saber la verdad, ¿cómo estás?

Kate sabe que tendría que haber visto venir la pregunta. Le entran ganas de llorar al ver a su hermana mirándola de aquella manera, preocupada pero también sincera, dispuesta a escucharla. Respira hondo.

—Ha sido duro —dice—. Estos últimos dos años han sido muy duros.

Y mientras habla se da cuenta de que tendría que haberlo expresado en voz alta hace mucho tiempo. Pero no podía hacerlo. Tenía aquellas palabras tan bien encerradas en su interior que era como si un cerrojo las hubiera impedido salir. Reconocerlas frente a su hermana o sus padres la habría dejado destrozada.

—Nunca me habría imaginado que irse a vivir a otra ciudad pudiera implicar tanta soledad —continúa.

—Eres mucho más valiente que yo.

—¿A qué te refieres? —pregunta Kate, frunciendo el entrecejo.

—¿No te acuerdas? —dice Erin—. En teoría, yo también tenía que venir a vivir a Londres para ir a la universidad. Conseguí una plaza en el University College. Pero al final no fui. Me daba miedo mudarme a una ciudad tan grande.

Kate hace un gesto de negación con la cabeza. No se acordaba.

—Supongo que eras demasiado pequeña para acordarte ahora de eso —comenta Erin, encogiéndose levemente de hombros—. Y seguramente siempre me avergonzó contártelo. Pero la verdad es que renuncié a esa plaza. Desde entonces, podría haberme mudado a Londres infinidad de veces. Ahora tengo muchas amistades aquí. Pero nunca llegué a hacerlo. Me digo a mí misma que estoy feliz en Bath y, sinceramente, lo estoy. No me apetecen más cambios de residencia, sobre todo ahora que Mark y yo tenemos allí nuestro piso y a él le va bien su negocio. Pero sé que en parte es debido al miedo. En Bath tengo un puesto importante en una compañía de relaciones públicas de las más punteras. ¿Pero intentar conseguir el mismo puesto de trabajo en Londres? Hay demasiada competencia. ¿Y si acabara siendo una don nadie?

Las palabras de Erin conmocionan a Kate. A Erin no le da miedo nada. Erin se sabe todas las tablas de multiplicar y grita cuando se enfada y se sale con la suya cuando no, y vive además en un piso precioso. A lo mejor todo esto sigue siendo verdad, pero, por otro lado, no lo es. Igual que es verdad que Kate vive en Londres, tiene un trabajo que le gusta y ahora ha encontrado un grupo de gente al que calificaría de amigos. Pero esa no es toda la verdad.

De modo que, sentadas al borde de la piscina que Kate considera una especie de hogar, le cuenta por fin a su hermana el resto de la historia. Le habla sobre su época en la universidad y la devastadora sensación de no estar a la altura de sus compañeros de clase. Le cuenta a Erin que no conoce a sus compañeros de piso y que, a pesar de tener una habitación agradable y vivir en una calle preciosa, odia tener que llegar cada día a esa casa. Por primera vez en su vida, describe su Pánico: cómo empezó, qué se siente y cómo la natación la ha ayudado en este sentido. Luego le habla de la piscina, de cómo conoció su existencia y de cómo conoció a Rosemary y ha acabado implicándose en la causa, mucho más que en la de cualquiera de los artículos que haya escrito hasta la fecha para el periódico.

Y, dado que hay poco que decir, Erin hace la cosa más generosa posible: escuchar.

Al cabo de un rato, Kate se ha quedado sin palabras y sin lágrimas. Erin hurga en su bolso y extrae un paquete de pañuelos de papel, que le pasa sin decir nada a Kate. Kate se limpia la cara, la respiración se sosiega. Observa la luz sobre el agua y el reflejo de las nubes en la superficie. Erin se vuelve hacia ella y comprueba que se ha calmado antes de iniciar su turno de réplica.

—Antes he estado hablando con Rosemary —dice. Kate recuerda que ha visto a Erin junto a la silla de Rosemary mientras estaban abriendo cajas, que le ha acercado un vaso de té helado lleno hasta arriba desde la cafetería—. Me ha contando que nada de todo esto habría pasado sin tu ayuda: los artículos, la petición, la protesta.

Mientras Erin habla, Kate ve algo amarillo flotando en el extremo más alejado de la piscina. Es un patito de goma que deben de haberse olvidado. Se mece tranquilamente en el agua, una motita amarilla en una extensión de azul.

—Estás haciendo un trabajo estupendo —continúa Erin—. Tal vez no te dé esta impresión constantemente, pero eso es normal. No pasa nada por sentirte sola, no pasa nada por caer presa del pánico. Eso no te convierte en un ser inferior.

Mientras Erin habla, Kate se da cuenta de que se ha sentido así. En sus momentos más oscuros, se ha sentido rota, como si estuviera fracasando en el mero hecho de existir.

—Pero la próxima vez habla conmigo, ¿vale? —añade Erin—. Lo hablaremos entre nosotras.

Cuando Erin le tiende una mano, Kate la acepta. Permanecen sentadas un rato más, cogidas de la mano y agitando los pies en el agua fría de la Piscina Brockwell mientras el sol se pone a sus espaldas y las luces de la cafetería se reflejan como reflectores en el agua.

Cuando Rosemary llega a casa aquella noche, piensa en George y en lo que le habrían hecho reír los patitos. A veces sueña con que está sentado en el salón con ella y mantienen una larga conversación. Y en su interminable charla salen a relucir todas las cosas que guarda en su interior: lo que ha preparado para cenar, el nuevo restaurante que han abierto donde antes estaba la pescadería, los chismorreos del vestuario de la piscina. A veces, simplemente le describe una puesta de sol especialmente bella sobre Brockwell Park.

Espera tener uno de esos sueños esta noche. Entonces le explicará lo de la protesta y los patitos, le contará lo orgullosa que se ha sentido con sus amigos bajo la pancarta y el reloj de la piscina. Cómo ha sentido que era alguien.

43

Al día siguiente, la piscina está cerrada por una boda. El parque está tranquilo: ha estado lloviendo toda la mañana, un chaparrón de verano inesperado que ha acabado con el calor de la semana pasada. En los árboles de detrás del edificio han colgado globos blancos y las gotas de agua resbalan por su cara redonda y se filtran entre las hojas para caer al suelo. En la puerta de la cafetería, un empleado coloca una sombrilla blanca junto a la puerta para proteger la pizarra donde aparece el nombre de la pareja escrito en elaborada caligrafía. A los pies de la pizarra, hay varios cubos metálicos llenos de peonías blancas que recuerdan tutús de bailarinas. La rampa para acceder a la cafetería está flanqueada por arbolitos colocados en macetas: hoy están engalanados con lucecitas blancas a modo de vestido de boda.

Rosemary y Kate caminan hacia la piscina protegidas por un paraguas negro que Kate sostiene para las dos. Rosemary se había resistido a ir con paraguas.

—¡Llevar negro en una boda da mala suerte! —protestó mientras se preparaban para salir del piso.

Rosemary se ha puesto el único vestido elegante que le queda, uno con un estampado floral en lavanda y blanco con un largo que le queda entre las rodillas y los tobillos. Lleva zapatos de color lavanda a juego, planos pero terminados en punta. Se ha pintado incluso los labios y se ha hecho unas ondas en el pelo.

—Es el único paraguas que tiene —dijo Kate, ajustando a los tobillos la hebilla de sus zapatos de tacón de color frambuesa—. Y no pienso salir a la calle con esta lluvia sin un paraguas.

El vestido que ha elegido es mucho más ceñido y colorido de lo que suele vestir, pero se enamoró de aquel tejido de color frambuesa en cuanto lo vio. Es de cuello alto y con manga japonesa, pero el escote posterior le deja la espalda al aire.

Se había tomado una mañana libre en el trabajo para poder ir de compras con tranquilidad y, cuando entregó la tarjeta de crédito a la dependienta, lo hizo con una sonrisa, sintiéndose orgullosa de sí misma por haberlo planificado todo tan bien y haber encontrado justo lo que quería sin abrumarse. Al pagar, contó en silencio las semanas que habían transcurrido desde su último ataque de pánico: tres. Se llevó una alegría al pensarlo. La dependienta la miró con extrañeza, pero le dio completamente igual.

Así que salieron con el paraguas negro, que las mantuvo prácticamente secas durante el breve recorrido desde el piso de Rosemary hasta la cafetería de la piscina.

Justo cuando llegan, Jay, con la cámara colgada al cuello, abre la puerta de la cafetería. Va vestido con un elegante pantalón gris, camisa blanca, corbata de color gris claro y un impermeable azul marino para protegerse. Incluso da la impresión de que se ha peinado. Kate nunca lo había visto tan sofisticado.

—¡Oh, sois vosotras! —dice, casi tropezando con ellas al ponerse la capucha.

Le da un beso a Rosemary en la mejilla y mira un momento a Kate antes de darle también un beso. Kate es muy consciente de la forma curva de sus caderas bajo el vestido rosa ceñido. Por una vez, no le importa en absoluto.

—Iba a salir para hacer una foto de las flores y la pizarra antes de que lo que está escrito en ella se borre. ¡Un tiempo estupendo para una boda!

Sprout las recibe a la entrada. Menea la cola y lleva un lazo blanco en el collar.

—¡Pero mira qué guapa! —exclama Kate, agachándose para acariciar a la perra, que se frota con ella y deja pelos blancos sobre el tejido de color frambuesa del vestido.

—¡Pero mira qué preciosidad! —dice Rosemary, tirando del brazo de Kate.

La cafetería está transformada. Han unido las mesitas en dos largas filas flanqueadas por jarrones con peonías blancas colocados sobre pilas de libros viejos. Del techo cuelgan flores de papel como si fueran lunas y en el alféizar de las ventanas hay velas dentro de farolillos de cristal. Más allá se ve la piscina, vacía y gris. Ahora llueve con fuerza. La sala está llena de invitados que charlan y beben de largas copas de champán. Se oyen risas.

Kate y Rosemary saludan a Jermaine y Frank, que están junto a la barra. Jermaine luce un traje azul marino; el de Frank es gris y ambos llevan una flor blanca en el ojal. Sprout los ha localizado de nuevo entre el gentío, se ha sentado a sus pies y los observa lanzándoles una mirada empalagosa con sus ojos castaños.

—Todo esto es precioso —dice Kate.

—Pensábamos pronunciar los votos junto a la piscina, pero está descartado —comenta Jermaine, mirando por la ventana—. ¡Y eso que creíamos que al casarnos en verano podríamos evitar la lluvia! Pero estamos en Inglaterra, claro.

—Aquí dentro resulta muy acogedor, me encanta —asegura Frank, tirando de Jermaine y dándole un beso en el punto donde la barba alcanza la mejilla.

—Nunca había visto la piscina tan encantadora —afirma Rosemary, mirando, entre flores y velas, la lluvia que cae sobre la superficie del agua.

Frank le pasa una copa de champán.

—No sé si debería. No recuerdo la última vez que bebí champán —dice Rosemary.

—Insistimos —contesta Frank, uniendo las dos manos en torno a la de Rosemary para que no suelte la copa.

—De acuerdo, pues, adelante.

Kate y Rosemary avanzan hacia el fondo de la sala y Rosemary se sienta para aliviar un poco sus doloridas rodillas.

—¿Seguro que está bien? —le pregunta Kate.

Rosemary le asegura que sí y Kate regresa con el grupo, aunque sin alejarse mucho de ella.

Rosemary observa a Kate, que está charlando animadamente con Frank y Jermaine, y piensa en lo distinta que está en comparación con la chica desaliñada y nerviosa que habló por primera vez con ella en el solárium de la piscina.

En la boda hay unos cuantos niños que corretean por todos lados y se esconden debajo de las mesas para jugar en un universo de tobillos y manteles. En las ventanas de la cafetería se acumula la condensación y los cuerpos van calentándose con el champán.

Kate ríe con un grupo de amigos de Jermaine y se sorprende a sí misma con el sonido de la risa y la confianza que transmite. Espera la llegada de esa sensación de ansiedad que suele aparecer cuando está en compañía de tantos desconocidos, pero ni llega la sensación ni tiene la impresión de estar con desconocidos. Mira hacia la piscina y hacia Rosemary de vez en cuando, dos imágenes que le sirven para mantener los pies en el suelo. Se deja llevar por el champán.

La boda es un acto reducido e informal y un empleado sugiere que Frank y Jermaine empiecen a pronunciar pronto sus votos, pues la comida está a punto para salir. Los invitados se sientan a la mesa y Frank y Jermaine se sitúan en la parte delantera de la cafetería. Sprout parece intuir el cambio de situación y sale corriendo de debajo de la mesa para colocarse junto a la pareja. Los padres levantan a sus hijos del suelo y los acomodan en sus piernas. Todo el mundo guarda silencio.

—Te acepto tal y como eres, te amo por quien eres ahora y por aquel en quien te convertirás —dice Jermaine con voz temblorosa.

Mientras pronuncia estas palabras piensa en su madre, ya fallecida, y en cómo lloró cuando comprendió que su hijo nunca llegaría a casarse.

—Prometo escucharte y aprender de ti, apoyarte y aceptar tu apoyo.

Piensa en la librería y en lo mucho que significa para los dos, a pesar del estrés y las noches de insomnio que a menudo conlleva. Las paredes de su relación están construidas con libros.

—Celebraré tus triunfos y lloraré tus pérdidas como si fueran míos. Te amaré y tendré fe en el amor que sientes por mí, a lo largo de los años y de todo lo que la vida nos brinde.

Rosemary rompe a llorar y las lágrimas caen en silencio por su cara como la lluvia que resbala por los cristales de las ventanas. Llora por George, por todos los años que pasaron juntos y por todo lo que la vida les brindó. Pero llora también unas lágrimas que tienen un matiz distinto: lágrimas provocadas por la felicidad de estar viva, por poder ver las velas, las flores y la piscina vacía bajo la lluvia y escuchar unos votos que se prolongarán durante toda la vida de aquella pareja.

—Todo lo que poseo en este mundo es tuyo —dice Frank—. Te guardaré y te tendré a mi lado, te consolaré y te cuidaré, te protegeré y te daré cobijo, durante todos los días de mi vida.

Pero no es solo Rosemary la que llora. Frank y Jermaine también están llorando, igual que la mayoría de los invitados. Sprout ladra y la tensión de la sala desciende con algunas risas.

Jermaine se seca los ojos y besa a su marido, pensando en que nunca jamás se cansará de llamarlo así.

44

El lunes siguiente, Kate echa de menos a Rosemary en la piscina. Nada en silencio sus largos matutinos, sumergida en sus pensamientos mientras avanza lentamente en el agua largo tras largo. Al salir, saluda a unos cuantos bañistas habituales, pero no intercambia ninguna palabra con ellos. Parece que esta mañana todo el mundo está inmerso en sus pensamientos. El verano asoma por encima de los muros del recinto. Los árboles están cargados de verde y la luz de la mañana es dorada y brumosa.

Kate recuerda las vacaciones de verano de cuando era pequeña. Antes de que aprendiera a tener vergüenza, su madre la vestía con un bañador de Minnie Mouse en el que iba enfundada durante el trayecto hasta Bournemouth, cuando iban a visitar a los abuelos. Erin iba sentada en el asiento trasero del coche, a su lado, con un bikini azul que asomaba por debajo de la ropa. Se pasaba el viaje enviando mensajes por teléfono y escuchando música, pero se sumaba a Kate en la carrera para ver quién de las dos veía primero el mar.

«¡Veo el mar, veo el mar!», chillaban las dos, señalando el azul plateado que brillaba bajo el sol. Aparcaban en lo alto del acantilado, miraban hacia abajo y veían niños que parecían guijarros de colores en la arena y construían castillos o corrían para lanzarse al mar. El agua siempre estaba fría, como en la piscina. Pero era un frío tan delicioso como un helado Mr. Whippy en un día de calor.

Los abuelos de Kate y Erin enterraban monedas en la arena para que ellas las encontraran. Y cuando practicaba la búsqueda de calderilla, una actividad intemporal e integradora, Erin se olvidaba por completo de que ya era una adolescente. Después, si Erin estaba de buen humor, le daba la mano a Kate y corrían juntas para lanzarse al agua y, de vez en cuando, Kate tropezaba por tener las piernas mucho más cortas.

Mientras ellas nadaban, su madre y sus abuelos permanecían sentados al amparo de un paravientos a rayas azules y amarillas e, hiciera el tiempo que hiciera, su abuela iba siempre cubierta con un anorak y hacía circular un termo con té.

Kate y Erin se salpicaban la una a la otra al llegar a la orilla y hundían los pies cada vez más en la arena. Las olas llegaban y se retiraban y al final tenían que hacer un esfuerzo por liberar las piernas y, cuando lo hacían, se oía un sonido que recordaba el de la gelatina cuando se saca a cucharadas de un tarro. Se salpicaban y bailaban en la espuma blanca, saltaban para esquivar las olas o se lanzaban desafiantes contra ellas y acababan con la cara empapada y sabor a sal en los labios. A veces, las acompañaba su abuelo, que se alejaba de la orilla nadando un buen crol, y ellas lo miraban con admiración cuando se convertía en un puntito oscuro que asomaba arriba y abajo entre las olas.

Cuando recuerda cómo las miraba su abuela, Kate piensa en Rosemary. Se da cuenta de que vuelve a mover las piernas en rotación cuando nada y echa en falta los consejos y la compañía de su amiga. En cuanto se seca, pregunta por Rosemary en recepción.

—¿No has visto a Rosemary? —le consulta a Ahmed.

—No, hoy no la he visto —responde.

Kate se pregunta si a lo mejor Rosemary bebió demasiado champán durante la boda. La llama por teléfono y le deja un mensaje en el contestador. Luego se marcha al trabajo y se olvida del tema.

Pero al día siguiente, Kate vuelve a nadar sola. Al pasar por recepción, vuelve a preguntarle a Ahmed si ha visto a Rosemary. Ahmed niega con la cabeza.

—No, no la he visto. Nunca había faltado dos días seguidos, jamás. Y Ellis vino anoche a nadar y comentó que tampoco la había visto por el mercado, y eso que el lunes es su día de compra. ¿Estará bien?

A la salida de la piscina, Kate llama a Phil y le dice que llegará tarde al trabajo y que ya lo compensará recuperando el tiempo por la tarde. Cruza la calle para ir al piso de Rosemary. El miedo le acelera el paso y el pánico le llena la garganta como si fuera alquitrán. No puede evitar pensar en su abuelo.

El verano que Kate cumplió ocho años, su familia fue a visitar a los abuelos. Su abuela había salido para ir al gimnasio y estaban solos en casa: Erin arriba, leyendo un libro, y su madre en el pasillo, haciendo una llamada de trabajo que parecía que iba a durar toda la tarde. El abuelo de Kate estaba en el jardín, cuidando sus parterres de alegrías.

Desde donde estaba, acurrucada en el sofá delante de la tele, Kate solo alcanzaba a ver la cabeza de su abuelo al otro lado de la ventana. De tanto en tanto, cuando se agachaba para regar las flores, desaparecía por debajo del nivel del alféizar. Kate estaba viendo *Tom y Jerry*, con el sentimiento de culpabilidad que conlleva estar encerrado en casa en un día soleado, pero disfrutando del lujo de estar sola. Con el calor que reinaba en el salón, se quedó un momento dormida y soñó con que era un ratón que perseguía un gato.

Cuando se despertó, miró hacia la ventana esperando vislumbrar la calva morena de su abuelo. Pero no estaba.

Decidió entonces hacerle una visita a su abuelo en el jardín y cruzó con pereza las puertas. Cuando salió, la criada de *Tom y Jerry* empezó a gritar y a arrear escobazos al ratón de dibujos animados, y entonces fue cuando vio a su abuelo, tumbado boca arriba sobre el parterre. Tenía los ojos abiertos y la pala yacía abandonada a su lado.

En aquel momento se cerró la puerta de entrada y Kate oyó que su abuela las llamaba, a ella y a su hermana.

—Os he traído pastel Battenberg —dijo y apareció detrás de Kate con una bandeja en la mano.

La abuela lanzó un grito y dejó caer el pastel. Rompió a llorar y corrió hacia el parterre. Fue entonces cuando Kate empezó a entender qué pasaba y se echó también a llorar. Desde entonces, nunca más ha sido capaz de comer pastel Battenberg.

Kate se protege los ojos del sol con las manos y levanta la vista hacia el bloque de pisos para intentar detectar señales de vida en el balcón de casa de Rosemary. El tendedero está vacío, no se ve el bañador secándose al aire.

Kate se acerca a la puerta, pulsa el timbre correspondiente y espera. En el parque que hay delante del bloque de pisos, una joven madre empuja el columpio de su hijo, que no para de llorar. Kate vuelve a pulsar el timbre y sigue esperando.

Pasados unos minutos, se oye un sonido en el panel, apenas audible por culpa del llanto del niño.

—¿Hola? —se oye gemir.

Kate suelta el aire, aliviada al escuchar por fin la voz de Rosemary.

—Rosemary, soy Kate. ¿Puedo subir?

Se produce un momento de pausa, pero finalmente la puerta suena y se abre.

Cuando Kate llega a la planta, ve que la puerta del piso de Rosemary está abierta y la empuja. Las cortinas que dan al balcón están corridas y el salón está a oscuras. La estancia huele ligeramente a orina, pero Kate finge no darse cuenta.

—No enciendas la luz —dice débilmente Rosemary desde el sofá.

Kate tarda un poco en acostumbrarse a la penumbra. El suelo está cubierto por montañas blancas de pañuelos de papel y vislumbra el perfil del cuerpo acurrucado de Rosemary debajo de una manta, en el pequeño sofá. Tiene la cabeza recostada en un brazo. Con aquella postura, se la ve diminuta, como un animalito al que no le ha crecido todavía el pelo.

—¿Qué ha pasado, Rosemary? —pregunta Kate, cerrando la puerta y acercándose al sofá con cuidado de no tropezar con algún mueble.

—No ha pasado nada —contesta Rosemary—. Que me hago vieja.

Kate se arrodilla junto al sofá y le acerca la mano a la frente. A pesar de la fiebre, tiene la piel seca.

—¿Desde cuándo no come? ¿O bebe agua?

Rosemary menea la cabeza, pero no responde.

—¿Ha llamado al médico? —dice Kate incorporándose. Va a la cocina y llena dos vasos de agua. Abre la nevera y observa el interior. Está vacía y recuerda entonces lo que comentó Ahmed, que Ellis le dijo que Rosemary no había pasado por el mercado esta semana. Kate regresa al salón y deja los vasos de agua en la mesita. Ayuda a Rosemary a incorporarse y le acerca un vaso a los labios.

Rosemary da unos sorbitos y evita mirar a Kate a los ojos. No responde a la pregunta sobre el médico. Kate espera a que Rosemary se haya bebido los dos vasos de agua antes de acercarse al teléfono y llamar al médico del ambulatorio. Habla sin levantar la voz pero con urgencia.

—El médico vendrá enseguida —dice después de colgar.

Recoge los pañuelos sin encender la luz y los tira a la basura. Pone la tetera a hervir para prepararle un té con dos terrones de azúcar a Rosemary. Mientras esperan a que llegue el médico, Kate saca las llaves de la bolsa de deporte que hay colgada junto a la puerta y se acerca a la tienda de ultramarinos de la esquina. Rosemary no se da ni cuenta; se ha quedado dormida.

Kate regresa con latas de sopa, una barra de pan, un cartón de leche y media docena de huevos. Mientras Rosemary duerme en el sofá, le prepara un huevo pasado por agua, calienta un poco de sopa y corta una rebanada de pan tostado en trozos finos y alargados. Luego, la ayuda a comer. Sumerge uno de los trozos de tostada en la yema del huevo y se lo da a Rosemary, que come muy despacio, con manos temblorosas. Le cae un trocito de tostada en la manta. Kate lo coge y lo deja en el plato, a un lado.

A Kate le gustaría decirle algo a Rosemary, asegurarle que se pondrá bien, pero es evidente que Rosemary se siente incómoda y decide no decir nada. Abre la puerta del balcón y retira un poco la cortina para que entre el aire.

—Tengo frío —protesta Rosemary, envolviéndose mejor con la manta.

—Tiene fiebre —replica Kate—. Y necesita respirar un poco de aire fresco.

Kate limpia un poco la casa mientras Rosemary se queda adormilada. Por fin llega el médico. Kate le abre la puerta y lo acompaña hasta el sofá.

—¿Es tu abuela? —pregunta el médico.

—No —responde Kate—, es una amiga.

—¿Cuánto tiempo lleva así?

—¡Lo estoy escuchando todo, que lo sepa! —le advierte Rosemary.

—Lo siento, señora Peterson —dice el médico, arrodillándose a su lado y abriendo el maletín—. ¿Cuánto tiempo lleva enferma?

—Desde el domingo a última hora. Pensé que era el champán. Estuvimos en una boda. Hacía muchísimo tiempo que no bebía champán.

El médico la explora y se incorpora.

—Es gripe —le comunica a Rosemary. Se vuelve entonces hacia Kate—. Se pondrá bien, pero necesita mucho líquido y mucho reposo. Habrá que vigilarla y cuidarla. Si sube la temperatura, tendría que llamar otra vez a urgencias. ¿Tiene hijos, señora Peterson?

—No.

—Yo puedo cuidarla —le dice Kate a Rosemary, arrodillándose junto al sofá y dándole la espalda al médico, que está ya recogiendo sus cosas.

—No quiero que lo hagas —responde Rosemary.

—Puedo cuidarla —insiste Kate.

Mira a Rosemary, que no dice nada más.

El médico se marcha y Kate hace una llamada a Phil para explicarle la situación y avisarle de que esta semana tendrá que trabajar desde casa.

—Ahora me marcho un momento para ir a buscar mis cosas, ¿entendido? —le dice a Rosemary.

Antes de irse, entra en la cocina y busca la libreta negra que sabe que hay encima de la nevera. Va rápidamente a su casa, recoge el portátil, un saco de dormir y prepara una bolsa con el neceser y cuatro cosas. Y a continuación va al mercado y le pide ayuda a Ellis.

45

Mientras Rosemary está enferma, Kate cocina siguiendo las instrucciones de la libreta de George. Ellis le llenó varias bolsas con todo lo necesario para elaborar recetas durante una semana y no le permitió pagar nada.

—Conque consigas que mejore me siento más que pagado —le dijo.

Kate jamás en su vida había cocinado tanto. Maneja con cuidado la libreta, gira las páginas con delicadeza y piensa qué le gustaría comer a Rosemary. Hay pasteles y pudines, guisos y estofados. Ve que hay una receta que lleva por título «La sopa favorita de Rosemary» y decide empezar por esa. Lee concienzudamente y sigue todas las instrucciones. De vez en cuando tiene que pedirle a Rosemary que le lea alguna cosa porque le resulta imposible descifrar la caligrafía de George.

Rosemary apenas come, pero el olor a comida parece revivirla un poco. Se incorpora levemente en el sofá para mirar por el balcón y observar las abejas que merodean por las macetas de lavanda. Mientras Rosemary dormía, Kate había acercado las macetas a la puerta para que pudiera verlas más fácilmente. Mantiene las cortinas abiertas y la puerta entreabierta para que corra un poco el aire. Kate come sentada en un cojín en el suelo, junto al sofá. Rosemary no habla, pero Kate no quiere forzarla y lee o escribe en el portátil mientras comen en silencio. Kate comprueba a diario el estado de la página de Facebook y de la petición. Llevan ya más de mil firmas y decide escribir un pequeño artículo para el periódico para informar al respecto. Ha recibido, además, varios mensajes de correo electrónico de negocios locales deseosos de mostrar su apoyo a la campaña colgando carteles en los escaparates. Jay se encarga de prepararlos y repartirlos mientras Kate trabaja desde el piso de Rosemary.

Alberga esperanzas, pero en el fondo está preocupada. Recuerda la imagen de la piscina transformada en gimnasio privado y el miedo se apodera de ella, como si por la ventana acabara de filtrarse una ráfaga de aire gélido.

Por la noche, Kate ayuda a Rosemary a acostarse en su cama. Se gira mientras Rosemary se cambia. El cuerpo desnudo de la anciana bajo la luz tenue del dormitorio no tiene nada que ver con el que deja al descubierto la luminosidad fluorescente del vestuario de la piscina. Aunque aquí esté más oscuro, Rosemary parece más desnuda.

Rosemary se pone un pijama de hombre con tela de rayas. Se enrolla las mangas hasta dejarlas a la altura de las muñecas. Kate la ayuda a subir a la cama y la tapa para que esté cómoda. Rosemary se pone de costado, de cara a la pared. Kate se asegura de dejar un vaso de agua y la fotografía de George en la mesita de noche y cierra con cuidado la puerta.

De nuevo en el salón, Kate desenrolla el saco de dormir, lo extiende sobre el sofá y se mete dentro. Se plantea coger algún libro de la estantería y hojearlo hasta caer dormida, pero no quiere desordenar los títulos, puesto que sabe que están dispuestos siguiendo una lógica que solo conoce Rosemary. Y con el fin de conciliar el sueño, deja la cortina del balcón abierta para poder ver el cielo y el destello de las farolas.

Hope llama por teléfono varias veces a lo largo de la semana; no está vacunada de la gripe y Rosemary no permite que venga a visitarla. Rosemary coge el teléfono y cierra la puerta de la habitación mientras hablan. Kate oye la voz amortiguada al otro lado de la puerta mientras lava los platos y le prepara otra tetera a Rosemary. Y mientras espera a que termine de hablar, le envía un mensaje a Erin, que está ansiosa por saber qué tal sigue Rosemary y si está mejorando.

«Miel y limón —escribe Erin—. ¿Te acuerdas de que es lo que nos preparaba mamá de pequeñas? Y funcionaba. Bs, E».

Kate prepara el té de Rosemary con una cucharada de miel y limón exprimido.

Jay se acerca a visitarlas a mediados de semana. Llega con café para Kate y flores para Rosemary. Retira libros de las estanterías que Kate no alcanza bien para que Rosemary tenga lectura y los apila cerca del sofá, donde Rosemary se pasa el día sentada después de que Kate enrolle su saco de dormir y lo guarde debajo de la ventana.

—Estás haciendo una labor estupenda —le dice Jay a Kate cuando se va—. Las flores son también para ti.

Las flores son rosas y blancas e inundan el piso de aroma a verano.

La temperatura de Rosemary recupera la normalidad al cabo de una semana y empieza a comer mejor.

—Gracias —dice.

Están sentadas en el salón, leyendo. Rosemary en el sofá y Kate con la espalda apoyada en él, pero en el suelo. Rosemary deja un momento el libro y posa una mano en el hombro de Kate. Se lo aprieta.

—Gracias —vuelve a decir—. Soy afortunada por contar con una amiga como tú.

—No tiene importancia —replica Kate. Percibe una oleada de sentimientos al notar la mano de Rosemary en el hombro—. Me alegro de que se encuentre mejor.

Rosemary permanece en silencio unos instantes, mirando hacia las ventanas del balcón.

—Creo que se nos acaba el tiempo —dice en voz baja.

Kate se queda mirándola. Ha perdido un poco de peso durante la semana, pero ha recuperado el color y sus ojos vuelven a ser azules, no de ese tono gris apagado que los ha empañado a lo largo de la semana.

—¿A qué se refiere? —contesta Kate.

—A la piscina —le aclara Rosemary, moviendo la cabeza hacia la ventana—. Ya sé que has dicho que la petición ha recogido más firmas, pero ya ha pasado una semana desde la protesta y ¿cuánto tiempo…, un mes desde que tuvimos la reunión? Y sigue sin pasar nada. Creo que esto podría estar tocando a su fin.

Kate no sabe qué responder. Está agotada, pero la necesidad de tranquilizar a Rosemary, y tal vez a sí misma, es más apremiante.

—No se preocupe —dice en tono animado—. Aún queda mucho tiempo. Ahora, lo más importante es que ya se encuentra mejor.

Antes de que Kate se marche, Rosemary entra en la cocina para ir a buscar algo.

—Quiero que te quedes esto —afirma—. Las conservo todas en la cabeza. Has cocinado para mí y ahora quiero que cocines para ti.

Y le entrega la libreta negra con las recetas de George.

46

A la semana siguiente, cuando se reincorpora a la oficina, Kate intenta olvidar lo que le dijo Rosemary sobre que lo de la piscina estaba llegando a su fin. A lo largo del fin de semana, diversas organizaciones del barrio, escuelas, grupos juveniles e incluso un conjunto musical que se formó cuando todos sus miembros vivían en Brixton se han sumado a la petición, que alcanza ya las mil quinientas firmas. El lunes, Kate escribe un artículo al respecto.

Kate ve que Phil tiene un patito amarillo en la mesa. Kate se lo regaló después de la protesta, cuando la imagen de la piscina llena de patitos ocupó la portada. Phil aceptó encantado el regalo y le puso de nombre Debbie, y no puede evitar reír para sus adentros cada vez que lo ve.

La protesta ha ayudado a conseguir más apoyos, pero siguen sin tener respuesta del ayuntamiento. Kate se pregunta qué debieron de pensar cuando el envío de los patitos de goma llegó a la institución. Se imagina al concejal abriendo la caja y sacando de su interior un patito de goma; sonríe solo de pensarlo.

—¡Buenos días! —dice Jay, entrando en la oficina con tres cafés, uno para él, uno para Kate y otro para Phil.

Se ponen a trabajar, con Debbie observándolos desde la mesa de Phil, su cara de plástico esbozando un amago de sonrisa.

A la una, Jay se planta junto a la mesa de Kate y le pregunta si quiere comer con él.

—Ya has vuelto a leerme la mente —contesta ella, cogiendo su bolso del escritorio.

Se acercan a Phil para preguntarle si quiere que le suban alguna cosa, pero está al teléfono y el ceño fruncido altera su cara rolliza.

Kate y Jay caminan desde la oficina hasta la calle principal. El sol calienta los hombros de Kate. Respira hondo; sabe que el ambiente está cargado de los gases que sueltan los tubos de escape de los autobuses, pero, con el sol, parece limpio y agradable. Van charlando, sobre la familia, sobre el lugar donde nacieron y sobre lo bonito que está Londres en verano.

—Es como si todo el mundo pesara cinco kilos menos —comenta Jay—. La gente no camina, salta.

Jay le explica a Kate lo que significa para él un verano en Londres: tomar sidra en Brockwell Park, tumbarse en la hierba para mirar los aviones que pasan e imaginarse hacia dónde viajan. Kate asiente, y le explica que le gusta que se alarguen las tardes y que tiene ganas de salir y hacer cosas y no de quedarse sola delante del ordenador comiendo platos preparados. Se calla un momento, preguntándose si tendría que haberle revelado aquello, pero ve que Jay se limita a sonreír. Caminan un rato sin hablar y el silencio resulta tan confortable como conversar con él. Kate piensa en todas las veces en que se ha escabullido de la oficina para ir a comer sola y se arrepiente de ello.

Cuando regresan a la oficina, Phil tiene la mirada fija en la pantalla del ordenador. Kate se da cuenta de que Debbie ha desaparecido de la mesa.

—Kate, pasa un momento a mi despacho, tengo que hablar contigo —sentencia.

Phil no tiene despacho, de modo que Kate acerca una silla a la mesa de Phil y a las montañas de libros y carpetas que lo rodean como una pared. Jay observa la escena desde su mesa, situada en el otro extremo de la sala.

Phil coge un libro y examina el lomo.

—Necesito que dejes de escribir sobre la piscina —dice, pasando la mano por el lomo del libro y sin levantar la vista.

—¿A qué te refieres? ¿Quién escribirá sobre la piscina a partir de ahora?

—Nadie.

—¿Nadie? Pero si es uno de nuestros temas básicos, no podemos dejar de hablar sobre ello.

—Ha dejado de ser uno de nuestros temas básicos.

—Pero si acabo de escribir un artículo sobre la petición para el periódico…, ¡para tu periódico!

Phil deja el libro.

—Es una noticia para la edición de hoy, pero ya no lo será para la de mañana.

—No lo entiendo. Creía que era un tema que te gustaba. ¿Y dónde está Debbie?

Kate mira por todo el escritorio, buscando desesperadamente un destello de amarillo, apenas registrando su disparatado desorden según repasa arriba y abajo las pilas de libros y el resto de la oficina.

—Paradise Living nos ha hecho una oferta de publicidad tremendamente lucrativa —explica Phil en voz baja—. No podemos rechazarla. Dejar de hablar sobre el tema sería lo más diplomático.

Kate nota una fuerte tensión en el estómago. Le preocupa la posibilidad de echarse a llorar y se siente absurda por ello.

—¿Diplomático? ¿Cómo puedes decir eso? Después de todos los artículos que hemos escrito sobre Paradise Living y cómo están alterando el Brixton que todos conocemos y amamos. ¡Fuiste tú quien me pidió que empezara a escribir sobre el tema! Eso no es diplomacia, eso es venderse.

Es consciente de que su voz emerge de su cuerpo con más volumen del esperado. Jay está mirándola y hace ademán de irse a levantar de la silla, como si fuera a decir algo.

Phil vuelve a coger el libro y lo estampa contra la mesa.

—¿Venderse? Este no es tu periódico, Kate. ¿Crees que los periódicos locales ganan dinero? No, no ganan nada. Eres afortunada por tener un puesto de trabajo aquí. Jay es también un afortunado. —Agita el brazo para señalar a Kate y a Jay, y luego para señalarse a sí mismo—. Yo también soy un afortunado por tener este puesto. He hecho todo lo que he podido, pero el mundo funciona así, por desgracia. La gente se anuncia y con eso pagamos nuestros sueldos. Deja de ser una ingenua de una puta vez.

Kate se encoge de miedo y nota la quemazón de las lágrimas en los ojos.

—Y pienso que también tendrías que olvidarte de estar tan implicada en el asunto —continúa Phil—. A nuestros anunciantes no les va a parecer bien que una de mis periodistas esté allí con una pancarta. Considero que te has implicado excesivamente a nivel personal: esto es un trabajo, Kate.

Kate se levanta, le tiembla todo el cuerpo. Jay se levanta también.

—Pienso que ya es suficiente —dice con firmeza Jay.

—Lo mismo pienso yo —replica Phil, haciendo girar la silla para quedarse de espaldas a ellos—. Tómate la tarde libre, Kate. Nos vemos mañana.

Kate abandona la oficina derramando ardientes lágrimas de rabia, pero, a medida que va alejándose, se transforman en lágrimas de pánico. El pánico está conectado con las palabras de Phil, que repite mentalmente una y otra vez, pero es más que eso, es la sensación de que todo se ha convertido en un torbellino incontrolable. Le ataca justo enfrente de Sainsbury's y se deja caer al suelo.

Eso es lo que pasa cuando una persona se derrumba. Crees que los huesos y la piel son un buen andamiaje, pero cuando una persona se derrumba te das cuenta de que no estamos construidos con un material lo bastante fuerte. Un ser humano puede ser como una telaraña a merced de una tormenta.

Las de Kate no son lágrimas delicadas que pueda dejar de derramar respirando hondo y levantando rápidamente la cabeza. Son sollozos miserables y convulsos que le desgarran el cuerpo. Son lágrimas violentas que la hacen temblar y jadear en busca de aire, como si fuera un animal torturado. El cerebro le dice que pare, que pare por favor, pero el corazón se le sale por los ojos. La nariz le moquea y el sudor le empapa la piel. Se está ahogando en su propio terror. Es un juguete blando atrapado en los dientes de un perro rabioso que la zarandea de un lado a otro sin cesar.

La gente pasa por su lado, turbada al verla llorar sentada en la acera, incapaz de moverse. La gente mira a Kate como si mirara la tele. De pronto, la vida normal se ha convertido en un espectáculo complejo. La gente pasea y ríe con sus amigos o baja corriendo por la escalera mecánica como si fueran actores cualificados, sobreviviendo al día a día y logrando gestionar la vida con una convicción que de repente Kate es incapaz de encontrar.

El Ataque de Pánico no es una lucha que crea que pueda ganar. Por lo tanto, se sienta y espera a que sus puñetazos paren.

Finalmente, una mujer con un cochecito se queda mirándola y le pregunta si está bien.

—Estoy bien —responde Kate, porque ¿qué habría dicho la mujer si le hubiese dicho que no?

Sigue sentada en el suelo y llora.

—Kate.

La voz se acerca como una mano tendida, la zarandea levemente y le recuerda dónde está. Levanta la vista. Rosemary está a su lado, apoyada en su carrito de la compra y con expresión de honda preocupación. Y, en ese momento, no hay nadie más en el mundo a quien Kate preferiría ver.

—Tranquila —dice Rosemary y, cuando Kate se incorpora, la anciana la estrecha con fuerza entre sus brazos.

Y la mantiene en pie.

47

Kate se sienta sobre sus piernas en el sofá y acepta la taza de té que Rosemary le ofrece.

—Gracias —dice en voz baja.

Coge la taza con ambas manos para entrar en calor y mira hacia el otro lado de las puertas del balcón. Una mariposa acaba de aterrizar en una de las lavandas y el bañador de Rosemary gotea tranquilamente en el suelo. El sol está alto y calienta el ambiente y Kate se lo imagina brillando sobre la superficie de la piscina. Nota el cuerpo pesado, como si acabara de despertarse de un largo sueño repleto de pesadillas.

Rosemary está sentada en el sillón de cara a Kate, observándola.

—Supongo que tendría que explicarle qué ha pasado —comenta Kate.

Y empieza a relatarle la discusión que ha mantenido con Phil sobre Paradise Living y los artículos, pero Rosemary la interrumpe.

—No quiero oír lo que esté pasando con la piscina, lo que quiero es que me cuentes qué te está pasando a ti.

Kate se pregunta si realmente hay mucha diferencia entre ambas cosas. Piensa, y no por primera vez, que no ha empezado a vivir hasta que descubrió la piscina... o hasta que la piscina la descubrió a ella. Cuando flota en sus aguas frías, es como si la consciencia de sí misma y todas las ansiedades que esto conlleva flotaran también y se alejaran. En el agua no es Kate, sino un cuerpo rodeado y protegido por el agua y por el sol. El agua la hace sentirse capaz de cualquier cosa.

—Empecé a sufrir ataques de pánico cuando vine a Londres —le explica.

Recuerda cuando su madre y su padrastro la acompañaron en coche con todas sus cosas desde Bristol. Iban tan cargados que tuvo que envolverse en una colcha que no sabían dónde poner. La emoción fue en aumento a medida que fueron acercándose a la ciudad y a su nuevo hogar. Incluso estar inmersos en un embotellamiento de coches era emocionante: el tráfico, con sus autobuses rojos y sus taxis antiguos, era muy distinto al de Bristol.

—Siempre he sido una persona con ansiedad, pero empeoró cuando llegué a Londres —prosigue—. Me encantaba vivir aquí, y sigue encantándome. Pero enseguida empecé a sentirme superada por las circunstancias.

Cuando sus padres se fueron, Kate decidió que desharía las maletas más tarde y salió a dar un paseo. Quería aspirar los nuevos olores y sentir las aceras calientes bajo los pies. En Londres la gente andaba más rápido y, sin darse cuenta, aceleró el paso para seguir el ritmo de los demás. Le gustaban la música de la gente, los coches y los autobuses, le gustaba el cine con los títulos de las películas expuestos en letras grandes, le gustaba el olor a especias y a café de Brixton Village. Se empapó de todo aquello hasta que estuvo llena a rebosar y no pudo seguir absorbiendo nada más. Y entonces empezó a caminar mirándose los pies en vez de mirar a su alrededor; Londres se convirtió en un amasijo de pies y aceras. De vez en cuando, levantaba la vista y lo que veía le resultaba aterrador.

—Me resulta imposible identificar cuándo sucedió eso —continúa—. Mi pánico es como una criatura que me sigue y que en cualquier momento puede darme un puntapié detrás de las rodillas y hacerme caer. Pero es también como si viviera dentro de mí…, a veces tengo la sensación de que quiere desgarrarme.

Piensa en la gente con la que vive y que no conoce en absoluto. Piensa en toda la gente que ve en Facebook y por primera vez se pregunta si realmente se lo pasan tan bien como dicen o, como le sucede a ella, perciben el peso de la incertidumbre sobre los hombros, como un niño que se abraza con fuerza a su cuello para no caerse.

Rosemary la observa.

—Ha mejorado. Ahora estoy mucho mejor. Pero sigue atacándome de vez en cuando. Lo siento, estoy avergonzada.

—No tienes por qué sentirte avergonzada —dice Rosemary—. Me has visto incapaz de cuidar de mí misma, sin apenas poder tenerme en pie. Y me has cuidado. No tienes absolutamente nada de qué avergonzarte.

Kate llora en silencio y las lágrimas resbalan por sus mejillas sin que ni siquiera se dé cuenta.

—¿Has hablado con tu familia sobre esto? —pregunta Rosemary.

—Lo hablé con mi hermana cuando vino a verme —responde Kate, recordando la mano que le tendió su hermana cuando estuvieron sentadas en la piscina—. Pero tardé mucho tiempo en poder decírselo, y a mi madre y a mi padrastro todavía no les he contado nada. No quiero preocuparlos.

Se visualiza en Bristol con Erin, cuando aún vivían juntas, y la sensación de hogar la inunda como el agua que entra en un canal de riego. A veces desea flotar en ese sentimiento y regresar corriendo al pasado. Se pregunta si Rosemary se sentirá igual y le da la mano.

Rosemary se la aprieta. Tiene la piel seca pero caliente. No la suelta. Permanecen un rato así, de la mano y en silencio en el salón de la casa de Rosemary. Se sienten las dos aliviadas y sus manos unidas les recuerdan algo que tenían casi olvidado. Rosemary percibe el calor de Kate filtrándose por sus dedos y subiendo por sus venas; es como ese trocito de lana que mantiene unido un par de manoplas de lana y que impide que se pierdan.

Se oye el timbre de abajo. Rosemary se levanta y camina despacio hasta el telefonillo, escucha y pulsa el botón. Pasan unos minutos y alguien llama a la puerta del piso. Rosemary abre y Jay la sigue hasta el salón.

—He mirado primero en tu casa —dice Jay—. Y esta era mi segunda opción. La tercera era mirar en la piscina.

Kate se endereza en el sofá, se seca la cara y nota que tiene todo el rímel corrido.

—Me has encontrado —susurra.

—Te prepararé un té, Jay —dice Rosemary, y entra en la cocina, donde empieza a abrir y cerrar armarios y cajones, más fuerte de lo que Kate considera necesario.

—Phil se ha pasado de la raya —comenta Jay, acercándose al sofá para sentarse al lado de Kate.

La mira fijamente y sus ojos brillan como los de un niño.

—No debería aceptar ese dinero y tampoco debería haberte dicho todo lo que te ha dicho. Pero que se joda. Estoy aquí porque tengo algo más importante que contarte. Acabo de recibir una llamada del *Guardian*. Resulta que un periodista que trabaja allí vive en Brixton y se ha enterado de lo de la protesta. Quieren comprar una de mis fotografías para el periódico. Les gusta la historia: el movimiento anti-gentrificación, la comunidad dentro de la gran ciudad, los patitos...

Habla a toda velocidad y Kate nota las vibraciones de su cuerpo.

—¿El *Guardian*? —pregunta e intenta imaginarse lo que sentiría de poder ver su nombre impreso en un periódico de difusión nacional; se imagina lo que dirían Erin y su madre, lo emocionadas que estarían.

—Pero eso no es todo. Quieren un pequeño artículo para acompañarla, que hable sobre la piscina y lo que significa para la gente, sobre todo lo que está haciendo la comunidad para salvarlo. Les he dicho que conocía a la persona adecuada para redactarlo, pero que antes tenía que preguntárselo. Lo escribirás, ¿verdad, Kate?

Y entonces la besa. Coge la cara de Kate entre sus manos. Y ella se queda tan sorprendida que permanece inmóvil. Jay la suelta y se aparta, perplejo.

—Lo siento —dice—. No sé por qué lo he hecho. Estoy emocionado, y muy enfadado también.

—¿Y siempre besas a la gente cuando estás enfadado? —pregunta Kate.

—No siempre.

Se echan a reír. Nota que le sube el calor por el cuerpo, como si acabara de tomarse un buen trago de whisky. No sabe qué pensar del beso, ni de él, pero no le importa: se siente cómoda y segura y el calor le provoca un cosquilleo por todo el cuerpo. Rosemary reaparece con una bandeja.

—Deje, ya lo cojo yo —ofrece Jay, levantándose para cogerle a Rosemary la bandeja con la tetera y la taza—. Tiene que ayudarme a convencer a Kate de que es brillante: el *Guardian* quiere que les escriba un artículo sobre la piscina.

—¡Eso es maravilloso, Kate! —exclama Rosemary, mirándola con orgullo—. Tu firma aparecerá en un periódico nacional.

Kate se sonroja.

—No sé si seré capaz de hacerlo —dice en voz baja—. Yo solo escribo sobre gatos y perros desaparecidos.

Piensa en el primer día de clase de su máster de periodismo y en la confianza que sus compañeros exhibieron al hablar sobre sus logros… y en todos los logros que habían mencionado. Para ellos, el mundo era algo que conquistar y estaban decididos a obtener de él lo que querían, lo que consideraban que se merecían. Confiaban en su nombre y en su derecho a que apareciese impreso en los grandes periódicos. Kate nunca había sentido aquella seguridad. Recuerda las clases en las que criticaban entre ellos los artículos que redactaban. Sus compañeros emitían comentarios y opiniones con facilidad, pero a ella le costaba asumir sus palabras como un comentario a lo que ella había creado y no como un ataque personal. Le resultaba imposible desvincular sus escritos de su persona.

—Oh, no, escribes sobre muchas más cosas, Kate —replica Rosemary, que se acerca despacio a la librería—. Ahora dime que todo esto solo habla sobre gatos y perros —añade, pasándole a Kate un álbum.

La tapa es lisa, de color rojo, y se ven recortes de periódicos asomando por el lado. Kate lo abre y las palabras se quedan mirándola: los artículos que ha escrito sobre la piscina están cuidadosamente ordenados en su interior. Y están también sus otros artículos, todas las historias que ha redactado desde que Phil le dio la oportunidad de poder escribir cosas para el periódico. Se imagina a Rosemary recortando las páginas del periódico y se fija en que los bordes desiguales no logran esconder el temblor de sus manos. Kate mira las fotografías de Rosemary y de los demás bañistas sonriéndole o mirando desafiantes a la cámara.

—Puedes hacerlo, Kate —asegura Rosemary—. Cuenta nuestra historia.

—Solo si me ayuda —responde Kate.

Jay tose para aclararse la garganta y tomar la palabra.

—Creo que tengo que dejar la decisión en tus manos —dice.

Mira un instante a Kate, como si fuera a decir algo más, pero se limita a saludarlas a modo de despedida, consciente de que en estos momentos lo más importante para Kate es poder escribir ese artículo.

Cuando la puerta se cierra a sus espaldas, Rosemary y Kate siguen sentadas en el sofá. Kate saca el portátil del bolso e intenta no pensar en Jay y el beso que acaba de darle.

—No quiero escribir solo explicando por qué adoro la piscina —afirma—. Tiene que incluir también su historia: su historia con George.

Rosemary asiente con la cabeza y sonríe. Mira de reojo la fotografía de George y ella el día de su boda, dos caras que les sonríen.

Y mientras Rosemary va hablando, Kate escribe y empieza a relajarse. Es como si estuviera bebiendo una taza de consomé reconfortante que estuviera fortaleciéndola sorbito a sorbito. Beben una copa de vino y charlan sobre la piscina, sobre George y sobre toda la gente que han conocido allí. Cuando da por terminado el artículo, Kate lo guarda con el nombre de «La piscina» y lo envía por correo electrónico a Jay antes de que le dé tiempo a cambiar de idea.

48

Cuando Kate se marcha, Rosemary elige un disco y lo pone en el tocadiscos. Rara vez escucha música estando sola, pero esta noche deja que llene el apartamento. Se imagina a los vecinos, que deben de estar sorprendidos y aguzando el oído. Tal vez se pregunten si su vieja vecina ha muerto y se ha mudado al piso una pareja joven; parecería la única explicación razonable al sonido de los Beatles que se filtra por las paredes.

Deja la funda de *Please Please Me* en la mesa y mira las caras de los cuatro chicos que la observan desde el tramo de una escalera.

El amor de George por los Beatles lo pilló incluso a él por sorpresa. No le gustaba todo el jaleo que los rodeaba; de hecho, no le gustaba el jaleo en general. Pero sí le gustaban los Beatles. Compró el disco un día volviendo a casa al salir de la frutería y apareció en casa con él y una bolsa de zanahorias bajo el brazo. Lo escucharon y bailaron.

Mientras lo escucha, recuerda el Brixton de entonces. Recuerda los antiguos autobuses de dos pisos, nada que ver con la imitación que circula hoy en día por las calles. Recuerda Granville Arcade rebosante de colores y olores: fue allí donde George y ella descubrieron el boniato y el quimbombó. George no consideraba que tenderos como Ken, el padre de Ellis, fueran su competencia. Hablaba con ellos como si fueran viejos amigos, como almas gemelas que amaban la tierra y sus frutos tanto como él. Cuando olisqueaba la piel de los mangos y examinaba la pulpa dura de las calabazas arrugadas, se excitaba como un cachorrito. Y mientras él hablaba de frutas y verduras, ella deambulaba entre los puestos mirando los tejidos procedentes de la India que refulgían como el sol. Recuerda que los titulares de la prensa de aquellos tiempos eran sorprendentes y que se preguntaba si los periodistas que escribían sobre «El problema de India» habrían probado alguna vez un boniato.

Fue por aquella época cuando George empezó a dar clases en la piscina. Los domingos por la mañana, salía de casa para ir a la piscina con una toalla colgada sobre los hombros y una melodía en los labios. Rosemary lo acompañaba, nadaba un rato en la calle libre y luego se instalaba en el solárium para ver cómo George enseñaba a los niños a nadar como un perrito, a nadar a crol o a bucear, dependiendo de la edad. Los más pequeños le suplicaban que les enseñara a lanzarse de cabeza. George se situaba en el borde de la piscina y de pronto fingía que tropezaba y convertía la caída en un elegante salto. Los niños reían a carcajadas.

Había una niña, Molly, que tenía miedo al agua. Su madre quería que aprendiese a nadar y la enviaba cada domingo a la piscina con su hermano mayor. El niño saltaba a la piscina y se ponía a nadar a crol, salpicando a todo el mundo, pero Molly se quedaba agarrada a la escalerilla, con su bañador de florecitas y cara seria. Un día, sin embargo, consiguió meterse en el agua. George la aplaudió y la sujetó para mantenerla a flote. Después de aquella clase, Rosemary le preguntó a la niña qué había cambiado.

—Aún tengo un poco de miedo —le explicó Molly—. Pero me ha parecido que los niños se estaban divirtiendo mucho y no quería perdérmelo. Así que le he dicho al miedo que se fuera.

Rosemary se pregunta si el pánico de Kate dejará de acosarla algún día o si aprenderá ella a decirle que la deje en paz. ¿Y a qué le tiene miedo Rosemary? Piensa en la piscina y en George rompiendo la superficie con su cuerpo cuando se lanzaba al agua. Le aterroriza despertarse un día y sentirse perdida, que los lugares que George y ella conocieron desaparezcan para siempre.

49

Ver su nombre, «Kate Matthews», impreso al final del artículo publicado en el *Guardian* es surrealista y emocionante a la vez. Lo mira y lo remira, lee de nuevo lo que ha escrito sobre la piscina, sobre su posible cierre, sobre la historia de amor de Rosemary y George con la piscina (y sobre su propia historia de amor). El teléfono suena en dos ocasiones, ambas a primera hora de la mañana. Su madre y Erin han salido a comprar el periódico en cuanto han abierto las tiendas.

«He ido incluso en pijama —le ha contado Erin por teléfono—. Le he dicho a la señora del quisco que compraba cinco ejemplares del mismo periódico porque mi talentosa hermana había publicado un artículo. Le he enseñado la página y todo».

Rosemary ha recibido a Kate en la piscina agitando el periódico. Le ha pedido a Ahmed que cuelgue un recorte en el tablón de anuncios y ha pegado fotocopias en los espejos del vestuario. La sensación de orgullo de Rosemary y las emocionantes conversaciones matutinas con su madre y Erin suben los ánimos a Kate y le hacen olvidar por un momento la discusión con Phil y el miedo a que cierren la piscina. No puede dejar de sonreír.

A lo largo de la semana, el artículo de Kate, sumado a una ola de calor, atrae más bañistas a la piscina. La gente de Brixton, achicharrada por el calor, visita la piscina para refrescarse bajo el cielo azul. El sábado, varias personas le comentan a Ahmed que han leído la noticia sobre la piscina en el periódico y se han desplazado especialmente hasta allí. Ahmed entrega folletos a todo el mundo. Entrevistan a Geoff en la radio local y después en Radio 5 Live. En poco tiempo, la página de Facebook «Salvemos la Piscina Brockwell» tiene centenares de «me gusta» y la petición alcanza las nueve mil firmas.

En el parque se forma incluso cola.

—Llevamos horas esperando —se queja una adolescente, rascando la acera con los zapatos y abrazando la bolsa de deporte que lleva cruzada sobre el pecho.

—¿Qué sentido tiene hacer cola si no es por algo que te interesa? —dice su padre—. Esta cola demuestra que lo que te espera es bueno. Pero hay que ser paciente. Anímate.

Decirle a una adolescente que se anime es como decirle a una planta que se riegue sola. Lo haría si pudiese.

La adolescente sigue haciendo cola y concentra toda su energía en odiar a su padre. Luego, cuando cruce las puertas, se concentrará en no pasárselo bien. De vez en cuando, se atreverá a esbozar una sonrisa y luego lanzará una mirada de culpabilidad a su alrededor para comprobar si alguien ha detectado su error.

Para muchos niños, la piscina es la única playa que conocen. Se tumban en las toallas instaladas sobre el hormigón y se imaginan que sestean sobre lechos de arena. No saben que el agua salada tiene un sabor distinto al agua con cloro.

—¡No dejes que te pillen! —exclama un niño—. ¡Te comerán!

Los adultos son tiburones y los niños peces. La cosa es tan evidente que los niños se preguntan por qué los adultos se muestran tan confusos cuando se alejan de ellos corriendo y levantando agua. Una niña chilla. Es más pequeña que el niño, y de pronto el niño recuerda su papel de Hermano Mayor.

—Tranquila —dice—. Tú no eres más que un pez, pero yo soy un delfín. Los tiburones no se toman la molestia de perseguir delfines porque no les gusta su sabor y, además, un delfín es igual de grande que un tiburón. Si te subes a mi espalda, estarás a salvo.

La Hermana Pequeña se sujeta al cuello del Hermano Mayor y se siente la persona más segura de la piscina.

La madre los observa y se pregunta por la fragilidad del mundo en el que viven sus hijos. ¿Cómo ven ellos su mundo? Sigue junto a la piscina con un libro abierto, pero ya no recuerda qué ha leído; está concentrada en vigilar la cabeza de sus hijos mientras juegan en el agua. ¿Recordarán de mayores que estuvieron jugando aquí? ¿Podrá darles ella una infancia de la que recuerden haber disfrutado de cielos azules y soleados?

Hay un hombre tumbado justo en el borde de la piscina, con el brazo medio sumergido en el agua. Lleva gafas de sol y a través de ellas observa un cielo de color sepia. Arrastra lentamente la mano por el agua y percibe las olas que los dedos forman en la superficie. Sueña con Jamaica. No ha estado nunca, pero recuerda las historias que su abuelo le contaba de pequeño. Cuando el cielo de Brixton está muy azul, le gusta contemplarlo e imaginarse que está mirando el mismo cielo que protegía a su abuelo cuando era un niño.

Rosemary está en el solárium. Se acomoda en una silla de plástico y levanta la cabeza hacia el cielo. El sol le calienta la cara y el pecho y deja escapar un suspiro. Dos pájaros se persiguen y un avión menea la estela de humo como si fuera una serpentina. Se pregunta hacia dónde irá: a lo mejor Frank y Jermaine están a bordo, rumbo a su luna de miel. Han dejado a un empleado a cargo de la librería y de Sprout y el escaparate lleno de historias de amor.

Rosemary intenta imaginarse cómo debe de ser viajar en avión. ¿Se le destaparían los oídos cuando el avión despegara y se sentiría aterrada cuando viera que el suelo se aleja de ella? ¿Cómo sería su casa desde arriba? ¿Sería capaz de ver Brixton y el azul de la piscina? Se agarra a los brazos de la silla y toca con los pies descalzos el hormigón del solárium para asegurarse de que sigue ahí. Se oye ruido de salpicaduras en la piscina cuando un grupo de niños se lanzan al agua por el lado más hondo.

—¿Me pasas la crema solar, por favor? —dice Rosemary, abriendo los ojos y volviéndose hacia Kate, que está sentada en una silla a su lado.

Kate va en bañador, con una toalla anudada a la cintura, y está con las piernas extendidas delante de ella y cruzadas a la altura de los tobillos. Tiene una revista en el regazo. Su rostro podría servir para anunciar la felicidad.

Por una vez, además de nadar se han permitido relajarse junto a la piscina. Es un domingo excepcionalmente caluroso y da la impresión de que todo Brixton se ha acercado a disfrutar del agua. Kate se lo ha sugerido a Rosemary, que ha recordado todos los veranos que ha pasado junto a la piscina y enseguida ha accedido. Le ha sorprendido la propuesta de Kate de hacer algo tan indulgente como holgazanear al sol y ha pensado que le iría muy bien.

Rosemary coge la crema y se la aplica en la cara y en los hombros. Le encanta ese olor. En verano, siempre le ponía crema a George en la espalda y disfrutaba del contacto con su cuerpo firme. Cuando terminaba, le daba un beso en los omoplatos y saboreaba el sudor, la crema y el fuerte olor a cloro.

—Pásame una de esas —pide Rosemary, señalando una montaña de revistas que hay al lado de la silla de Kate.

Kate mira unos instantes hacia el suelo y luego mira a Rosemary.

—¿En serio? Son basura, de verdad —contesta.

—Necesito un poco de basura —explica Rosemary, cogiendo la revista que le pasa Kate—. Hay demasiado sol para Shakespeare.

Coge la revista y se acomoda otra vez en la silla para hojear sus páginas. Siguen un rato sentadas hasta que Rosemary rompe el silencio con un fuerte bufido. Kate levanta la vista.

—¿Qué pasa? —dice Kate.

—Nada, nada, lo siento.

Pero pasados unos minutos, Rosemary vuelve a resoplar y esta vez el sonido se transforma en unas carcajadas que no puede controlar.

—¿Qué pasa que es tan gracioso? —pregunta Kate, cerrando la revista y utilizándola para dar unos golpecitos en el lateral de la silla de Rosemary.

—¿Es esto lo que os importa a los jóvenes? —responde Rosemary, señalando la revista que tiene en la mano. Lee en voz alta—: «¿Estás demasiado obsesionada contigo misma? Lee la página treinta y cuatro. Ocho trucos de maquillaje que toda mujer DEBE conocer. Estas tres estrellas lucen un vestido idéntico en la misma fiesta. Cosas que crees que él quiere en la cama, pero que en realidad no busca. El "superalimento" que en realidad te hace engordar. El miedo a perderte algo puede estar arruinándote la vida. Lo que tu perfil en las redes sociales dice sobre tu vida amorosa…».

La seriedad de la voz de Rosemary leyendo todas esas cosas suena realmente absurda.

—¡Pare, pare! —la interrumpe Kate—. Ya lo capto.

—Te lo digo sinceramente —continúa Rosemary cuando Kate deja de reír—. Daría cualquier cosa por recuperar la salud de mis rodillas, pero no me gustaría en absoluto tener ahora tu edad.

—Voy a nadar —dice Kate, levantándose y dejando la toalla y la revista en la silla—. ¿Le traigo alguna cosa?

Rosemary niega con la cabeza y le hace un gesto a Kate para que se marche tranquila. Deja la revista en el suelo y observa a Kate acercarse a la parte menos honda de la piscina y sumergirse en el agua antes de empezar a nadar con su lenta braza habitual.

Contemplando a Kate, se pregunta qué es lo que la mantiene las noches en vela y qué le preocupa antes de caer dormida. Y piensa en cómo era ella con la edad de Kate. Ya estaba casada y vivía en el piso con George. Pero recuerda las inseguridades. Arreglarse para salir era muy excepcional, pero siempre que había una cena o se celebraba la cena de Navidad de la biblioteca, se ponía delante del espejo y le pedía a George que le dijera si el vestido era demasiado corto o demasiado largo, si iba bien maquillada y si llevaba el pelo mal o con un peinado demasiado sencillo. Él siempre sonreía y le decía que estaba preciosa, pero ella no le creía. Ahora sí le habría creído: era preciosa. Confía en que Kate se dé cuenta de ello antes de cumplir los ochenta y siete.

Rosemary cierra los ojos y el sol se vuelve rosa a través de los párpados. Escucha los sonidos familiares del salpicar del agua y las voces, del tren que circula al otro lado del parque, hasta que los sonidos dejan de ser sonidos.

Cuando se despierta, Kate está saliendo de la piscina.

—¿Qué tal está el agua? —pregunta Rosemary, cogiendo de nuevo la revista y fingiendo que no se ha quedado dormida. La revista está al revés.

—Perfecta, por supuesto —responde Kate, sonriendo.

Miran las dos el agua unos instantes.

—Se está quemando los hombros, Rosemary. Déjeme que la ayude.

Kate se pone un poco de crema solar en las manos antes de que Rosemary pueda negarse. Se pone de pie detrás de Rosemary y posa las manos en sus hombros para extender la crema fresca con delicadeza sobre la piel desnuda que queda entre los tirantes del traje de baño, allí donde a Rosemary le resulta imposible llegar.

A Rosemary se le eriza el vello de los brazos al notar en la piel el contacto de las manos de Kate. El calor asciende hacia la nuca y desciende por la espalda. Los dedos de Kate la masajean con cuidado y Rosemary parpadea; la sensación de las manos sobre su piel desnuda le corta casi la respiración. Cierra los ojos. El pelo de Kate gotea y el agua fría le cae a Rosemary en los hombros y le produce un cosquilleo. La brisa cálida juguetea con los dedos de sus pies y el sol le besa la cara. Es como si su cuerpo sonriera, cantara y llorara, todo a la vez.

—Le pondré un poco más, no quiero que se queme —propone Kate, aplicando un poco más de crema en los omoplatos de Rosemary y siguiendo con el delicado masaje.

Rosemary se relaja en la silla. Se le está haciendo complicado no romper a llorar al notar el contacto sobre su piel desnuda.

—Ya estamos —dice Kate, posando un momento ambas manos sobre los hombros de Rosemary antes de retirarlas.

—Gracias —responde Rosemary, inspirando hondo.

—Voy a ponerme algo de ropa seca, enseguida vuelvo —anuncia Kate, cogiendo la bolsa antes de dirigirse hacia el vestuario.

Cuando se marcha, Rosemary levanta la vista y ve que a ella sí se le ha quemado la espalda.

50

Cuando Kate se despierta, ya hay luz en el exterior. Abre la ventana mientras se prepara. Oye a dos niños que juegan en el jardín de la casa de al lado antes de ir al colegio; se los imagina embarrando el uniforme con sus juegos o piensa que tal vez estén aún en pijama. Ríen y chillan como monitos borrachos hasta que su madre los llama para que entren a desayunar. El sonido le hace pensar en Jay y recuerda su rostro iluminándose la primera vez que le habló de sus sobrinas y sus sobrinos. No han hablado de lo del beso. De vez en cuando, desde que pasó aquello, Kate lo sorprende mirándola de un modo que la hace avergonzarse, pero no es una mala mirada. Es como si la alumbrara una luz cálida. A veces piensa que Jay quiere comentarle algo, pero no lo hace; tampoco lo ha hecho ella. Han seguido como siempre. Y Kate no tiene muy claro si eso le gusta o no. Ha pensado en llamar a Erin para hablarle de Jay, pero su propia indecisión se lo impide. Antes necesita aclararse las ideas.

Oye el motor de un coche que petardea, el sonido metálico de la tapa de un cubo de basura y alguien que grita: «Que te jodan».

Kate se viste con rapidez y se pone el bañador debajo. Ahora le parece una forma normal de empezar el día: ponerse el tejido ceñido sobre la piel desnuda y meter unas braguitas y un sujetador en la bolsa.

Se pone encima un vestido y un jersey negro, pero luego cambia de idea y se decide por uno amarillo.

En cuanto cruza la puerta, la recibe un cielo azul que promete un buen día. La puerta de la casa de los vecinos se abre en el mismo momento y emergen dos niños que caminan como patitos y llevan un uniforme escolar que les va varias tallas grande. Les sigue su madre, cargada con dos bolsas de deporte y una mochila con libros colgada al hombro. Saluda con la cabeza a Kate, que le devuelve el saludo y sonríe.

—Nos gusta el amarillo —dice el niño mayor, señalando el jersey de Kate.

Kate cae en aquel instante en la cuenta de que, exceptuando los uniformes escolares y los funerales, rara vez ves niños vestidos de negro y se pregunta por qué suele llevarlo ella. La ropa negra nunca provoca cumplidos en los niños. Piensa en lo que le gustaba llevar cuando su madre le empezó a dejar que eligiera la ropa que iba a ponerse: mallas escocesas y camisetas con estampados de florecitas, pantalones cortos de color rosa chillón y una chaquetita en verde lima, y sus botas de agua con la cara de una rana, incluso en verano. Tardó mucho tiempo en darse cuenta de que el conjunto de la ropa que se ponía no tenía sentido y que era imposible que la ropa tuviera una única respuesta correcta, como una complicada fórmula matemática.

Cuando Erin empezó a ir al instituto, dejó de llevar uniforme y la rutina matutina se convirtió de repente en un proceso mucho más largo y complicado. Kate percibía el estrés que se filtraba por debajo de la puerta del cuarto de Erin igual que ese rayito de luz que buscaba siempre antes de acostarse por las noches.

—Mamá, ¿dónde está esa blusa? —gritaba Erin por las escaleras, vestida con vaqueros y sujetador y tapándose el pecho con una toalla.

—La dejaste en el suelo y la puse a lavar. Estará aún secándose.

—¡La necesito!

—¿Y no puedes ponerte otra?

—No, porque entonces tendría que cambiarme los vaqueros y los zapatos.

Algunas mañanas, Erin se sentaba en su escritorio y secaba con el secador la pieza de ropa que necesitaba.

—¿Por qué llevas la camiseta mojada, Erin? —le preguntaba Kate mientras desayunaban.

—No está mojada, está casi seca. Y la culpa es de mamá.

—¿Y no te puedes poner otra?

—Oh, no empieces tú ahora también.

Kate esboza una sonrisa al recordar. Erin sigue todavía preocupándose por la ropa, aunque se ha relajado mucho. Desde que hablaron el día de la protesta, Kate y Erin se intercambian mensajes prácticamente todos los días. Anoche, Kate llamó a Erin para desearle buena suerte en la clínica de fertilidad y Erin le preguntó si había habido avances en la campaña. A Kate le gusta poder hablar más sinceramente con su hermana, es como si por fin hubiera encontrado una amiga que estuvo siempre allí pero cuya presencia pasó sin querer por alto.

Kate cierra la puerta e inicia su paseo hacia la piscina. Un zorro cruza la calle justo por delante de ella y le lanza una mirada avergonzada, como cuando vuelves a casa después de una noche de juerga y te cruzas con la gente que va a trabajar. Los cubos de basura están llenos y el ambiente huele al olor que desprenden las bolsas sobre las aceras. Una budelia morada florece en una de las casas de su calle e irradia un aroma celestial. Cuando Kate pasa por su lado, piensa en que su ciudad es justamente eso: el dulzor y la amargura, el uno al lado del otro.

Cuando llega a la piscina, está vacía. El sol matutino hace que la superficie parezca una hoja de papel de aluminio. En el respaldo de la silla vacía del socorrista hay un jersey olvidado.

Kate se acerca a recepción y se pregunta si Ahmed habrá aprobado sus exámenes. No lo sabrá hasta dentro de unos meses, y recuerda la dolorosa espera después de que ella hiciera sus exámenes de acceso. El verano estaba a las puertas y sus amigos se dispersaron, sin ganas de verse y recordar con ello sus preocupaciones. Cuando por fin llegó agosto, estaba tan nerviosa que no quiso ser ella quien abriera el sobre marrón. Al final, Erin se encargó de hacerlo. Rompió la parte superior del sobre como si fuera una niña con el papel de un regalo de Navidad y se mostró sorprendentemente amable cuando informó a Kate de los resultados (peores de lo esperado pero lo suficientemente buenos como para poder entrar en la universidad). Kate se pregunta cómo abordará Ahmed la llegada de su sobre marrón. ¿Lo abrirá personalmente? ¿Lo hará directamente en el instituto o lo guardará un buen rato y rasgará un poco la esquina después de haber entrado en su habitación y haber cerrado bien la puerta, intentando ocultar a la familia el sonido ansioso de su respiración?

Le gustaría decirle que sabe cómo se siente, pero no está en recepción. Tampoco ve a ninguno de sus compañeros. El mostrador de recepción está vacío con la excepción del patito de plástico que hay al lado del timbre. Lleva allí desde que se hizo la protesta, pero es la primera vez que Kate se fija en él. En ausencia de personal, es como si el patito fuera el guardián de la piscina. Antes de recordar que es un muñeco de plástico, Kate está a punto de preguntarle si sabe dónde está todo el mundo.

Pero entonces ve movimiento en la cafetería y oye voces dentro. La última vez que entró allí fue con motivo de la boda de Frank y Jermaine. Cuando empuja la puerta, piensa en las flores de papel y en el lazo que llevaba Sprout en el collar.

Sprout emerge de pronto de los pensamientos de Kate, cruza la sala en dirección a ella y frota su cola de color beis contra las piernas de la recién llegada.

—Hola, encanto —dice Kate, acariciando las sedosas orejas de la perra.

La cola de Sprout sigue golpeando las pantorrillas de Kate, que intuye que la gente está observándola incluso antes de levantar la vista.

Todo el mundo está reunido en torno a las mesas, hay gente sentada y otra de pie o apoyada en la barra de la cafetería: Frank y Jermaine (que acaban de regresar de su luna de miel), Hope, Ellis, Jake, Ahmed, Geoff y el resto del personal de la piscina y de la cafetería, así como otras caras de clientes habituales. El adolescente con una sudadera con la cremallera subida hasta la barbilla, la madre primeriza con el bebé dormido contra su pecho con la boca entreabierta y la babita mojándole la camisa a la mujer. El nadador de espalda y la profesora de yoga, la mujer que pasea su desnudez en el vestuario como si fuera un vestido de noche, las amigas que comparten gel de ducha y chismorreos, el hombre que va con traje de neopreno, gafas y tubo. Y en medio de todos ellos, está Rosemary.

—Me preguntaba cuándo llegarías —dice Rosemary.

Sostiene en las manos una taza de té ya vacía. Ellis tiene una mano apoyada en el respaldo de la silla de Rosemary.

—¿Qué ha pasado? —pregunta Kate, incorporándose y soltando a Sprout.

La perra serpentea entre las piernas de Frank y se tumba a sus pies.

—Se acabó —responde Rosemary—. Han ganado.

—¿Qué quieres decir? —pregunta Kate.

—Tenemos cuatro semanas —replica Rosemary, subiendo el tono. Habla con voz temblorosa—. Cuatro semanas.

Lo dice casi gritando y un bebé rompe a llorar. La joven madre se levanta, acurruca al pequeño contra su pecho y lo mece. Kate nunca había oído gritar a Rosemary y se queda sorprendida.

—Perdón —dice Rosemary, bajando la voz.

La madre hace un gesto para restarle importancia al hecho y sonríe con amabilidad. Empieza a caminar de un lado a otro meciendo al bebé para hacerlo callar. Cuando llega al otro extremo de la cafetería, empuja la puerta, se acerca a la piscina y el sol la baña con su luz dorada. Por unos instantes, Kate se imagina que todo va bien. La piscina sigue aquí, tan bella como siempre. A lo mejor ha habido un error y aún pueden hacer algo.

—¿Quién se lo ha dicho? —pregunta Kate a Rosemary, girándose hacia ella. La mira a los ojos y apenas los reconoce: están llenos de rabia y tristeza.

—He recibido una carta del ayuntamiento —responde—. Enviaron otra aquí, por supuesto, pero me mandaron una copia a casa. Ojalá no lo hubieran hecho.

—Son unos cabrones —dice Ellis, apartándose del grupo para ir a apoyarse a la barra.

—¿Y ahora qué haremos? —pregunta Kate.

—Nada —contesta Rosemary—. Se ha acabado.

—No puede haberse acabado —protesta Kate.

Mira a su alrededor, a un mar de caras con la decepción escrita en sus facciones. Y mientras las mira, el Pánico sale lentamente de la caja de su interior donde permanece escondido.

—Yo también he leído la carta —interviene Jermaine—, y me temo que esta vez va en serio. El ayuntamiento ha decidido aceptar la oferta de Paradise Living. Dicen que han intentado encontrar alternativas, pero que al final no ha habido ninguna. La piscina dispone de cuatro semanas y, una vez transcurrido este plazo, la cerrarán. Y entonces, cuando haya concluido el proceso de venta, Paradise Living será su propietario legal. A partir de ese momento, podrán hacer lo que quieran con ella. Y todos sabemos que eso significa cerrarla al público y convertirla en un club privado para sus propietarios e inquilinos. Llenar la piscina de cemento y transformarla en pistas de tenis.

A Kate se le revuelve el estómago. La nube que durante un tiempo ha conseguido ahuyentar se posa de nuevo sobre su cabeza y se siente aturdida. Se odia por haber prometido a esa gente que la ayudaría, por haber fracasado.

Nadie sabe qué decir, de modo que nadie dice nada y todo el mundo baja la vista o mira hacia la piscina. Kate observa a Rosemary, en medio de todos ellos, pálida y con la mirada fija en la mesa. Al cabo de un rato, Rosemary toma de nuevo la palabra, sin levantar tanto la voz pero aún temblorosa.

—Solo quería daros... —La voz le flaquea y tose para volver a empezar—. Solo quería daros las gracias.

Mira a Kate fijamente con sus ojos azules. Las lágrimas les dan un brillo especial. Y al verla de aquella manera, los ojos de Kate también se llenan de lágrimas. Se lleva una mano a la cara. Rosemary se gira y mira a los demás, a la triste piña de heterogéneos amigos que se han unido para intentar salvar la piscina.

—Gracias por haberlo intentado —continúa Rosemary—. Para mí significa mucho que os hayáis involucrado tanto. Y sé que para George también significaría mucho.

Kate nota que a Rosemary le falla la voz cuando pronuncia aquel nombre, y eso hace que sus ojos vuelvan a nadar en lágrimas. Recuerda la fotografía que vio en el piso de Rosemary, con ella y George el día de su boda, recuerda el cuaderno de recetas de George, que destaca ahora con orgullo en su estantería. Recuerda la primera imagen que vio de la piscina en el folleto que confeccionó tan artesanalmente Rosemary: la imagen de un hombre zambulléndose en la superficie lisa del agua.

La piscina entró en su vida como parte de su trabajo, pero se ha convertido en mucho más. Ha aprendido otra vez a nadar, pero, más que eso, ha aprendido de nuevo a vivir. Ayudar a Rosemary Peterson a salvar la Piscina Brockwell ha sido una forma de demostrarse a sí misma su valía. Pero todo ha terminado. Ha fracasado.

—Hemos hecho todo lo que hemos podido —prosigue Rosemary—, y es algo que valoro mucho. Pero, a veces, con hacer todo lo que está en nuestras manos no basta.

Kate escucha a Rosemary y nota como si algo en su interior se resquebrajara. A su alrededor, los demás se esfuerzan por consolarla. Hope acerca su silla a Rosemary y descansa la cabeza en su hombro, pero Rosemary no se mueve; es como si se hubiera quedado paralizada en su asiento, de cara al frente y mirando el agua.

Al final, y a regañadientes, el grupo se disgrega. Los bañistas tienen que ir a trabajar, a estudiar o a casa. Todo el mundo abandona la cafetería en silencio. Frank se despide con tristeza y coge del brazo a Jermaine. Llama a Sprout para que los siga. Ellis, Jake y Hope hacen lo mismo, se acercan a Rosemary e intentan encontrar unas palabras de consuelo antes de marcharse en silencio. Rosemary los ignora, incapaz de mirar a nadie a los ojos. Kate no quiere dejar sola a Rosemary, pero tampoco puede llegar tarde al trabajo.

—Por favor —dice, conteniendo las lágrimas para mirar a Rosemary—, ¿puedo al menos acompañarla a casa?

Rosemary niega con la cabeza.

—Lo único que quiero es estar sola —responde.

De modo que Kate se marcha sola hacia el parque. Ya no le parece un día bonito. Y echa a andar cabizbaja.

En cuanto se queda sola, Rosemary se sienta detrás de una mesa de cara a la piscina. Contempla el reflejo de la luz en el agua y el reloj que sigue marcando el paso de las horas aunque se detenga el tiempo. El socorrista regresa a su puesto y la piscina se va llenando poco a poco de gente. A última hora de la mañana llega un grupo de un colegio y los niños ríen, mientras llenan las coloridas taquillas con sus mochilas escolares y se lanzan al agua. Algunos usan la escalerilla, pero la mayoría saltan, proyectando gotas de agua hacia el cielo, como si fueran fuentes. Los profesores los vigilan desde el borde, cargados de toallas y con los pantalones mojados por las salpicaduras. Por el momento, la piscina sigue como siempre. Tal y como Rosemary pensaba que seguiría siempre.

Allí sentada, intenta recordarlo todo. El día que la inauguraron, la sensación de nadar allí durante la guerra, George y todo lo que sucedió después de que se conocieran en el parque junto al resplandor de una hoguera.

A la hora de comer, la cafetería está concurrida, se llena de cochecitos y de grupos de mujeres que inquieren sobre la posibilidad de tomar un *brunch* vegano y de parejas de gente mayor que se sientan a leer el periódico. Pero los camareros no le preguntan a Rosemary si piensa marcharse, sino que la dejan en la mesa con la taza vacía y siguen trabajando, sentando a unos grupos y pidiendo a otros que esperen fuera. Rosemary apenas se da cuenta de lo que sucede a su alrededor; está inmersa en el pasado. Contempla la piscina y se ve a sí misma saltando por encima del muro del recinto aquella noche con George, recuerda cuando George le pidió en bañador que se casase con él, se lo imagina lanzándose al agua cuando daba clases los domingos por la mañana mientras ella lo observaba orgullosa desde la orilla.

A última hora de la tarde, el personal de la cafetería empieza a barrer el suelo y a meter las sillas de la terraza para apilarlas boca abajo sobre las mesas. El camarero de la barra apaga la cafetera y la limpia, secando con esmero todas las piezas metálicas. Al final, Rosemary se incorpora lentamente, se estira para combatir la rigidez de la espalda y hace una mueca de dolor al sentir la punzada de las rodillas. Emprende el breve paseo de vuelta a su piso. Un piso que tal vez sea el lugar donde vive, pero sabe que su hogar está detrás de aquellos muros de ladrillo y en aquel rectángulo perfecto de agua azul.

Cuando Kate llega a su casa al salir del trabajo y se tumba en su cama, Rosemary introduce la llave en la cerradura de la puerta de entrada a su piso, abre sin hacer ruido y cierra a sus espaldas. Deja las llaves en la silla, se descalza y se tumba en la cama. En dos extremos de Brixton, las dos mujeres miran el techo de su habitación y lloran.

«Lo siento, George», dice llorando Rosemary.

«Lo siento, Rosemary», dice Kate.

51

Después de enterarse de la noticia, Kate se imaginó que le resultaría excesivamente doloroso seguir nadando en la piscina. Pero resulta que sus largos matutinos son lo único que consigue sacarla de la cama. En el *Chronicle,* rehuye mirar a los ojos a Phil y trabaja en silencio en las historias que tiene pendientes, retomando también los anuncios de mascotas, lo que sea con tal de evitar cualquier conversación de trabajo con él. Recupera la rutina que conoce y pasa el día tecleando en el ordenador y con los ojos fijos en la pantalla. De vez en cuando, levanta la vista, sorprende a Jay mirándola y tiene la impresión de que está traspasándola, leyendo su interior y viendo exactamente cómo se siente. Se pregunta si debería hablar con él, pero se le hace insoportable solo pensar que Jay pueda llegar a ver todo el dolor que lleva dentro.

Las últimas cuatro semanas de la piscina son como una cuerda de salvamento. Y Kate se aferra a ella. Cuando está en el agua, finge que nada ha cambiado. ¿Cómo es posible que la situación sea tan nefasta con un agua tan azul y un sol radiante de pleno verano? Mientras nada, con su braza ladeada pero tranquila, es como si se sintiera protegida, resguardada del futuro. Sabe que la piscina está a punto de cerrar. Pero, cuando nada, no siente otra cosa que la sensación del agua fría envolviéndole el cuerpo y el sol caliente sobre su cabeza.

Pero no es solo Kate la que acude a diario a la piscina durante julio, su último mes de vida. Es como si todos los bañistas de Brixton hubieran decidido acercarse allí para despedirse de ella.

Una mañana ve a Frank en el agua y al día siguiente ve a Jermaine. Se saludan cuando se cruzan nadando. Otro día, tropieza con Hope, que ha acudido a la piscina con Aiesha, su nieta. Ve a Hope junto al borde de la piscina, con chancletas, gorro de natación y un bañador amarillo chillón que se ciñe a su cuerpo rollizo. Sujeta la mano a una niña que Kate calcula que debe de tener siete años.

—Ve con cuidado de no resbalar, tesoro —dice Hope—. Y no te olvides de ponerte las gafas. Espera un momento, que te ayudaré a bajar por la escalerilla, cariño. Sujétate bien a los pasamanos, ve con cuidado, mi vida.

Kate observa a abuela y nieta zambullirse en el agua. Aiesha empieza a nadar de inmediato y Hope se queda sola. La expresión de su rostro no puede rezumar más amor. Cuando Aiesha se detiene y hace pie en el fondo, Hope levanta la vista y ve a Kate. Se saludan con la mano.

El domingo, Ellis acude a la piscina con Jake y Kate se da cuenta enseguida de que este último es mucho mejor nadador que su padre y que baja el ritmo para no dejarlo atrás.

Además de los clientes habituales, hay también más gente. Kate oye a las mujeres hablar en el vestuario, comentando que ni siquiera conocían la existencia de la piscina hasta que leyeron información al respecto en el periódico y se enteraron de que cerraba. Cuando dicen esto, Kate nota que se le encoge el corazón. Igual que ella, descubrieron la piscina cuando ya era demasiado tarde.

Solo falta una persona. Kate nada sola sin la amiga que la guíe y le corrija su patada torcida.

Una vez seca y vestida, Kate realiza el breve recorrido hasta el bloque donde vive Rosemary. Levanta la vista hacia el balcón, que identifica gracias a las macetas de lavanda. El tendedero está vacío, como un árbol sin hojas.

Cuando Kate llega al portal, pulsa el timbre y espera. Recuerda entretanto la cena que compartió con Rosemary en su piso, cuando la esperanza parecía aún algo a lo que poder agarrarse. El sol le quema la espalda, pero lleva el pelo mojado y el frescor que desprende sobre la nuca resulta agradable. Pasado un momento, escucha una voz familiar al otro lado del interfono.

—¿Sí?

—¿Rosemary? Soy yo, Kate.

—Oh, hola —dice Rosemary.

El interfono vibra levemente en los oídos de las dos, como si el telefonillo temiera el silencio y canturreara con suavidad para llenar los vacíos de la conversación.

—¿Puedo subir? —pregunta finalmente Kate.

La vibración aumenta de volumen.

—No, hoy no, lo siento —responde Rosemary.

Kate no sabe qué decir. Pero antes de que le dé tiempo a decir cualquier cosa, Rosemary continúa hablando.

—Lo siento, estoy ocupada.

A Kate le gustaría preguntarle qué está haciendo, pero la indecisión que transmite la voz de Rosemary se lo impide.

—La he echado de menos hoy en la piscina —dice en cambio.

Kate piensa en la primera vez que nadó con Rosemary, en cómo la anciana parecía rejuvenecer en el agua y en cómo ella, Kate, parecía la más inestable. Aquel día tuvo la sensación de que la fuerza de Rosemary tenía que vivir oculta debajo de su ropa de calle, que era un poder escondido y que se desplegaba no gracias a una capa, sino a un bañador azul marino.

—Sí, bueno —replica Rosemary en voz baja, y el interfono la interrumpe con su zumbido.

—¿Nos vemos mañana, entonces? —pregunta Kate.

—No, no creo.

A pesar de estar en el otro lado de la calle, Kate sigue oyendo las risas de la piscina de detrás del muro y el sonido de las conversaciones que se desarrollan en la cola que se ha formado en la entrada.

Oye también el suspiro de Rosemary.

—Es que no puedo —añade.

Kate intenta pensar en algo que decir que convenza a su amiga para que salga de casa, pero no encuentra nada.

—De acuerdo —dice al cabo de un rato—, aunque seguiré esperando que cambie de idea.

Después de echar un último vistazo al piso de Rosemary, Kate da media vuelta y cruza la calle para volver a casa. Mientras camina, con el cabello que continúa goteando sobre su espalda y notando el calor de la acera a través de las suelas finas de los zapatos, no deja de oír la voz de Rosemary en su cabeza: «Es que no puedo».

Sabe que debe de ser duro para Rosemary y le preocupa que, a pesar de todo, luego acabe arrepintiéndose de no haber disfrutado de la piscina durante sus últimas semanas. Y Kate, además, la echa de menos. Nadar en la piscina aquellas últimas semanas ha sido para ella mejor que no nadar, aunque sigue siendo doloroso sumergirse en el agua sin la compañía de su amiga. Y le invade una oleada de tristeza cuando comprende que nunca jamás volverá a nadar en la piscina con Rosemary. El estómago le da un vuelco cuando por fin asimila que el final está a la vuelta de la esquina, esperándola como el Pánico, que siempre la sigue a escasos pasos de distancia. Acelera el ritmo mientras la oscuridad se le echa encima y se da cuenta de que vuelve a estar sola.

52

Los sonidos del agua cuando salpica taladran la quietud del piso de Rosemary. Cierra las puertas del balcón y silencia de este modo la piscina. El salón vuelve a quedar tranquilo.

Rosemary corre las cortinas y la estancia se cubre de una fría sombra azulada. Reina el caos: hay cajas por el suelo, libros apilados debajo de las estanterías y bolsas negras de basura en un rincón. Es el típico caos que se genera cuando se limpia a fondo.

Empezó con las estanterías, retirando cada libro, quitándole el polvo y limpiando el estante. Le llevó tanto tiempo que tuvo que parar, dejándolo a medias. La mitad de los libros están en el suelo a la espera de ser devueltos a las estanterías limpias. Los muebles están fuera de sitio. Consiguió apartar el sofá para poder pasar la aspiradora por detrás, pero luego no pudo volver a empujarlo y se ha quedado en el centro del salón.

Mientras limpia, escucha los mensajes del contestador de hoy y las voces de sus amigos inundan como perfume los rincones del piso.

«Esta mañana he estado con Aiesha en la piscina —dice Hope cuando Rosemary coge el plumero—. Ya nada muy bien. Ni siquiera utiliza manguitos. Me habría gustado que la hubieses visto».

Hope carraspea un poco y Rosemary pasa de quitarle el polvo a la mesita a mirar el contestador y esperar a que su amiga continúe hablando.

«Pasaré por allí a verte otra vez mañana. Ya sé que has dicho que no puedes, pero espero lograr convencerte de que vengas a nadar. Sé que es duro, pero queda poco. Me sabe mal que te lo estés perdiendo. Bueno, hasta luego. Nos vemos mañana».

Se oye un clic en el contestador y la voz de Hope cambia a una voz más profunda, una voz de hombre. La voz tose.

«¿Señora P.? Soy Ellis. Solo llamaba para ver cómo sigue. Tengo una bolsa de tomates y fresas de temporada a su nombre para cuando le vaya bien pasar a verme. Bueno, eso es todo, la verdad».

Vuelve a toser.

«Adiós, buenos días».

—Adiós —contesta Rosemary.

Sus amigos están pendientes de ella, lo sabe. Es como si se turnaran para llamarla o visitarla. Y en cada ocasión han probado una nueva táctica, para intentar que Rosemary salga del piso y vaya a la piscina. Pero ninguno lo ha conseguido.

Deja el plumero y mira a su alrededor. Con tantas cajas y bolsas y con los muebles fuera de lugar, parece que esté de mudanza o vaya a irse de vacaciones. ¿Pero dónde iría? Se sienta en el suelo y apoya la espalda en el sofá, recordando que Kate también se sentó así para escribir en su ordenador mientras ella dormitaba por la gripe. Es una posición bastante cómoda. A pesar de que el piso está en una cuarta planta, estar sentada en la alfombra le proporciona el efecto de estar más cerca del suelo y detiene esa sensación de que la cabeza no le para de dar vueltas. Le apetece tumbarse, y así lo hace. Se tiende junto al sofá y se estira en el suelo. Cruza las manos sobre el vientre y se queda así, mirando el techo.

Ve una minúscula grieta que sale desde el punto donde está colgada la lámpara del centro de la sala y se fija que en una esquina la pintura está un poco descascarillada. Se pregunta si podría pintar aquel trozo, pero no recuerda dónde metió las brochas. A lo mejor las tiró, junto con la escalera y el taladro eléctrico.

De pronto se siente agotada. «Debe de ser por tanto limpiar», piensa. Ha hecho mucho y muy deprisa. Cierra los ojos. Sigue viendo la grieta y la pintura descascarillada incluso con los ojos cerrados; intenta concentrarse en ello en vez de en el cielo azul y las nubes que intentan ocuparle el cerebro. A lo mejor los vecinos tienen pintura. Ahora irá a preguntárselo.

La despierta el sonido de alguien que llama a la puerta. Se sienta con rapidez y se nota mareada cuando la sangre le llena la cabeza. Se sujeta en el sofá, se incorpora despacio y camina arrastrando los pies hacia la puerta.

—Ya voy, ya voy.

Abre y, sorprendida, descubre a Jay en el vestíbulo.

—Rosemary —dice Jay.

—Jay.

La figura de Jay llena casi todo el marco de la puerta y su pelo alborotado brilla alrededor de su cabeza, como si estuviera colocado delante de un foco. Esboza una sonrisa amable, pero Rosemary pone mala cara al verlo.

—¿Cómo has subido hasta aquí? —pregunta, asomando la cabeza en el vestíbulo.

—Me ha dejado entrar una persona que salía. ¿Puedo pasar?

—Supongo que sí, ya que estás aquí —contesta Rosemary, entrando de nuevo en el piso.

Jay la sigue y cierra la puerta. Mira a su alrededor y ve el caos reinante, los muebles mal colocados y las bolsas de basura en un rincón.

—Estoy de limpieza —justifica Rosemary, sentándose en el sofá.

—Ya lo veo.

Rosemary lo observa, sin decir nada.

—¿Preparo un poco de té? —propone Jay al cabo de un rato.

—Acabo de prepararme una taza —responde Rosemary, cogiéndola y bebiendo un sorbo. Está helado—. Oh, debo de haberme quedado dormida más rato de lo que pensaba —añade, pasándole a Jay la taza.

—Siento si la he despertado.

Rosemary hace un gesto con la mano, restándole importancia. Piensa que habría hecho mejor no diciendo nada; le avergüenza haberse quedado dormida en pleno día. ¿Qué hora será? Mira el reloj: la una y cuarto. Jay entra con la taza en la cocina y regresa pasados unos minutos con dos tazas humeantes. Le pasa una a Rosemary y se sienta a su lado. Beben el té.

—¿Qué tal está Kate? —pregunta Rosemary después de haber dado unos sorbos—. Ha intentado venir a visitarme. Y llamarme.

—No dice nada —responde Jay—. La verdad es que está muy callada. En el trabajo no levanta ni la cabeza para mirar a su alrededor. He intentado animarla, pero no sé qué decirle. No quiere hablar. Creo que está terriblemente decepcionada. Imagino que lo están las dos.

Se vuelve hacia Rosemary. Sujeta la taza entrelazando los dedos y Rosemary piensa que parece un niño preocupado. Le produce tristeza. A pesar de que era reacia a dejarlo entrar, también le resulta agradable tenerlo allí sentado a su lado. Estar con él le hace sentirse como si estuviera con Kate, dándole la mano, pero sin tener que mirarla a la cara y ver su expresión de tristeza o el reflejo de su propia tristeza en los ojos de Kate.

—La echa mucho de menos, Rosemary. Y sé que no soy nadie para decir esto, pero creo que tendría que ir a la piscina. Quedan muy pocos días. Tendría que estar allí, no aquí encerrada. Sé que es duro, pero temo que luego pueda arrepentirse si no lo hace. Tiene que despedirse.

Suelta el aire, como si hubiese estado ensayando el discurso de camino hacia casa de Rosemary (y eso es justo lo que ha hecho).

—¿Es la hora de tu pausa para comer? —pregunta Rosemary.

Jay mira el reloj.

—Sí, pero hoy tengo un poco más de tiempo.

—Gracias por venir. Te agradezco mucho que hayas aprovechado la pausa de la comida para venir a verme. Pero, como bien puedes ver, estoy muy ocupada. Tendría que haber empezado mi limpieza primaveral hace ya tiempo. Hay muchísimo trabajo que hacer. No tengo tiempo para ir a nadar.

Se levanta, pero vuelve a sentarse, como si alguien hubiera tirado de ella desde el sofá. Suspira y mira a Jay, que la observa con sus ojos verdes, a la espera de la verdad.

—No puedo despedirme —dice por fin, con un hilo de voz.

Mira primero a Jay, luego baja la vista hacia su mano y juega con el anillo de casada. Ahora le va más suelto que antes; por mucho que su cuerpo se haya vuelto más rollizo, las manos están más finas. Lo gira y lo gira en su dedo.

Dos años atrás, cuando George falleció, fue a visitar la piscina después del funeral. La ceremonia había tenido lugar por la mañana, con pocos asistentes: gente del barrio y algunos de sus amigos de la infancia (los que seguían con vida) y sus familias.

«Gracias por venir. A él le habría gustado mucho», fue diciéndole a la gente.

Aunque en su cabeza no podía dejar de formularse preguntas: ¿le habría gustado a George que aquellas personas asistieran a su funeral? ¿Cómo podría gustarle si estaba muerto? Pero siguió repitiendo la misma frase; no sabía qué otra cosa decir.

Se vistió con un traje de chaqueta negro que le prestó Hope. Le iba grande y el tejido generaba electricidad estática. Pero le daba igual que no le quedara bien: la única persona para quien quería estar siempre guapa estaba ahora en una caja de madera.

«Coged sándwiches, por favor, si no acabarán en la basura», insistió con los que se marchaban del velatorio.

Empezó a envolver sándwiches y rollos de salchicha en papel de aluminio y se los fue dando a la gente como aquel que reparte bolsitas de caramelos en una fiesta infantil. Cuando las familias emprendieron el viaje de vuelta a casa en coche, en autobús o a pie, el destello de los paquetitos de papel de aluminio resaltaba con incomodidad sobre sus vestimentas negras.

Cuando todo el mundo se hubo ido, y dándose cuenta de que no había comido nada en todo el día, se sentó a devorar un par de huevos correosos y unos sándwiches de berros. Pasó a continuación al pollo con curry y mayonesa y a los rollos de salchichas. Cuando solicitó la comida al *catering*, no tenía ni idea de qué cantidades pedir. No entendía que la gente pudiera comer durante un velatorio. Pero entonces descubrió que lo que cuentan no es cierto: la muerte no te hace perder el apetito. La gente comió y bebió y ella se alegró de haber decidido en el último momento comprar vino además de ofrecer té y café.

Rosemary siguió devorando los restos del bufé. Uno de los empleados del *catering* entró en la sala a recoger las bandejas y la sorprendió con migas de pastel en los dedos y en la solapa del traje de chaqueta negro de Hope. Se sacudió, abochornada, y le dio una propina muy generosa.

—¿Le ayudo a limpiar? —le preguntó, recogiendo las migas del mantel en una servilleta de papel y doblándola con cuidado.

—No, está todo controlado. Tendría que ir volviendo a casa, señora Peterson.

Recogió más migas en servilletas, agarró por fin el bolso y se despidió del personal, aceptando sus condolencias con un gesto de asentimiento y un «gracias».

Pero no se fue a casa, o sí, pero estuvo allí poco tiempo. Preparó su bolsa de natación y se marchó a la piscina. Cuando llegó, ya era última hora de la tarde y el cielo parecía un melocotón con manchas de golpes. La piscina estaba llena de niños que saltaban en bomba al agua y salpicaban a todo el mundo. Cada vez que lo hacían, se oía el silbato del socorrista, un sonido en bucle que se repetía cada vez que los niños volvían a saltar.

Se desnudó en el vestuario, dejando caer la ropa a sus pies, hasta que quedó transformada en un charco de negro. En el billetero, junto a la fotografía de George, encontró una moneda de cincuenta peniques. Dobló el traje del funeral para guardarlo en la taquilla, la cerró y abrió la puerta del vestuario.

Lo primero que la recibió fue el ruido, luego el frío. El sonido del agua salpicando, de los niños riendo, el silbato del socorrista, el viento. Caminó despacio hasta llegar a la escalerilla.

Cuando el agua la acogió entre sus brazos, se dio cuenta del esfuerzo y la concentración que había dilapidado pasando el día entero de pie. Se lanzó de espaldas y se dejó llevar. Las manos del agua fría la acariciaron y sus dedos se enredaron entre su pelo.

El agua le llenó los oídos y le cubrió la cara y, por primera vez en todo el día, se permitió llorar. Flotó mirando el cielo, viendo una pelota que los niños lanzaron por encima de ella en alguno de sus juegos. Miró de reojo el reloj que llevaba prácticamente toda la vida mirando.

Se giró para empezar a nadar lentamente a braza y pensar en George. En George de joven, cuando se lanzaba desde el trampolín más alto y extendía los brazos como el ave que agita sus alas. En George pasando entre sus piernas por debajo del agua. En George besándola de noche junto a la piscina. En George tumbado al sol como un lagarto y en ella mirándolo y amándolo. Nunca conseguiría nadar todos los largos necesarios para recordarlo todo de George, para recordar toda su vida en común.

A su alrededor, los niños seguían saltando desde fuera de la piscina hacia los flotadores y lanzándose al agua desde los hombros de sus amigos, ignorando a la mujer que lloraba y nadaba. Ni siquiera la veían: Rosemary era invisible. La única persona que siempre la veía yacía enterrada en el gélido suelo.

Siguió en la piscina hasta que cerraron. Las limpiadoras fregaron el vestuario mientras ella se cambiaba. Cuando pasó por recepción, vio que los socorristas estaban tapando ya la piscina. Tenía los dedos arrugados y le dolía el pecho de haber estado tantísimo rato sumergida en agua fría. Los golpes del melocotón habían cubierto ya todo el cielo y estaba casi oscuro. No tenía otro lugar donde ir que no fuera su piso vacío.

Cuando llegó a casa, no encendió las luces. Dejó el bañador en el fregadero de la cocina y fue directa al salón para sentarse en el sillón de George. En uno de los brazos había una mantita y se cubrió con ella, desde el regazo hasta el cuello. Pasó la noche a oscuras, sentada en su sillón y contemplando el salón vacío. Y, cuando salió el sol, se quedó por fin dormida.

Rosemary mira a Jay, intentando pensar en levantarse, en levantarse y olvidarse de las lágrimas que se asientan en el fondo de su garganta. Piensa en que hay una cuerda que tira de ella por los hombros y entonces se mueve y endereza la espalda en el sofá.

—Ya me despedí de él una vez, no puedo volver a hacerlo.

—De acuerdo —dice Jay.

Siguen un rato más sentados. Antes de marcharse, Jay la ayuda a colocar los libros en las estanterías y devuelve el sofá a su lugar. Coge las bolsas de basura del rincón, se las cuelga al hombro y se dirige a la puerta.

—Dile... —murmura Rosemary y se interrumpe.

—Se lo diré —contesta Jay.

Rosemary cierra la puerta y oye el sonido de las bolsas de basura moviéndose de un lado a otro mientras recorre el pasillo hasta llegar al ascensor. Oye luego el «ping» del ascensor y el sonido de las puertas cuando se abren y se cierran, y entonces vuelve a quedarse sola.

53

Hoy es el último día de la piscina. Por la noche, Geoff cerrará las puertas por última vez. En pocos días, Paradise Living hará efectivo el contrato.

Las oficinas del *Brixton Chronicle* están tranquilas. Kate es la primera en llegar. Phil llega poco después, pero va directo a su mesa sin decir ni hola. Desde la discusión, ha evitado cualquier intercambio con Kate y mirarla directamente a los ojos. Kate ha adquirido la costumbre de trabajar todo el día con los auriculares puestos. A veces escucha música, pero en muchas ocasiones no.

Phil le ha enviado un mensaje por correo encargándole algunas tareas administrativas y Kate se pone a trabajar en silencio, intentando no pensar mucho mientras teclea. Jay llega y se miran, pero Kate no está de humor para hablar. Parece que hayan pasado siglos desde lo del beso. Se concentra en la pantalla.

Mientras teclea, se pregunta si Phil volverá a encargarle algún día artículos serios. Piensa que tal vez haría bien buscándose alguna colaboración adicional por su cuenta. Le tocaría estar despierta hasta las tantas alguna que otra noche, pero ahora que no está ocupada con la campaña y dejará además de nadar, dispondrá de más tiempo libre.

Y entonces es cuando empieza a llorar. Al principio son lágrimas silenciosas que resbalan por su cara, salpican el teclado y no se molesta en limpiar. Sigue mirando la pantalla, pero las palabras flotan y chocan entre ellas. No puede seguir guardando silencio y su pecho emite un sollozo que le sacude todo el cuerpo.

Jay se ha levantado y está a su lado, la coge por los hombros.

—Kate, Kate —dice.

Kate oye su voz amortiguada por los auriculares. No se mueve ni se los quita, de modo que Jay decide retirárselos con cuidado y le gira la silla hasta dejarla de cara a él.

Phil echa un vistazo por encima de la pantalla del ordenador y ve que Jay se pone en cuclillas y abraza con firmeza a Kate. Ella se deja abrazar y él la estrecha entre sus brazos. Kate apoya la cabeza contra el pecho de Jay y percibe el latido de su corazón a través del algodón de una camiseta que huele a café y a tinta de periódico.

Kate ansía decir algo, explicar todo lo que está saliendo de ella, pero no puede. Está agotada, como si le hubieran estrujado el cuerpo como se estruja una toalla mojada antes de ponerla a secar. Al final, los sollozos se apaciguan lo bastante como para permitirle hablar.

—Soy una fracasada —dice—, y me parece increíble estar llorando otra vez. Debes de pensar que estoy loca. Y a lo mejor estoy loca. Pero es que estoy muy cansada. Quería que esto saliera bien. No puedo creer que la piscina vaya a cerrar de verdad, que hoy vaya a ser de verdad el último día.

Kate piensa en Rosemary y por primera vez cae en la cuenta de que su amiga más íntima es una mujer de ochenta y siete años de edad a la que conoció gracias a un artículo sobre una piscina que había que salvar. Piensa en el bañador de Rosemary y en cómo ondeaba siempre desafiante en su balcón, como una bandera.

—Todo irá bien —la tranquiliza Jay, sin dejar de abrazar su cuerpo.

Kate espera que Jay diga algo más, pero no lo hace, y comprende que es muy probable que no sepa qué decir, igual que ella no sabe tampoco qué decir, ni cómo hacer feliz a Rosemary, ni cómo solucionar las cosas, ni qué hacer con su vida. Tal vez lo que sucede es que, en realidad, nadie sabe nada y hacen un buen trabajo fingiendo que sí lo saben. La mayoría de las veces.

—Todo irá bien —repite Jay, con la boca rozando la cabeza de Kate.

Phil se ha levantado y deambula cerca de la mesa de Kate. Kate lo mira por encima del hombro de Jay y se queda sorprendida al ver su expresión preocupada. Phil le da unos golpecitos en el hombro. Es un gesto torpe y tembloroso. Kate está tan impresionada que se encoge con el contacto.

Se imagina entonces flotando por encima de esta escena y mirándose desde arriba, viéndose llorar, abrazada a su compañero de trabajo en medio de la oficina y con la mano de su jefe en el hombro. Están solos, rodeados por un desorden de carpetas y papeles. En el corcho que tiene detrás del ordenador hay una fotografía de Rosemary en la piscina. ¿Cómo habrá acabado allí? Fuera de la oficina, la ciudad sigue girando. Hay bibliotecas que cierran y cafeterías que abren, gente que lanza piedras contra los cristales de las agencias inmobiliarias, personas que se levantan en el autobús para ceder su asiento a las embarazadas, un camión que atropella a un ciclista más, los participantes en una fiesta de despedida de soltero que se apiñan en un autobús de dos pisos antiguo y gente que nada por última vez en la piscina, bajo el cielo azul.

Phil carraspea para aclararse la garganta, como si quisiera hablar. Pero no le salen las palabras. Tose y vuelve a intentarlo.

—Todo irá bien —dice, imitando a Jay.

—Pero ¿y si no? —replica Kate, secándose los ojos y enderezándose un poco en la silla. Se queda mirándolos, mira la oficina del periódico. Jay y Phil guardan silencio—. ¿Y si no? —repite. Nota que algo se agita en su interior, como una criatura que se despereza—. Sé que no es más que una piscina, pero para Rosemary, Hope, Ellis, Ahmed, Geoff, Frank o Jermaine no es solo una piscina. Todo eso son nombres de personas que hasta hace pocos meses ni siquiera conocía.

Está mirando a Phil y, a pesar de tener los ojos manchados de rímel, le sostiene con firmeza la mirada.

—Hay muchas cosas que carecen aparentemente de importancia. Vivimos con ellas, pasamos por su lado y pensamos «todo irá bien» o «esto es lo que hay». Las ciudades cambian y las inmobiliarias compran nuestras comunidades para construir más pisos de un millón de libras, pero «no importa». Y entonces, un día, nos despertamos y nos damos cuenta de que sí que importa. Hay muchas cosas que realmente carecen por completo de importancia, como si hoy cenaré macarrones con queso o espaguetis a la boloñesa, o si se me verá gorda en bañador, o cómo llevo el pelo hoy o si mi antiguo profesor de la universidad piensa si estoy saliendo adelante en la vida. Antes perdía el tiempo preocupándome por esas cosas, pero no preocupándome por lo que de verdad es importante.

Al principio le tiembla la voz, pero gradualmente se vuelve más fuerte, más firme. Jay se ve obligado a soltarla y se apoya en la mesa, contemplándola.

—La piscina no es solo un agujero en el suelo lleno de agua donde un puñado de gente se baña de vez en cuando. Es mucho más grande que eso; es tan grande que no puedes verlo a menos que utilices los ojos tal y como se supone que deben utilizarse. Es algo que he aprendido conociendo a Rosemary. Y si no es la piscina, es la biblioteca, o el centro juvenil, o ese bloque donde vive un hombre al que piensan echar a la calle a pesar de llevar toda la vida allí. Son todas esas cosas sobre las que escribe a diario este periódico, o sobre las que debería escribir. Eso es lo importante. Y no va bien. No va en absoluto bien.

Se levanta. Phil se aparta de un salto, como si le diera miedo que Kate vaya a pegarle. Kate coge la chaqueta que tiene colgada en el respaldo de la silla y la mochila que descansa en el suelo.

—Y, ahora, disculpadme —dice—, pero tengo que irme.

Y sale de la oficina, baja la escalera y sale a la calle sin volver la vista atrás. El sol la recibe con los brazos abiertos.

54

Kate llama a Geoff mientras va andando y le cuenta su plan. Geoff la escucha en silencio.

—De acuerdo —dice por fin.

Cuando Kate llega a la piscina, él está esperándola en recepción, con las llaves en la mano. Ahmed no trabaja hoy. La piscina está vacía, ha recibido ya a sus últimos nadadores y la han limpiado para retirar todo su equipamiento.

—No sé muy bien por qué estoy haciendo esto —dice Geoff, pasándole a Kate el manojo de llaves—. Pero merece la pena intentarlo.

—Gracias —contesta Kate, cogiendo las llaves y sosteniéndolas con cuidado entre sus manos, como si fuese algo que se pudiera romper fácilmente—. ¿Se lo dirás a los demás? —pregunta.

—Veré qué puedo hacer.

Geoff da media vuelta y cruza la puerta por última vez. Kate busca en su puño de metal la llave correcta. Oye pasos, alguien se acerca corriendo. Al levantar la vista, ve que es Jay, con la cámara colgada al hombro y una bolsa de deporte de lona cruzada sobre el otro.

—He recibido tu mensaje —dice, deteniéndose delante de ella.

Viene sonrojado de tanto correr.

—No tienes necesidad de hacerlo —señala Kate—. La verdad es que es una locura…, podrían despedirnos. O arrestarnos.

Jay da un paso al frente y coloca un pie en el umbral.

—Quiero hacerlo —insiste.

Da un paso más y entra en la recepción. Kate lo mira, como si estuviera decidiendo algo, y se aparta para dejarlo entrar. Kate cierra entonces la puerta por dentro con llave. Le gustaría decirle que lo siente, que lamenta haberse mostrado tan distante y apenas haber cruzado palabra con él desde lo del beso. Pero lo que está pasando con la piscina la ayuda a mantener la concentración.

—Tenemos que buscar algo para proteger la puerta —comenta y Jay la sigue por el pasillo vacío.

Entre los dos transportan una mesa de la sala de personal y la colocan delante de las puertas de la recepción. Luego inspeccionan los gimnasios y arrastran mobiliario hasta la parte delantera del recinto. Cuando terminan, han construido una barricada de mesas, sillas y bicicletas estáticas delante de la entrada.

—Con esto tendría que ser suficiente —dice Kate.

Pero hay otra entrada a través de la cafetería y deciden hacer lo mismo allí: cerrar la puerta con llave y arrastrar las mesas y las sillas para protegerla. La sala está desnuda: los camareros han retirado la cafetera y sus delantales cuelgan de un extremo de la barra. Kate se los imagina pasándoselos por el cuello por última vez.

En la cafetería quedan un par de mesas en su lugar y Kate se sienta en una de ellas, saca el ordenador portátil de la mochila y lo enciende. Empieza a escribir.

Mientras ella escribe, Jay explora las instalaciones vacías y va tomando fotografías. El agua está tranquila y azul, la silla vacía del socorrista vigila la silenciosa piscina. Hace una fotografía del reloj y del puesto de aperitivos. Tiene las persianas bajadas y parece una cabaña de playa en invierno. Recorre los pasillos y fotografía el sol de la tarde capturando el polvo de la sala de yoga vacía.

Cuando sale de nuevo al solárium dispuesto a cruzarlo para volver a la cafetería, oye el sonido de voces al otro lado de los muros del recinto. «No le quitéis el tapón a nuestra piscina», gritan.

Jay entra en la cafetería y le hace una foto a Kate delante del ordenador, completamente concentrada. El sonido la lleva a levantar la vista. Jay dispara otra foto.

—Lo siento —dice—. No he podido evitarlo. Están aquí.

Kate se levanta y mira expectante hacia la puerta. Se acercan a la recepción y el sonido de voces aumenta de volumen. Se coge del brazo de Jay.

«¡No le quitéis el tapón a nuestra piscina!».

Kate y Jay miran a través de las ventanas de recepción. Ven que en el exterior se está congregando una multitud. Llevan carteles y una gran pancarta y están formando una cadena delante de las puertas de la piscina. El sonido es tan fuerte que Kate se imagina que la cadena debe de extenderse más allá de las puertas, formando una pared de cuerpos para bloquear la entrada. Ve a Ellis, que se gira y los saluda con la mano. Jake también está aquí, con Hope, Jamila, Aiesha y Geoff. Junto a ellos están Frank y Jermaine. Sprout lleva una banderita sujeta al collar con «Salvemos la Piscina Brockwell» escrito en mayúsculas. Kate ve también al adolescente y a la madre primeriza con su bebé apoyado en la cadera y su marido a su lado. Están la profesora de yoga, el socorrista y el resto de empleados de la piscina y la cafetería.

—No puedo creer que haya venido todo el mundo —le dice a Jay.

—No estarían aquí de no ser por ti —replica él, mirándola a los ojos.

Kate sonríe con nerviosismo y se aparta el pelo de la cara.

Al final de la cadena de gente hay una figura robusta cuya cara Kate no alcanza a ver. Se gira y sonríe: es Phil. Sujeta una pancarta. A Kate le retumba el corazón en el pecho.

Phil vuelve a girarse y los mira. Saluda a Kate con un gesto y ella le devuelve el saludo.

—¿Y ahora qué? —dice Jay.

—Ahora a esperar.

55

Los manifestantes se quedan allí toda la tarde. Ellis y Jake hacen circular cervezas; Frank ofrece galletas. La gente del barrio se pasa por allí y hace fotografías; a los que deciden sumarse a la cadena, les dan pancartas. Mientras la gente pasa el rato al sol, Kate sigue sentada en la cafetería, delante del ordenador. Manda un nuevo artículo a algunos periódicos de difusión nacional y a los blogs locales y comparte el enlace de la petición siempre que puede. El número de firmas va en aumento a lo largo del día. Cada nueva firma le provoca una oleada de felicidad. Cuando piensa en la gente de la comunidad que quiere colaborar hasta el final y mantener la piscina abierta, se siente menos abatida. Por mucho que haya perdido la esperanza, sabe que no está sola. Aunque le gustaría que Rosemary estuviera con ella.

—Ven a ver esto —le dice Jay a última hora de la tarde.

El sol se filtra aún por las ventanas de la cafetería e ilumina el cabello de Kate, que levanta la vista de la pantalla.

—¿La policía?

—Aún no, pero creo que podrían ser representantes de Paradise Living.

Se acercan a la recepción y miran a través de las ventanas. Hope se ha apartado un poco de los manifestantes y está hablando con unos hombres con traje. Kate ve que entre ellos está el concejal de las reuniones; al resto no los reconoce. Hope sujeta la pancarta contra el pecho y agita los brazos. Ellis se separa también de la multitud para sumarse a la conversación.

Uno de los hombres señala hacia la piscina; otro mira el reloj. Kate no puede oír la conversación y se limita a observar a través del cristal, preguntándose si la policía estará de camino y cuánto tiempo durará su barricada. Jay se acerca y Kate percibe el calor de su hombro pegado al de ella. Pasado un rato, el grupo de hombres echa una última mirada a la piscina y se aleja rápidamente. Hope y Ellis regresan con el grupo. La multitud se separa para ceder paso a Hope, que se acerca al cristal para que Kate pueda oírla.

—¿Quiénes eran? —grita Kate desde el otro lado de la ventana—. ¿Piensan enviar a la policía?

Hope niega con la cabeza.

—Era un grupo de Paradise Living. ¡Les he dejado muy claro lo que pienso del tema! —dice—. Pero hoy no van a hacer nada. Creo que lo que querían era ir a su casa a cenar. Pero mañana van a volver. Han dicho que tenemos toda la noche para salir de su edificio y que, si no lo hacemos, pasarán a la acción. «Su» edificio, han dicho. Vaya morro que tienen. La piscina les importa un comino y encima oír que lo califican de «su» edificio. Aunque supongo que lo es, o lo será, al menos, cuando se haga efectivo el contrato.

Jay mira a Kate. Los manifestantes se giran también para mirarla. Kate piensa en la perspectiva de ser expulsados de la piscina por la policía y de entregar a regañadientes las llaves a los hombres trajeados de Paradise Living. Solo de pensarlo le entran náuseas y se le acelera el ritmo de la respiración. Se imagina el Pánico acercándose e intentando derribarla. Pero lo aleja de ella con determinación.

—¿Qué quieres hacer? —le pregunta Jay.

Hope sigue allí, junto al cristal, esperando también la respuesta de Kate. Por un momento piensa que le encantaría tener allí a Rosemary o a Erin para preguntarles qué hacer. Pero de pronto nota una fuerza que aumenta de volumen en su interior.

—No saldré de aquí si no es a rastras —declara.

Hope sonríe y grita la respuesta de Kate a los demás para que puedan oírla. El grupo lanza vítores de alegría.

—¿Estás segura? —pregunta Jay.

—Sí, segurísima.

De pronto ha dejado de tener miedo. Ve a su Pánico casi con la misma claridad con la que está viendo a Jay delante de ella, pero esta vez se niega a mirarlo a los ojos, se niega incluso a reconocer que está allí. Quiere seguir en la piscina hasta el final, haciendo algo aunque no dé resultados. Intentándolo. Por mucho que la piscina acabe cerrando para siempre, quiere estar segura de haber hecho todo lo posible.

—Me quedaré contigo —dice Jay.

—No tienes por qué hacerlo.

—Lo sé.

Jay la mira y piensa en lo distinta que parece ahora Kate de la chica con la que se cruzaba en las escaleras de la oficina o lo saludaba por la calle. Es igual de encantadora, pero es como si en su interior se hubiera encendido una luz. Resplandece y lo envuelve con su calidez.

56

En el piso de Rosemary sigue reinando el caos. Cuanto más limpia, más desorden parece acumularse. Durante ciertos momentos del día oye los gritos de «No le quitéis el tapón a nuestra piscina» procedentes del parque. De vez en cuando mira por la ventana del balcón, apartándose lo suficiente para que no la vean, echa un vistazo a los manifestantes que rodean las paredes del recinto y sigue limpiando. Está cansada, y pasa mucho tiempo sesteando, tumbada en el sofá, intentando no soñar con la piscina.

Cuando se despierta de una larga cabezada, se da cuenta de que ya está terminando la tarde y de que se ha dejado la puerta del balcón abierta. Los manifestantes ya no gritan. Las cortinas se agitan con el viento y la sala está envuelta en la penumbra del crepúsculo. Con un escalofrío, se levanta y se dirige despacio a su cuarto en busca de una chaqueta. El dormitorio está tan desordenado como el salón, con el suelo lleno de cajas. Serpentea entre ellas y abre la puerta del armario para coger algo de abrigo. Estira el brazo para hacerse con uno de los jerséis que guarda perfectamente doblados en la estantería de arriba y, cuando tira de él, no arrastra solo el jersey, sino también la caja que hay a su lado. La caja se ladea, se desliza la tapa y salen un montón de láminas en blanco y negro. Fotografías. Docenas y docenas de fotografías. Llueven sonrisas.

Rosemary mira y espera a que la lluvia cese. Se queda delante del armario, con un jersey en las manos y rodeada por una piscina de fotografías. George está por todas partes, sonriéndole. Se arrodilla y empieza a recoger las instantáneas.

George sonriendo desde el trampolín, la cara vuelta hacia ella justo antes de saltar al agua para comprobar que está mirándolo. George tumbado al borde de la piscina, con un libro abierto sobre la cara, los brazos detrás de la cabeza y los pies cruzados a la altura de los tobillos. George enseñando a un grupo de niños a nadar a crol: está de pie junto a la piscina, extendiendo los brazos para enseñar a los niños cómo deben moverlos, y ellos se ríen.

Coge otra fotografía. Esta es de ella. Lleva un traje de baño a rayas y sujeta dos cucuruchos de helado. La fotografía es en blanco y negro, pero se acuerda perfectamente de que el bañador era blanco y rojo. Los helados gotean por sus manos y ella, con la boca muy abierta, extiende los brazos hacia la cámara. George le pidió que los sujetara mientras hacía la fotografía, pero los helados empezaron a deshacerse y a resbalarle por los brazos hasta los codos. Él no podía parar de reír.

Hay una de los dos, apoyados en la pared de la piscina y pataleando, con el agua salpicando y las gotas capturadas por el sol. La hizo Hope, justo antes de que se sumergieran bajo la superficie del agua para darse un beso y volver a emerger para coger aire.

En otra aparece el recinto cubierto de nieve y George con un gorro de lana, bufanda y bañador, sonriendo al lado de la piscina. Hay una con Rosemary y George lanzándose a la vez en el lado más hondo. Están tan sincronizados que el uno parece la sombra del otro.

Acumula las fotografías en su regazo y acaricia la cara de George en todas ellas. Su vida ha quedado diseminada a su alrededor, caótica y desordenada. Algunas de las fotos quedan ensombrecidas por un pulgar que se deslizó hacia la lente o están atrapadas por el resplandor del sol, hasta el punto de que no se ven las caras. Pero ella recuerda la expresión de esas caras. Y en todas las fotografías aparece la piscina, el hilo que las mantiene unidas, el lugar al que siempre se regresa. Su hogar. Tiene que hacer algo. Esto no puede ser el final.

57

La gente se queda allí hasta que empieza a oscurecer. Kate sigue buscando la cara de Rosemary entre la multitud, pero no aparece. Mira el teléfono para ver los mensajes y no hay ninguno de ella. La llama a su casa, pero salta directamente el contestador. Decide no dejar ningún mensaje; lo ha intentado muchas veces y sabe que Rosemary no responderá. La embarga una tristeza tremenda cuando se la imagina sola en el piso y sin poder despedirse de su piscina. Confía en que Rosemary no se arrepienta de su postura cuando la piscina haya cerrado sus puertas para siempre. Entonces, las oportunidades de despedida se habrán terminado.

Le envía un mensaje a Erin contándole su plan y lo triste que se siente porque Rosemary no está presente. Su hermana responde de inmediato.

«¡Eres asombrosa! Pienso mucho en ti. Y con respecto a Rosemary, a lo mejor acaba apareciendo. Tiene que ser muy duro para ella. A veces, la esperanza acaba convirtiéndose en lo más doloroso que existe».

Kate lee el mensaje y de pronto cree comprender por qué Rosemary no se ha puesto en contacto con ella, por qué no ha visitado la piscina y por qué no ha permitido que nadie la vea. Tal vez lo mejor sea cortar por lo sano y no permitir que nada ni nadie —ni la luz reflejada en el agua ni las palabras de consuelo de un amigo— te dé esperanzas.

La multitud se dispersa lentamente. Frank y Jermaine se despiden de Kate con un gesto a través del cristal y se marchan cogidos de la mano, con las pancartas al hombro y Sprout correteando detrás de ellos. Hope se va con Jamila y Aiesha, y Ellis, Jake y Geoff las siguen.

—Mañana por la mañana volvemos, cariño —dice Hope a través del cristal antes de dar media vuelta y marcharse.

Kate vislumbra entonces una figura que se acerca a la entrada del recinto. Es Ahmed. Con tantas emociones, no se había dado cuenta de que era la otra persona ausente entre los manifestantes.

—Siento llegar tarde —se disculpa a través del cristal cuando llega a la ventana y acerca la cara—. Geoff me explicó lo de tu plan, pero hoy tenía mi último examen. Quería venir directamente, pero mi padre ha insistido en invitarme fuera a cenar.

Se sonroja y Kate sonríe.

—¡Felicidades! —le dice—. ¡Ahora ya eres un hombre libre!

Ahmed sonríe también y extiende los brazos como si fuera un pájaro y pudiera salir volando.

—Bien hecho, colega —lo felicita Jay.

Levanta una mano como si fuera a rodear a Ahmed por los hombros para darle unas palmaditas en la espalda, pero entonces recuerda la presencia del cristal. Ahmed también levanta el brazo en una especie de saludo y los dos ríen.

—Quería venir a desearos buena suerte en vuestro encierro —añade Ahmed—. Y también para contaros una idea que he tenido..., una forma de, tal vez, poder salvar aún la piscina.

Kate enarca las cejas y mira fijamente a Ahmed, intentando desesperadamente poder ralentizar el latido de su corazón. La esperanza es lo más doloroso que existe.

—Adelante —dice.

—A lo mejor no sirve de nada —señala Ahmed, poniéndose de repente nervioso.

—Por favor —lo anima Kate—. Necesitamos ideas.

Y Ahmed les cuenta la suya.

—Después del examen he estado pensando en la piscina. Me sentía mal por haberme perdido el último día, por mucho que supiera que el examen era muy importante. Y de repente me acordé de una conversación que mantuve con tu hermana Erin, Kate. ¿Te acuerdas? ¿El día de la protesta con los patitos?

Kate asiente, recuerda que vio que Ahmed y su hermana hablaban al borde de la piscina. Ahmed se había entusiasmado al enterarse de que su hermana había estudiado Administración de Empresas en la universidad.

—Recuerdo que me habló de un módulo que hizo sobre el auge de los lugares que llevan adjunto el nombre de una marca, como lo de las bicicletas Barclays, que luego han pasado a ser las bicicletas Santander, en Londres, lo del Emirates Stadium... Y de pronto me he dicho: si a los demás les funcionó, ¿por qué no podría funcionar también para la piscina?

Mientras Ahmed habla, la semilla de la esperanza empieza a echar raíces en el pecho de Kate.

—Continúa —dice.

—A lo mejor podríamos encontrar una empresa que estuviera interesada en hacer publicidad con la piscina. Con toda la atención que ha recibido últimamente por parte de la prensa, y con la que esperamos que reciba ahora que os habéis encerrado aquí... —hace una pausa y todos sonríen—, a lo mejor podría interesar a algún anunciante. He hecho un poco de trabajo de investigación y he preparado un listado de empresas. Y si una de ellas se mostrara interesada, la piscina podría seguir abierta.

Finaliza su explicación y hunde las manos en los bolsillos. Se queda mirando a Kate y Jay, esperando. A Kate le gustaría poder atravesar el cristal y estrechar en un abrazo a aquel chico tan maravilloso.

—Es una idea brillante, Ahmed —exclama—. Brillante de verdad. Y seguro que podríamos intentarlo.

El teléfono de Kate suena justo en este momento. Lo mira y, sorprendida, descubre el nombre de Rosemary escrito en la pantalla. Le da la vuelta para que Jay y Ahmed vean quién la llama. Respira hondo y contesta.

—Rosemary —dice.

—Kate, lo siento mucho. He cometido un grave error.

Le tiembla la voz.

—¿Se encuentra bien, Rosemary?

Rosemary sorbe por la nariz y su voz se anima un poco.

—Sí, sí, estoy bien, estoy muy bien. Lo que pasa es que acabo de darme cuenta de que he sido una tonta. Tendría que haber sido más valiente. La cobardía me ha impedido ir a la piscina, me ha impedido ir a verte y también hablar con mis amigos.

—No pasa nada —asegura Kate—. Comprendo lo duro que debe de haber sido para usted. Que debe de ser. Me alegro mucho de volver a oír su voz.

—Y yo de oír la tuya, Kate. Mira, he estado pensando... —Habla más rápido y su voz suena más fuerte—. Esto no puede terminar. Tiene que haber algo que todavía podamos hacer.

Kate le cuenta dónde está y el plan del encierro.

Rosemary ríe y el sonido de su risa inyecta en Kate toda la fuerza que necesita.

—Reconozco que he oído a los manifestantes, pero no tenía ni idea de que estabas encerrada dentro del recinto. Dios mío, a George le habría encantado. ¡Un encierro de verdad! Mira, Kate Matthews, eres mucho más valiente de lo que te imaginas.

Ahora es el turno de Kate de ruborizarse. Jay y Ahmed la observan, escuchando solo su parte de la conversación. Kate levanta la vista y de repente se acuerda de la idea que ha tenido Ahmed.

—Rosemary, Ahmed ha tenido una idea fantástica sobre una posible manera de salvar la piscina. Creo que podría ponerla en marcha con algo de ayuda. Pero evidentemente, si yo sigo aquí encerrada...

Le explica la idea a Rosemary.

—¿Tienes a Ahmed por ahí? —pregunta Rosemary—. Dile que es un hombre muy inteligente.

Kate le transmite el mensaje a Ahmed, que vuelve a ponerse colorado, y centra de nuevo su atención en el teléfono.

—¿Cree que podría ayudar a Ahmed, Rosemary? Podrían ir juntos a las reuniones y exponer el caso de la piscina, igual que hizo en el ayuntamiento.

—Sí —responde Rosemary—. Haré todo lo que esté en mis manos.

Después de despedirse y colgar el teléfono, Kate se dirige a Ahmed.

—Parece que tienes una socia para poner en marcha el plan.

58

Kate y Jay se quedan solos. El recinto vacío está en silencio. Parece más grande, como una concha hueca o un castillo en el que montarán guardia durante la noche. Kate se estremece levemente y se pregunta si habrá cometido un error. Pero quiere estar aquí hasta el final. La piscina la ha acogido como si fuera su hogar y desea permanecer dentro de la seguridad de sus muros hasta el último momento, hasta que la obliguen a marcharse de allí. Y el hecho de haber vuelto a oír la voz de Rosemary, de saber que no se ha rendido del todo, ha renovado su determinación.

—Me muero de hambre —dice Kate después de un prolongado silencio.

—Yo también —contesta Jay—. ¿Miramos qué tenemos?

Se acercan a la cafetería y vacían el contenido de sus respectivas bolsas sobre una mesa. Kate saca un paquete de galletas Hobnobs y una quiche que ha traído en un molde. Jay tiene sándwiches, KitKats y dos latas de *gin-tonic*. En el fondo de las bolsas hay reservas para toda una semana, por si acaso.

—¡Vaya banquete! —exclama Kate.

—¿La has preparado tú? —pregunta Jay, señalando la quiche.

La corteza es desigual y el borde está un poco quemado, pero tiene buena pinta y, de repente, Jay cae en la cuenta de que está realmente hambriento. Kate sonríe de oreja a oreja.

—¡Sí, la he hecho yo!

Lo dice increíblemente orgullosa de sí misma y Jay piensa que le gustaría abrazarla.

De pronto, se quedan a oscuras.

—Mierda.

La pálida luz de la luna se filtra desde el exterior, pero la mitad de la sala más alejada de las ventanas ha quedado sumida en la oscuridad. Jay busca a tientas los interruptores y los prueba todos.

—Lo más probable es que hayan cortado la electricidad —dice.

Kate se mete detrás de la barra y se agacha para buscar algo.

—Me pregunto si seguirán aquí —murmura, mientras sigue buscando. Se incorpora—. Aquí están —anuncia—. Sabía que las había dejado por aquí después de la boda de Frank y Jermaine. Me sorprende que no las hayan tirado.

Regresa a la mesa con varias velas grandes y una caja de cerillas. Las enciende y todo se ilumina con una cálida luz anaranjada. Las velas y sus caras se reflejan en los cristales de las ventanas. En el exterior, la piscina está oscura y en silencio.

—Perfecto —exclama Jay, acercándole a Kate una silla para que se siente y tomando él asiento a continuación.

—Gracias. ¿Comemos?

Kate saca un cuchillo del interior de un paño de cocina y corta un trozo de quiche para cada uno. Las latas de *gin-tonic* sisean al abrirlas.

—Brindemos.

—Está deliciosa —dice Jay, dándole un buen mordisco a la quiche.

—Gracias, no soy una gran cocinera, pero estoy aprendiendo. George me ha estado enseñando.

Jay la mira confuso, pero Kate le explica que ha estado trabajando con el cuaderno de recetas de George.

—Me alegro de que Rosemary haya accedido a ayudar a Ahmed —comenta a continuación—. ¿Pero crees que estará bien si ese plan no funciona? Si de verdad es el final, no sé cómo conseguirá recuperarse de la pérdida de la piscina. Toda su vida gira en torno a esto.

Los dos se quedan pensando en Rosemary y su piscina.

—Tiene que ser muy duro para ella —apunta finalmente Jay—. Aquí está toda su vida.

Observan la piscina a oscuras, imaginándose todas las cosas que Rosemary ha visto aquí y toda la gente que ha conocido. ¿Cuántas veces habrá nadado en esta piscina? Demasiadas para poder contarlas. Acaban en silencio su extraña cena a la luz de las velas. La noche de verano pega su cara a la ventana y las estrellas brillan en el cielo y se reflejan en la superficie del agua.

—¿Qué crees que pasará mañana? —pregunta Kate al final. Apura su *gin-tonic* y nota que el calor le sube a las mejillas.

—No lo sé —responde Jay—. Lo más probable es que nos echen por la mañana. Es posible que nos arresten por haber invadido la propiedad.

Kate suspira.

—Mmm…, sí.

Mira el agua oscura y piensa en todas las veces que ha nadado allí a lo largo de los últimos meses. Vive a un cuarto de hora de aquí, pero, antes de que le asignaran el primer artículo, nunca había estado en la piscina. Ojalá hubiera conocido antes su existencia.

—Supongo que debería tener miedo —dice—. Pero en estos momentos no lo tengo en lo más mínimo.

Se ve reflejada en la ventana y, por una vez, no se encoge para alejarse de su reflejo. Le sostiene la mirada con firmeza. «Aquí estoy —piensa—. Estoy aquí».

Vuelve a mirar a Jay.

Piensa en todo el tiempo que ha pasado sintiendo miedo durante estos últimos años. El Pánico ha gobernado su vida. Antes de descubrir la piscina, vivía como si se encontrara en precario equilibrio en la punta de un trampolín, aterrada por la altura que se abría debajo de ella. Pero ahora ha dejado de tener miedo. Está preparada para dar el salto.

De modo que se levanta lo suficiente como para extender los brazos por encima de la mesa, coger la cara de Jay entre ambas manos y besarle. Jay parpadea, sorprendido, y responde de inmediato al beso. Empujan las sillas hacia atrás y se levantan con torpeza, sin separar ni un instante los labios. Jay la atrae hacia él hasta que las caderas entran en contacto y le rodea la cintura con los brazos. Kate nota el calor de la boca de Jay, la aspereza de la barba bajo sus dedos. Lo atrae también hacia ella hasta que los pechos de ambos se presionan y los corazones laten con la velocidad de unos aplausos. El beso es distinto al primero y Kate comprende enseguida por qué. Es porque esta vez ella está preparada, porque está preparada para ser amada.

Se besan a la luz de las velas, aprenden sus respectivas caras. Al cabo de un rato se cubren de besitos las mejillas, las orejas, las barbillas, los cuellos. Él le besa los párpados; ella le besa los pómulos. Pero, en muy poco tiempo, sus bocas vuelven a unirse.

Al cabo de un rato, ella se aparta levemente y se queda mirándolo. Él le devuelve la mirada y le acaricia la mejilla.

—Dios, hacía muchísimo tiempo que deseaba esto —dice.

—Yo también —responde Kate.

No se da cuenta de ello hasta que lo pronuncia en voz alta. Tal vez estaba muerta de miedo, pero es lo que quería. Quería a Jay. Vuelve a besarlo y se separa para coger aire.

—Si es la última noche, creo que deberíamos bañarnos en la piscina —dice, quitándose el vestido por la cabeza.

—Estaría muy mal no hacerlo —contesta él, desabrochándose la camisa.

Dejan un sendero de ropa a lo largo del recorrido hasta la piscina. Kate ha necesitado mucho tiempo para llegar hasta aquí, pero por fin no se avergüenza de su desnudez. Jay grita cuando se sumerge en el agua y Kate no puede evitar reír. Entretanto, la luna los observa nadar en el agua fría.

—¡Yo no estoy acostumbrado! —grita Jay.

Kate vuelve a reír y se sumerge bajo el agua. Su cabello se extiende a su alrededor como si fueran algas. Estira los brazos por delante de ella y abre los ojos para ver la piel clara y la forma del cuerpo de Jay nadando a cierta distancia. No sabe muy bien si es Jay o es la frialdad del agua lo que provoca que el corazón le lata tan rápido. Emerge entonces a la superficie para coger aire y nada hacia él.

Al principio, ríen y se salpican como niños. Luego dejan de jugar y empiezan a nadar largos en silencio, el uno junto al otro. Jay se gira para nadar de espaldas y ella lo imita. Intenta contar las estrellas, pero hay tantas que no sabe ni por dónde empezar.

Nadan hasta que están cansados y tiritando. Salen del agua con la piel fría pero con hormigueo.

—¿Hay toallas? —dice Jay.

Cogen una vela, recogen la ropa y Kate guía a Jay por el pasillo hacia recepción, mojando todo el suelo a su paso. Kate busca detrás del mostrador y, aliviada al descubrir que los empleados lo han dejado todo intacto antes de cerrar el recinto, saca una caja llena de toallas blancas. Se envuelven en ellas y se abrazan para entrar en calor.

—Debe de ser tarde —comenta Kate, consciente de pronto del paso del tiempo, como si hubiera salido a coger aire después de haber estado en el subsuelo.

El reloj de la recepción les informa de que son las doce y media de la noche.

Kate piensa en toda la energía que ha consagrado a la jornada: a escribir artículos, a distribuir la petición, a amar la piscina. Está agotada. Incluso el alivio que le ha proporcionado oír de nuevo la voz de Rosemary y saber que su amiga vuelve a estar con ellos se ha cobrado un peaje emocional. Coge la caja de las toallas, su ropa y la bolsa y Jay la sigue hacia la sala de yoga. Con la ayuda de una vela, mira a su alrededor hasta que localiza las colchonetas en una esquina. Deja la caja en el suelo y empieza a arrastrar colchonetas hacia el centro de la sala, las desenrolla y forma con ellas una gran superficie cuadrada. Jay la ayuda hasta que tienen una parte del suelo del tamaño de un colchón cubierta de colchonetas y toallas, que preparan a modo de esponjosas sábanas.

—Perfecto —exclama Jay.

Kate se agacha y coge el saco de dormir que lleva en la mochila, lo abre encima de las colchonetas y las toallas. Solo tiene uno, pero piensa que dará igual.

La sala resplandece a la luz de las velas y quedan reflejados en el espejo que ocupa todo un paño de pared. En el otro lado hay una ventana. El exterior está completamente oscuro. El cabello de Kate gotea sobre sus hombros, se envuelve mejor con la toalla y se estremece.

—Ven aquí —dice Jay, abrazándola y dándole un beso.

Se besan de pie, se besan mientras se arrodillan y luego mientras se tumban sobre la improvisada cama de toallas y colchonetas. Kate sopla y apaga las velas. En la oscuridad, Jay se recuesta detrás de ella y la atrae hacia él hasta que los dos cuerpos acaban formando una S. Abrazados, Kate siente el corazón de él latiendo contra su espalda.

—Tal vez nos arresten —asegura Kate en voz baja, quedándose adormilada—, pero me alegro de estar aquí.

—Yo también.

Se quedan dormidos a la luz de una pálida luna que asoma por la ventana y se refleja en el espejo como si fueran las aguas de un lago.

59

Al día siguiente, Rosemary se reúne con Ahmed en una cafetería de Brixton Village. Llega pronto y busca una mesa en la esquina que da al mercado. Observa a la gente que circula por el otro lado de la ventana o se detiene delante del establecimiento. Le sienta bien salir un poco de casa. Después de una semana de inactividad, nota que una energía nueva fluye por su cuerpo, la pone nerviosa y casi consigue distraerla del dolor de las rodillas. Espera a Ahmed dando golpecitos sobre la mesa. El corazón decide seguir el ritmo de los golpecitos cuando empieza a pensar en la piscina y en cuánto desea que este plan salga bien. Ve a Ahmed en la puerta, con un iPad bajo el brazo, y le hace señas para que entre. Ahmed le pide al camarero la contraseña wifi y se acerca a la mesa.

—Pareces un hombre nuevo —dice Rosemary, estrechándolo en un abrazo.

En un primer momento, Ahmed se muestra cohibido, pero enseguida se deja llevar y acepta el fuerte abrazo de la anciana.

—Me han dicho que ya has acabado los exámenes —prosigue Rosemary, retrocediendo pero sin soltarle los brazos. Lo mira y sonríe—. Bien hecho.

Rosemary piensa en las muchísimas veces en que lo ha visto estudiando en la recepción de la piscina, con el mostrador lleno de notas adhesivas. El recuerdo de la piscina y pensar que muy probablemente solo será eso, un recuerdo, le provoca una punzada de dolor en el pecho, pero se esfuerza por que su sonrisa no decaiga.

—Aún no sé si los he aprobado —contesta con timidez Ahmed.

—Yo sé que sí. No te preocupes.

Toman asiento y Ahmed le cuenta a Rosemary las distintas empresas que quiere tantear y le comenta lo que cree que deberían explicarles. Rosemary se queda impresionada con la hoja de cálculo que le enseña en el iPad. Le parece todo muy ordenado, y así se lo hace saber. Ahmed se ruboriza.

Rosemary nunca se habría imaginado pronunciando una frase del estilo de: «Buenos días, ¿podría hablar con el departamento de publicidad, por favor?», pero en el transcurso de la mañana la utiliza al menos una veintena de veces. Se van turnando para realizar las llamadas con el teléfono de Ahmed. Rosemary llama a una empresa, Ahmed teclea la información recopilada en el iPad y luego es Ahmed el que llama y Rosemary la que toma notas.

Al cabo de varias horas, han llegado casi al final de la lista, pero no tienen ninguna reunión confirmada. Ahmed se derrumba en la silla con una expresión evidente de decepción. Rosemary siente ganas de llorar, de romper a llorar como una niña allí mismo, en plena cafetería. Pero piensa en Ahmed y piensa también en George. Intenta pensar en qué haría George. George se mostraría amable con aquel joven.

—Creo que es hora de pedir un poco más de té —dice Rosemary, dándole una palmadita en el hombro a Ahmed antes de levantarse para acercarse a la barra.

Cuando Rosemary se levanta, Ahmed coge el teléfono y marca el siguiente número.

Hay un poco de cola para pedir y, mientras espera, Rosemary ve una pequeña pila de ejemplares del *Brixton Chronicle* al lado de la caja. Coge uno y reconoce de inmediato la cara que aparece en portada.

«Una periodista local protagoniza un encierro para salvar la Piscina Brockwell», reza el titular. En la fotografía, se ve a Kate sentada en la cafetería vacía, con las puertas abiertas y mirando hacia la piscina. A su lado hay una mochila con un saco de dormir asomando por la parte superior. «Jay debe de haber tomado la foto y la habrá enviado al periódico», piensa Rosemary, y solo de imaginárselos a los dos encerrados en la piscina detrás de una barricada construida con sillas y material de gimnasia le hace sonreír e incluso crecer un poquito.

Cuando, unos minutos más tarde, regresa a la mesa cuidando de no derramar la bandeja con el té, ve que Ahmed está hablando muy animadamente por teléfono. Ahmed levanta la vista y también un pulgar. A Rosemary empiezan a temblarle las manos y derrama en la bandeja la leche de la jarrita. Al instante, sale un camarero de detrás del mostrador para ayudarla con la bandeja. La deposita en la mesa y la saluda con un gesto de cabeza. Rosemary le devuelve el saludo y le da las gracias.

En el tiempo de sentarse y secar la leche que se ha derramado, Ahmed termina su conversación y sonríe de oreja a oreja.

—¡Tenemos una reunión concertada para mañana! —anuncia Ahmed.

Y esta vez es él quien se inclina hacia delante para abrazar a Rosemary.

60

Cuando se despierta, Kate tarda unos instantes en recordar dónde está. Mira el techo de la sala de yoga y oye la respiración de Jay, que sigue dormido a su lado. No quiere moverse, de modo que permanece lo más quieta posible durante un rato, escuchando los sonidos amortiguados de la piscina vacía. Las cañerías crujen y se oyen pájaros en el exterior, pero, por lo demás, reina el silencio. Jay desprende calor y se acerca un poco más hacia él para disfrutar de la sensación de su cuerpo. Es fuerte y suave, y le hace pensar en que, si se cayera, él estaría allí para amortiguar el golpe. Lo abraza y su corazón se acelera con el contacto con su piel. La sensación le recuerda la primera vez que nadó en la piscina, en el brinco que dio su corazón con el impacto del frío y en que su cuerpo pareció despertarse de repente y cobrar vida.

Sigue mirando el techo y se pregunta cuánto tardará en llegar la policía. ¿Vendrán hoy? ¿O mañana? ¿La arrestarán? ¿Qué se sentirá? Lo más grave que le ha pasado hasta la fecha en este sentido ha sido recibir una multa de aparcamiento. ¿Y Rosemary? ¿Y si el plan de Ahmed no funciona? ¿Qué hará Rosemary cuando la piscina cierre para siempre y Paradise Living lo haya transformado en una pista de tenis para ricos? El día se extiende por delante de ella como las profundidades más oscuras del mar. Es imposible ver lo que hay allá abajo. Y no quiere mirar. Así que lo que hace es descansar la cabeza sobre el pecho de Jay y él, adormilado, la acoge bajo su brazo.

Él se despierta enseguida y le da un beso en la frente.

—¿No ha sido entonces un sueño loco? —murmura, adormilado.

—No, me temo que sigues aquí encerrado conmigo.

Jay bosteza y la atrae hacia él.

—Tendríamos que ir levantándonos —dice Kate, y, después de comprobar que no hay nadie al otro lado de la ventana, se desperezan, se levantan de la improvisada cama, se pasan la ropa tirada por el suelo y se visten con rapidez pero sin vergüenza alguna.

Vuelven a la cafetería, abren las puertas que dan a la piscina y se sientan para disfrutar de un curioso desayuno consistente en lo que queda de quiche y KitKats.

—Parece extraño, así tan tranquilo —comenta Kate cuando terminan y se recuestan en las sillas para contemplar el agua—. Es como si todo fuera perfecto.

—La calma que precede a la tormenta —replica Jay—. ¿Tienes noticias de Rosemary o de Ahmed?

Kate mira el teléfono y niega con la cabeza. Sabe que deben de estar ocupados trabajando en el plan, pero en estos momentos tiene la impresión de que Jay y ella son las únicas personas del mundo, atrapados como están detrás de los muros del recinto.

Bajo el sol matutino, el agua les guiña seductoramente el ojo. Kate la ha visto así muchas veces, pero aquel tono azul sigue maravillándola. Se acerca al borde de la piscina. La atracción puede con ella. Pero esta vez Jay no se suma y se queda en la silla, mirándola con una sonrisa.

—No puedo creer que no se me ocurriera traer un bañador para el encierro en la piscina —dice Kate, desnudándose—. Es mi oportunidad de ser la única persona que puede tenerla solo para ella.

Sabe que Jay está mirándola mientras está desnuda en el borde de la piscina. Es consciente de las curvas de su cuerpo imperfecto. Pero no le importa. Baja por la escalerilla y se zambulle en el agua.

Se sumerge bajo la superficie y abre los ojos. Al principio, el agua está borrosa, pero se adapta enseguida y ve la piscina extendiéndose delante de ella, completamente vacía con la excepción de unas cuantas hojas que giran lentamente en el agua. Es una sensación extraña, como ver el escenario de un teatro antes de que lleguen los actores. Emerge para coger aire y empieza a nadar con su característica brazada.

«Qué ironía —piensa, mientras nada sola en el agua fría—, disfrutar de tanta calma y tanta belleza cuando la situación está tan mal». Se da cuenta de que podría ser la última vez que nada en la piscina. La idea la destroza, pero la sensación del agua, del sol sobre la superficie y la felicidad del aquí y ahora la ayudan a recomponerse.

Cuando se cansa, sale, se seca junto a la piscina y se viste.

—Dios, qué bonita eres —exclama Jay, cuando ella vuelve y se sienta a su lado.

Y, por una vez, Kate piensa que puede que tenga razón.

Están un rato sentados hasta que oyen ruido al otro lado de las paredes del recinto. Nerviosos, entran en el edificio y cierran la puerta para observar el exterior a través de las ventanas y desde detrás de la barricada de mesas y sillas.

Han llegado de nuevo los manifestantes con sus pancartas, pero esta vez lo hacen acompañados por un grupo de agentes de policía que los siguen por el césped. Kate nota que el corazón le da un vuelco y percibe un hormigueo en la piel. Ya está, deben de estar a punto de echarlos. Entregarán las llaves a la policía y luego, cuando se cierre la venta, a Paradise Living. Y todo habrá acabado.

Busca la mano de Jay y él se la aprieta con fuerza.

Kate ve que Hope está hablando con uno de los agentes e intentando darle una pancarta. El grupo llega por fin a las puertas del recinto.

Uno de los agentes es un hombre de unos cincuenta años con galones de sargento en el uniforme, los otros tres son mucho más jóvenes: dos mujeres y un chico con barba. Los uniformes parecen recién estrenados y se les ve algo nerviosos cuando Hope intenta darles otra vez la pancarta. El agente de más edad intenta abrirse paso entre la gente para llegar a la puerta, pero Hope, Frank, Jermaine, Geoff, Ellis y Jake forman una barrera entre los policías y la entrada de la piscina.

—Háganse a un lado, por favor, no queremos montar ningún escándalo —oye Kate que dice el agente.

—Tampoco nosotros —replica Frank.

Jermaine está a su lado, del brazo con su pareja. Sprout ladra a sus pies.

—Nos han dicho que hay dos personas encerradas ahí dentro. Queremos hablar con ellas.

El agente alza la voz para hablar con Kate y Jay, que se pegan al cristal.

—¿Pueden oírme? —grita el sargento.

Kate y Jay asienten con la cabeza, mirándolo desde detrás de una bicicleta estática que forma la primera línea de la barricada. Las manos de Jay y Kate siguen entrelazadas. Kate tiene el estómago revuelto y el corazón le late a mil por hora. Nota además el escozor de las lágrimas y parpadea con desesperación para evitar que se derramen; no quiere demostrar su dolor ante una posible derrota.

—Les sugiero que abandonen el edificio voluntariamente —prosigue el agente—. De lo contrario, habrá que tomar medidas para sacarlos de ahí.

—Confío de verdad en que no estés hablando en serio, Billy Hooper —se oye una voz desde detrás del grupo de manifestantes.

Policías y manifestantes se giran para abrir paso a Rosemary, que camina hacia la entrada de la piscina flanqueada por Ahmed. Mira a Kate a través del cristal, asiente con la cabeza y esboza una sonrisa que sosiega un poco el corazón alocado de Kate.

—Señora Peterson —dice el agente.

Baja la vista y de pronto no parece un agente de la ley cincuentón elegantemente uniformado, sino un niño con la bata del colegio sucia.

—Esas personas que están ahí dentro son amigas mías —continúa Rosemary, mirando al sargento Hooper a los ojos cuando por fin el agente levanta la vista. Se miran un instante y Rosemary añade—: ¿Qué tal están tus hijos? Y, por cierto, me he enterado de que acabas de ser abuelo. ¡Felicidades!

Después de un breve intercambio con Rosemary, el sargento Hooper vuelve a dirigirse a Kate y a Jay y al grupo de manifestantes congregados en el lugar.

—Miren —dice—, seré sincero con ustedes. En estos momentos no están quebrantando ninguna ley por estar ahí dentro. El propietario del edificio, que en esta fase del proceso es todavía el ayuntamiento, necesitaría una orden judicial para solicitar que lo abandonen. Pero si después de eso se niegan aún a salir, nos ordenarán que volvamos y los saquemos de aquí dentro a la fuerza.

Kate y Jay se miran.

—Emitir la orden judicial puede llevar varios días —señala el sargento al ver su cara de preocupación—. Pues bien —continúa, girándose ahora hacia Rosemary—, lo dejamos por hoy, señora Peterson. Pero mañana volveremos para verificar que todo está correcto y en paz. Si se produce algún daño, sin embargo, podrían meterse en problemas serios.

Kate está a punto de echarse a reír a carcajadas. ¿Cómo quiere que se produzca algún daño si lo que intentan es proteger la piscina?

Y cuando el agente está a punto de marcharse, seguido por los policías más jóvenes, se gira un instante y añade, dirigiéndose a Rosemary:

—Entre usted y yo, todos pensamos que es una lástima perder la piscina. Nadé muchas veces aquí de pequeño, todo el mundo ha nadado aquí. Pero me temo que la ley es la ley y, nos guste o no, Paradise Living acabará metiendo mano en este edificio. El tema está cerrado.

Saluda a Rosemary y da media vuelta, y sus colegas y él cruzan el césped para abandonar el parque. Viéndolos irse, la respiración de Kate recupera por fin la normalidad y suelta la mano de Jay.

—¿Qué ha pasado? —pregunta Kate—. Me ha dado la impresión de que hasta le tenía miedo, Rosemary.

Los demás manifestantes se apiñan alrededor de Rosemary para entender por qué el sargento Hooper se ha mostrado tan tímido en presencia de la señora Peterson. Rosemary agita la mano, como para restarle importancia.

—Venía a la tienda de George de pequeño. Su padre trabajaba mucho y Billy tenía cuatro hermanos y hermanas. George siempre le ponía alguna cosa de más en la bolsa, sin cobrarle nada. Intentaba hacerlo sin que nadie se diera cuenta, pero Billy era un chico muy inteligente.

—Una muy buena obra por parte de George —dice Jermaine.

—Es que George era un hombre muy bueno —replica Rosemary.

Los manifestantes se quedan un rato más charlando y felicitándose por su pequeña victoria.

—De modo que supongo que ahora tendremos que esperar a que llegue la orden judicial —le dice Kate a Jay.

Jay asiente.

—Podría tardar varios días... ¿Tenemos comida suficiente para aguantar tanto? —pregunta.

—No estoy segura —responde Kate—. Pero ya inventaremos algo, espero.

Con la noticia de la orden judicial, y sabiendo que de momento no pueden echarlos, los manifestantes deciden que pueden dejar a Kate y a Jay en la piscina sin tener que preocuparse por que les pueda suceder algo.

—Hasta mañana —gritan a través del cristal cuando se van despidiendo.

Al final, solo quedan Rosemary y Ahmed junto a la ventana desde donde Kate y Jay miran hacia el exterior. Rosemary les cuenta lo de la reunión que han concertado para el día siguiente.

—Fue Ahmed quien lo consiguió, en realidad —comenta.

Kate ve que Ahmed muestra un aspecto mucho más seguro de sí mismo, como si los exámenes y su idea lo hubieran transformado de adolescente en hombre. Le gustaría poder acompañarlos a la reunión.

—¿Y quién guardaría entonces la piscina? —rebate Rosemary—. No, Jay y tú tenéis que quedaros donde estáis. Velando por la seguridad de nuestra piscina.

—Así que mañana es el día decisivo —dice Kate, mirando con nerviosismo a los tres.

—Supongo que sí —contesta Rosemary.

Se quedan en silencio, imaginando lo que el día siguiente les deparará. El sol de la tarde brilla sobre ellos y sobre la piscina, aunque no haya nadie que pueda disfrutarlo, excepto la pareja de ánades reales que nada tranquilamente en el agua.

61

Ahmed queda con Rosemary en la parada de autobús que hay enfrente del piso de ella. Se ha vestido con un traje que le va un poco grande y se nota que se siente incómodo.

—Le ruego que me disculpe por esto —comenta en cuanto ve a Rosemary, señalando la chaqueta holgada—. Es de mi padre. Mi madre dice que me comprará un traje cuando supere los exámenes. Si es que supero los exámenes.

—Te encuentro guapísimo —contesta Rosemary—. Nunca te había visto tan elegante.

Rosemary ha elegido un traje de chaqueta de color azul claro. Al vestirse, ha pensado que el color le recordaba a la piscina y por eso le ha parecido apropiado. Ahmed sonríe y le ofrece un brazo.

—¿Lista? —pregunta.

—Creo que sí.

—Estoy un poco nervioso.

—Yo también.

Para el autobús y, sin soltarse del brazo, suben y encuentran dos asientos en la parte delantera. Cuando el vehículo se pone en marcha y avanza por la calle, Rosemary mira por la ventanilla para ver su Brixton pasar. Rodean el parque y giran a la derecha por Brixton Hill, pasan por delante de la iglesia donde los sintecho suelen sentarse a beber cerveza Special Brew escondida en bolsas de plástico, luego por delante del cine y de la calle que lleva a la librería de Frank y Jermaine, y también por delante de la estación de metro, que vierte continuamente gente hacia la calle. Observa Electric Avenue para ver si ve a Ellis, pero no ve más que riadas de gente serpenteando entre los puestos cubiertos con toldos de plástico a rayas. Después Brixton se convierte en el resto de la ciudad y deja de reconocer calles y tiendas. Las cafeterías y los parques se transforman en el territorio de otros.

Pasan por Kennington y por delante del Museo Imperial de la Guerra, con sus cañones montando guardia en la entrada. Pasan por delante del palacio de Lambeth, con sus torreones que adquieren un brillo dorado bajo el sol de finales de verano. Cuando cruzan el puente de Lambeth, tanto Rosemary como Ahmed contemplan el río a ambos lados, luego el London Eye y el Parlamento en una dirección y, en la otra, los altos edificios de cristal que resplandecen reflejando la luz. El autobús continúa por la abadía de Westminster, el Big Ben y la plaza del Parlamento, donde ven un grupo de manifestantes que sujetan pancartas y han puesto carteles en las vallas. Rosemary intenta leer qué dicen, pero no lo consigue. Se pregunta cuánto tiempo llevarán allí y por qué causa estarán luchando. Se pregunta si ganarán su lucha. Confía en que sí.

Al llegar a Trafalgar Square, el tráfico ralentiza la marcha del autobús y Rosemary y Ahmed pueden observar con detalle a Nelson en lo alto de su columna y los leones de bronce con la boca entreabierta, como si fueran a hablar. Los turistas y las palomas abarrotan la plaza y las estatuas vivientes de Charlie Chaplin y el Hombre de Hojalata recogen las monedas que la gente deposita en los sombreros que tienen en el suelo a sus pies.

El autobús se detiene finalmente en Regent Street, su última parada.

—Muchas gracias, conductor —se despide Rosemary mientras Ahmed la ayuda a bajar.

El autobús se marcha, dejándolos en la acera. La parada está justo delante de la juguetería Hamley's y la calle está abarrotada de niños y padres que entran y salen de la tienda. Hay empleados de Hamley's en la puerta del establecimiento, algunos con uniforme rojo y otros caracterizados como personajes infantiles. Un grupo de estudiantes chinos se hace una foto al lado de un oso gigante.

—Disculpen, perdón —dice una madre que se abre paso entre ellos, tirando de la mano de su hija para entrar en la juguetería. Por un momento, Ahmed y Rosemary se quedan paralizados en la acera, viendo a la gente empujándose a su alrededor y oyendo el sonido del motor de los autobuses y taxis que pasan por detrás de ellos. Un ciclista le grita al conductor de un autobús y un coche toca el claxon para alertar a la gente que cruza la calle. Delante de ellos, se elevan edificios con fachada blanca, columnas uniformes y rejas negras en todas sus ventanas.

—Venga —exclama finalmente Ahmed—, vamos.

Rosemary se agarra del brazo de Ahmed y empiezan a andar. Se cruzan con compradores que los golpean con sus bolsas o tropiezan casi con ellos por no levantar la vista del teléfono móvil. Se desvían al llegar a Beak Street. La situación aquí es más tranquila y Ahmed aprovecha para sacar el teléfono y comprobar que van en la dirección correcta. Rosemary espera mientras Ahmed mira la pantalla y verifica la calle en la que están.

—Umm... —dice—. Creo que tenemos un problema. El puntito azul me informa de dónde estamos, pero no se corresponde con esta calle. De modo que no sé muy bien hacia dónde tenemos que ir. —Observa otra vez el punto azul y acto seguido mira a su alrededor, confuso—. Lo siento. No me gustaría llegar tarde.

Rosemary hurga en el interior de su bolso y saca una sobada guía de calles.

—¿Te sirve esto?

Ahmed ríe y acepta el librito. Buscan entre sus páginas hasta que encuentran la calle donde están y la dirección a la que tienen que ir.

—Perfecto, aclarado —dice Ahmed.

—Un viejo amigo fiel nunca tiene rival —contesta Rosemary, guardando de nuevo la guía en el bolso.

Llegan delante del edificio con algunos minutos de antelación. La fachada es de cristal y permite ver la recepción, donde está sentada una mujer con los labios pintados de rojo hablando por teléfono. Tiene el pelo gris, pero parece muy joven. «A lo mejor es que se hidrata muy bien», se dice Rosemary, observándola.

Del techo cuelgan bombillas con cables de color rojo y la pared de detrás del mostrador de recepción es de corcho de aspecto basto. La madera del techo parece sacada de cajas de embalaje. A lo mejor se trata de una oficina nueva y acaban de mudarse. La verdad es que resulta muy austera. Junto al mostrador de recepción hay una mesa de cristal con asientos de diversas alturas: un puf, un taburete alto, una silla de comedor y un sillón tapizado en piel. El hombre que ocupa incómodamente el puf mira en este momento su reloj.

Pasa por delante de ellos un chico con coleta y sube las escaleras. La recepcionista lo saluda con la mano y el chico pasa una tarjeta por la puerta que queda a la izquierda y sigue subiendo más escaleras.

Rosemary y Ahmed se miran.

—¿Lista? —pregunta Ahmed.

—Lista —responde Rosemary con un gesto de asentimiento.

Suben la escalera y abren la puerta.

—¡Hola! —dice alegremente la recepcionista cuando llegan al mostrador—. ¿En qué puedo ayudarles?

—Tenemos una cita —contesta Ahmed, buscando en el bolsillo el papel donde ha anotado los detalles—. Con Tory Miller, a las diez. Somos Rosemary Peterson y Ahmed Jones.

La chica lo comprueba en la pantalla de su ordenador y asiente.

—¡Sí! Les diré que ya están aquí.

—¿Qué es eso? —pregunta Rosemary, señalando una máquina alta de vidrio y metal que hay en un extremo del mostrador de recepción.

La chica sonríe y se levanta. La blusa que lleva termina justo encima del ombligo, como si la hubieran cortado con unas tijeras.

—Una máquina de *smoothies* —responde, sonriendo—. ¿Les apetece un *smoothie*? ¿O un café? Puedo pedirle a nuestro camarero que les prepare uno, si quieren.

—Oh, no, no —dice Rosemary, negando con la cabeza.

No habría dicho que no a una taza de té, pero no sabe si le gusta el café y vete tú a saber qué significan todos esos nombres. *Cappuccino, macchiato,* blanco... No les encuentra el sentido.

—¿Por qué no toman mientras asiento? —sugiere la chica—. Vendré a buscarlos en cuanto puedan recibirlos.

Se dirigen a la zona de espera y Ahmed se instala con incomodidad en la silla de comedor. Rosemary elige el sillón y se arrepiente de inmediato, pues se hunde en el cojín y tiene la sensación de que el asiento trata de engullirla. Mientras esperan, Rosemary cruza y descruza las manos sobre el regazo. Se alisa la falda y va mirando el reloj. Respira hondo de vez en cuando para intentar mantener la calma y no pensar en lo importante que es la reunión. Pero no puede evitarlo. Las imágenes de la piscina se repiten una tras otra en su cabeza. Aunque desordenadas: visualiza la piscina hace tan solo unos meses, cuando nadó por primera vez con Kate, y luego, a continuación, imagina cuando nadaba en sus aguas siendo una adolescente, durante la guerra. Luego ve a George, nadando con ella después de los disturbios, cuando ambos necesitaban tranquilidad. Lo ve sonriéndole y lanzándose al agua. Y luego se imagina la instalación cerrada y convertida en un club privado, con la piscina cimentada y la silla del socorrista desaparecida por completo.

—Ya pueden pasar —anuncia la recepcionista.

Rosemary abre los ojos, levanta la vista y recuerda dónde está. Ahmed la ayuda a levantarse del asiento y juntos siguen a la chica a través de la puerta de seguridad que da acceso a un largo pasillo. La chica camina rápido, pero, cuando se da cuenta de que Rosemary y Ahmed no le siguen el ritmo, ralentiza el paso y camina a escasa distancia de ellos. Llegan frente a una puerta cerrada, al final del pasillo.

—¡Ya estamos! —dice la recepcionista.

Abre la puerta que da acceso a una sala de reuniones muy espaciosa. En su interior hay un grupo de unas diez personas en torno a una mesa alargada. Rosemary nota que le tiemblan las manos y las une delante de ella para disimular.

—Están aquí las visitas. Les dejo.

El grupo reunido alrededor de la mesa asiente con la cabeza y la recepcionista cierra la puerta. Ahmed y Rosemary se quedan inmóviles sin decir nada.

—Hola, soy Ahmed Jones —se presenta por fin Ahmed, después de respirar hondo—. Estuvimos hablando por teléfono.

Entonces recuerda el consejo de su padre y se adelanta para estrechar la mano a todos los presentes. Intenta que el contacto sea firme y fuerte. Los reunidos en torno a la mesa saludan a Ahmed.

—Encantados de conocerte.

—Y esta es Rosemary Peterson —añade Ahmed.

Rosemary sigue en la entrada, incapaz de moverse. Ahmed retrocede para situarse a su lado.

—Leímos sobre usted en el periódico —dice uno de los hombres—. Un artículo precioso.

—Era de Kate —contesta Rosemary—. Mi amiga Kate escribió el artículo.

Los reunidos asienten.

—¿Nos presentamos? —sugiere una mujer joven sentada en la zona central, que se presenta como Tory y les explica que es la directora de publicidad.

La gente de la mesa va informándoles por turnos del nombre y el puesto que ocupan. Rosemary intenta recordar los nombres, pero tanto eso como los puestos de trabajo se solapan hasta que acaba convencida de que hay alguno que es «jefe director ejecutivo de marca y publicidad». Cuando terminan, Ahmed sonríe a Rosemary y luego al resto de los presentes.

—Como saben, estamos aquí para proponerles la idea de publicitar la Piscina Brockwell —dice Ahmed—. En verano, la Piscina Brockwell acoge a diario a centenares de visitantes. Pensamos que la publicidad resultaría ventajosa para las dos partes: nosotros conseguiríamos que la piscina siguiese abierta y ustedes tendrían una oportunidad de publicidad única. El fondo de la piscina, por ejemplo, podría ser un lugar excelente para colocar publicidad. En los últimos años, periódicos y revistas de todo el país han publicado docenas de fotografías a vista de pájaro de la piscina. Pero para explicar mejor por qué es tan importante para nosotros, a mi amiga Rosemary le gustaría pronunciar unas palabras.

Retrocede y le hace un gesto a Rosemary. El grupo se vuelve con expectación hacia ella.

—¿Tienen una presentación de PowerPoint? —pregunta uno de los hombres.

—¿Una qué? —contesta Rosemary.

—¿Necesitan un ordenador?

—Oh, no.

—De acuerdo.

Se produce un silencio y de pronto Rosemary se siente incómoda con su traje de chaqueta y rodeada por tanta gente mucho más joven que ella. En la piscina eso no importa; todo el mundo es igual cuando se quita la ropa de calle. Pero aquí, el grupo de jóvenes con corte de pelo similar la intimida de verdad.

—¿Por qué no nos cuenta cosas sobre la piscina? —propone Tory.

Se inclina hacia delante y descansa los brazos sobre la mesa. El hombre que está a su lado, que no suelta el bolígrafo que tiene en la mano, se recuesta en su asiento. Los demás giran las sillas para quedarse de cara a Rosemary. Ahmed también se vuelve hacia ella, con una sonrisa e intentando animarla. Todos la miran, están a la espera.

El miedo a dejar que se escape su última esperanza, a cometer un error, la deja paralizada. Es su última oportunidad, y lo sabe. Nota que tiembla, de modo que cierra los ojos y visualiza una amplia extensión de agua en calma. El agua está dividida mediante cuerdas que separan las calles en lentas, medias y rápidas. El reloj marca el paso del tiempo a un lado y contempla a los bañistas que nadan en el agua fría. Abre los ojos.

—En Brixton tenemos una piscina —comienza—. Y yo llevo nadando allí ochenta años. La piscina es mi hogar. Pero no es solo mío…, significa muchísimo para toda nuestra comunidad.

Al principio le tiembla la voz, pero va sintiéndose más segura a medida que relata su historia. El grupo la observa y Ahmed sigue a su lado.

—Durante estos últimos meses, he tomado conciencia más que nunca de todo esto. Resulta gracioso que la amenaza de cierre haya servido para que la gente se dé cuenta de lo especial que puede llegar a ser un lugar. No conozco ningún sitio igual. Por muy estresante y agobiante que pueda ser la situación fuera, en cuanto entras en la piscina todo cambia. A la gente que la visita por primera vez le resulta increíble descubrir un lugar tan tranquilo en comparación con el resto de Brixton. Por eso es tan especial, porque es un sitio donde poder escapar sin tener que abandonar nuestra comunidad. Hay quien lo llama la Playa de Brixton, y es la única playa que muchos de nuestros niños conocen. En verano está abarrotada de gente. Los padres extienden allí sus toallas o nadan con sus hijos. Hay gente de todas las edades: adolescentes que intentan impresionarse mutuamente con sus saltos, pequeños que aprenden a nadar en la parte menos honda, hombres de negocios que van allí para olvidarse por un rato de sus preocupaciones. Y yo.

Visualiza la piscina en pleno verano, las risas de los niños, el agua salpicando siempre, el calor del sol en la cara.

—¿Y para usted? —pregunta uno de los presentes—. ¿Qué significa la piscina para usted? En Londres hay otras piscinas, ¿por qué luchar por esta?

Rosemary cierra los ojos. Ve el agua azul y transparente.

—Cierto, hay cosas mucho más serias por las que luchar y en el mundo pasan cosas mucho más importantes —dice y abre los ojos—. No dejo de repetirme lo mismo: «Rosemary, esto carece de importancia».

La noche anterior se sentó en el borde de la cama y se repitió aquella frase una y otra vez, intentando convencerse de que era un asunto que carecía de importancia y así no tendría que acudir a aquella reunión, así no tendría que plantarse delante de un montón de desconocidos y arriesgarse a fracasar ante aquella última oportunidad. A fracasar ante sí misma, a fracasar ante la piscina, a fracasar ante George.

—Pero es importante. Muy importante. Igual que fue importante que cerraran la biblioteca.

Va subiendo la voz y está temblando. Descansa una mano en la mesa para estabilizarse.

—En invierno, la biblioteca estaba siempre llena. Era un lugar donde la gente podía protegerse del frío. Cuando la biblioteca cerró, ¿dónde podía meterse toda la gente que no tenía donde ir cuando llovía? Nunca supe qué fue de ellos y siempre me sentí culpable por no haber luchado más por aquella causa.

»Cuando mi esposo, George, falleció, fue como si estuviera lloviendo cada día y yo no tuviera donde ir. Él era mi refugio cuando la situación en el exterior se ponía mal. Tenía ochenta y cinco años. Había tenido una buena vida. No tenía motivos para quejarme de nada y, además, quedarse en la situación en la que me quedé es muy habitual. Tuvimos una vida muy afortunada.

La vida de Rosemary había estado subrayada por las sonrisas de George cuando emergía de debajo del agua y por el reconfortante zumbido de sus ronquidos. La despertaban a media noche y a veces se enfadaba por ello. Pero ahora echaba en falta enfadarse por el sonido que George emitía cuando dormía a su lado.

—Pero ya ven, la verdad es que lo echo de menos.

Respira hondo y sosiega los dedos jugando con los botones de la chaqueta, abrochándolos y desabrochándolos y repitiendo otra vez la operación. Uno de los botones está a punto de caerse. Cuelga del hilo como una flor que, como si tuviera el cuello roto, pende del tallo. Se alisa la falda, se pasa la mano por la cara y levanta la vista.

—Habrá otras piscinas, pero nunca sería igual. Mi George no está en esas otras piscinas, está en la nuestra.

El grupo sigue mirándola, pero ahora apenas es consciente de ello.

—Cuando murió, me senté en su sillón e intenté sentirlo a mi alrededor. Tal vez les parezca una tontería, pero no me avergüenzo de haberlo hecho. Y no funcionó, la verdad. Intenté conseguir que funcionase, pero no. George ya no estaba. Sin embargo, cuando estoy en la piscina, lo siento allí. Lo recuerdo en todos sus rincones.

George está en el modo en que la neblina se asienta sobre el agua por las mañanas, está en el suelo mojado del solárium y en las taquillas de colores, está en esa bocanada de aire que aspira cuando entra en el agua y que le recuerda que sigue viva. Que le recuerda que debe seguir viva.

—Tal vez sea cierto que la piscina no gana mucho dinero. Tal vez sea cierto que soy una vieja ridícula. Pero no puedo dejar que la piscina se vaya. No puedo dejar que mi George se vaya.

Ahmed rodea a Rosemary por los hombros y la abraza. Rosemary suspira y nota que la potencia de sus sentimientos la está agotando. Se produce un momento de silencio, hasta que uno de los hombres del grupo se levanta.

—Vamos a considerar la posibilidad de poner publicidad en la piscina. Pero antes tenemos que pensarlo bien. Los llamaremos durante el día —dice. Los demás también se levantan—. Gracias por venir, Rosemary. Y a ti también, Ahmed.

Por primera vez desde que ha empezado a hablar, Rosemary observa con atención el grupo que tiene delante. Tory está colorada. Los demás parpadean con fuerza, como si se les hubiera metido algo en el ojo.

Ahmed estrecha de nuevo la mano a todos los presentes y se despide de ellos. La recepcionista los está esperando al otro lado de la puerta y los guía hacia la salida.

—¿Pedimos un taxi? —sugiere Ahmed—. Creo que se lo merece.

Rosemary asiente y Ahmed para uno; está demasiado cansada para hablar. Cuando llegue al piso, se echará a dormir, piensa. Sabe que tendría que acercarse a la piscina para poner al corriente a Kate, pero tiene la sensación de que lo que necesita ahora es volver a casa y estar sola. Se siente exhausta y lo único que desea es tumbarse en la cama y quedarse en el lado que siempre utilizaba cuando George vivía.

En el asiento trasero del taxi, Ahmed observa de nuevo Londres a través de la ventanilla y Rosemary se recuesta en su hombro y cierra los ojos. Antes de quedarse dormida, cae en la cuenta de que han hecho todo lo que estaba en sus manos. Ya no queda nada más por hacer.

62

Están en el tercer día de encierro y Kate y Jay esperan con ansiedad la llegada de la orden judicial. Pasan el tiempo entre la cafetería, el borde de la piscina y la recepción, mirando de vez en cuando con nerviosismo a través de la barricada. Siempre que Kate oye voces en el exterior del recinto, su corazón da un vuelco y se pregunta si será alguien que viene a entregarles la orden judicial. De tanto en tanto mira el reloj que cuelga por encima de la piscina y tiene la sensación de que sus manecillas se mueven más despacio que antes.

La cadena de manifestantes es hoy más pequeña: Frank ha venido solo y ha dejado a Jermaine a cargo de la librería, Ellis ha venido pero no Jake, que gestiona el puesto sin su padre. Se han disculpado todos, han expresado su deseo de estar presentes hasta el final, pero la vida continúa. Hope es quizá la manifestante más pasional y grita: «No le quitéis el tapón a nuestra piscina» cada vez que pasa alguien por el parque. Al mediodía, se congrega una pequeña multitud de gente del barrio que aprovecha la pausa de la comida para venir a ver qué tal va el encierro sobre el que han leído en el periódico. Durante un rato, con los recién llegados sumándose al grupo, hay más alboroto y Kate los observa desde detrás de las puertas de recepción. Hope reparte pancartas y Ellis hace fotografías con el móvil. Más tarde, cuando los nuevos manifestantes vuelven al trabajo, Ellis publica las fotos en la página de Facebook de «Salvemos la Piscina Brockwell».

El día sigue adelante y no hay ni rastro ni de la policía, ni del ayuntamiento, ni de Paradise Living. Mientras esperan, Kate deambula nerviosa alrededor de la piscina y por la recepción. Se plantea nadar un poco, pero solo de pensar que pudieran llegar estando ella en el agua, desnuda, le borra la idea de la cabeza. Se ducha en el vestuario vacío y trabaja luego delante del ordenador. Mira qué tal va la petición. Durante la noche el número de firmas ha subido y ha seguido haciéndolo durante el día. Entra en Twitter, donde la gente del barrio y los entusiastas de la natación están utilizando la etiqueta «salvad nuestra piscina». Mientras trabaja, Jay permanece sentado en silencio a su lado o se acerca a la recepción para hablar a través del cristal con Hope y los demás manifestantes. Por la tarde, Hope y Jake rompen por un momento la cadena para acercarse a la pared del recinto. Jake le grita a Jay que vaya también allí y espere.

Kate le sigue hasta el solárium y se quedan de cara a la pared de ladrillo. Al cabo de unos instantes ven una cosa que vuela por los aires. Jay estira los brazos y logra cazar una bolsa de plástico de cierre hermético.

—¡Confío en que haya sobrevivido al viaje! —grita Hope desde el otro lado del muro.

Jay se la pasa a Kate, que abre el cierre de la bolsa. En el interior hay algo envuelto en papel de aluminio. Lo abre y ve que se trata de un trozo de tarta de jengibre ligeramente aplastado.

—¡He pensado que a lo mejor teníais hambre! —grita Hope—. ¡Es casera!

Kate contempla la tarta aplastada, confeccionada especialmente para Jay y para ella, y nota que se le humedecen los ojos. Reprime las lágrimas y grita: «¡Gracias!», para que la oigan desde el otro lado del muro. Piensa entonces en cuando llegó a Londres y en que hace apenas unos meses no conocía absolutamente a nadie en Brixton, y mucho menos a alguien dispuesto a prepararle una tarta o a plantearse si podía estar hambrienta. Es un gesto que la conmueve. Jay y ella comparten la tarta, que le parece la cosa más dulce y más rica que ha degustado en su vida.

—Me pregunto qué tal les habrá ido a Rosemary y Ahmed —dice Kate mientras comen—. A estas horas, ya deben de haber salido de la reunión.

La idea les deja de nuevo en silencio. La felicidad que ha sentido Kate mientras comía la tarta se desvanece con rapidez al recordar que pronto los echarán de la piscina. ¿Y entonces qué? De nuevo volver a su casa con esos compañeros de piso que no saben nada acerca de la campaña, que probablemente ni se han dado cuenta de que lleva tres días sin pasar por allí.

Como si le estuviera leyendo los pensamientos, Jay la rodea con el brazo y la atrae hacia él. Justo en ese momento, el teléfono vibra en el bolsillo de Kate, que se aparta de Jay y lo saca para leer el mensaje.

«¿Noticias? Bs, E».

«Aún nada —escribe Kate para responder el mensaje de Erin—. La orden judicial puede llegar en cualquier momento. Sin noticias de Rosemary y Ahmed. Creo que esto toca a su fin. Bs, K».

«No digas eso —responde su hermana—. Me siento muy orgullosa de lo que estás haciendo. Bss, E».

Las palabras de Erin le dan un poco de fuerza, pero Kate se siente agotada y se refugia entre los brazos de Jay, dejándose abrazar.

—Todo irá bien —dice Jay en voz baja, por mucho que ambos sepan que probablemente no será así.

Se separan al cabo de un rato y se encaminan a la recepción para ver qué está pasando. Cuando se acercan a las puertas, ven aparecer a Ahmed. Kate busca a Rosemary con la vista, pero Ahmed viene solo.

El grupo de manifestantes se separa para ceder el paso a Ahmed. Sigue aún con el traje que le va grande. Kate se acerca al cristal y habla en voz alta.

—¿Qué tal ha ido? ¿Dónde está Rosemary?

—Creo que ha ido bien —responde Ahmed—. Rosemary ha ido a su casa para esperar la llamada. Han dicho que al final del día nos contestarían algo. Creo que estaba agotada, se ha dormido durante todo el camino de vuelta.

Kate intenta imaginarse a Rosemary en un despacho elegante, rodeada por un grupo de publicistas, pero le cuesta visualizarla en cualquier lugar que no sea la piscina.

Durante el resto de la jornada, mira el teléfono cada pocos minutos, pero aparte de un par de mensajes más de Erin, no hay nada. Ahmed comprueba también el suyo, pero no tiene ni llamadas perdidas ni mensajes. En un momento dado, oye que suena el teléfono y casi se le cae al suelo de la emoción, pero no es más que su madre, que le pregunta si cenará en casa.

Pasado un buen rato, Kate tiene la sensación de no poder aguantar más y llama al piso de Rosemary para preguntarle si ha recibido noticias de los posibles anunciantes.

—Nada —responde Rosemary—. Llevo sentada junto al teléfono desde que he entrado en casa. Me da incluso miedo levantarme para ir al baño por si pierdo la llamada.

—Tendría que ir al baño si lo necesita, Rosemary —dice Kate.

—Nunca se sabe…, no quiero que llamen justo entonces.

—Llámeme si tiene noticias, ¿entendido?

—Entendido.

Kate, que sigue esperando el sonido de la llegada de la policía, o de los del ayuntamiento o de la gente de Paradise Living, se sorprende a media tarde al oír risas y charlas. Las oye desde la cafetería, donde está sentada verificando el estado de la petición de firmas y de la página de Facebook, y las sigue hasta la parte frontal del recinto. Ve dos hileras de niñas con uniforme amarillo y marrón. Van cogidas de la mano y desfilan por el parque dirigidas por dos adultas. Las acompaña Phil. Cuando el grupo se acerca, Kate ve que las niñas llevan en la mano unos papeles que se agitan levemente con el aire mientras caminan.

—Somos las Brownies del barrio —explica una de las adultas—. Y hemos venido a protestar.

Ellis y Hope les dan la bienvenida al grupo. Phil parece un poco cohibido, pero Ellis le tiende la mano para estrechársela.

—La mayoría de nuestras niñas estudian en la escuela del barrio y utilizan la piscina para las clases de natación. Cuando se enteraron de lo del cierre, se quedaron destrozadas. Y nosotras también —dice la otra adulta.

—Y yo he pensado que podría ser un buen artículo para el periódico —añade Phil, mirando con nerviosismo a Kate a través del cristal.

Se cruzan las miradas y Phil aparta la vista. Sus mejillas, habitualmente subidas de color, se enrojecen más si cabe.

—Os traigo además información —continúa, evitando mirar a Kate a los ojos—. Me han comentado que la orden judicial está tardando más de lo esperado. Pero podría llegar pronto. Disponéis de un día más, dos como máximo.

Kate asiente, agradeciendo el comentario de Phil y preguntándose de dónde habrá sacado la información. El miedo por lo que pueda pasar en los próximos días fluye con intensidad por su cuerpo, pero se esfuerza en concentrar su atención en las niñas, que, sin soltarse de la mano, charlan sin parar detrás de los adultos.

—Las niñas han confeccionado su propia pancarta —dice una de las monitoras de las Brownies, y las niñas se sueltan de la mano y forman en fila, de cara a Kate.

Muestran entonces los papeles que llevaban en la mano; son dibujos de la piscina. Todos son distintos entre sí, pero tienen algunas cosas en común: el destello del azul y las caras sonrientes de las figuras que se lanzan al agua o están al borde de la piscina. A Kate le entran de nuevo ganas de llorar cuando ve la piscina replicada en las formas inestables y coloridas que han dibujado las niñas.

Las niñas se giran para enseñar también sus dibujos al resto de los manifestantes.

Jay dispara una fotografía a través del cristal y Ellis toma una con el móvil.

—¡Salvemos nuestra piscina! —grita una de las monitoras y las niñas se suman al eslogan, entonándolo al unísono cada vez más rápido hasta que se echan a reír y vuelven a sus conversaciones.

Las Brownies se quedan un rato en el parque y sus voces felices le hacen pensar a Kate en la piscina en pleno verano, cuando el agua está llena de gente nadando y divirtiéndose. Se pregunta si algún día podrá volver a oír esos sonidos. Al final, los padres de las niñas se acercan uno a uno a recogerlas y van desfilando para marcharse en pequeños grupos, llevándose los dibujos con ellas excepto un par que han caído al suelo y quedan olvidados en la acera de delante del recinto.

Hacia las seis de la tarde, todas las niñas se han ido y vuelve a reinar el silencio. Kate llama otra vez a Rosemary.

—Dijeron que llamarían hacia el final del día —señala Rosemary cuando coge el teléfono—. ¿Por qué no habrán llamado? ¿Será que es un no si no llaman? De haber sido un sí ya habrían llamado, ¿no te parece?

—Seguro que no es por eso —replica Kate, pero el corazón le da un vuelco al comprender que seguramente sí que es por eso.

—Ojalá pudiera estar ahí contigo —dice Rosemary.

—A mí también me gustaría que estuviese —contesta Kate.

De pronto, sin embargo, desearía estar en cualquier otro lugar. No en su casa, sino en una cama confortable, acurrucada y disfrutando de una noche de sueño tranquilo y sin pesadillas. La preocupación y aquella tensión y espera interminables la han dejado agotada.

Por la noche, en la sala de yoga, Kate tiene un sueño inquieto, se retira el saco de dormir por el calor y duerme sobre las toallas. Cada vez que la agitación la obliga a girarse, despierta a Jay, que la tranquiliza dándole besitos en la frente y diciéndole que todo saldrá bien. Viendo la luna filtrándose en la sala de yoga y reflejándose en las aguas de la piscina, Jay reflexiona y piensa que lo dice por ella, pero en parte también lo dice por él.

63

El sol se eleva e ilumina un pálido cielo azul. Los pájaros abarrotan los árboles y compiten para cantar sus melodías matutinas como si fueran los vendedores del mercado que gritan a viva voz sus precios para superar en volumen a los demás. Las abejas pululan entre las flores que cubren el parterre que rodea la piscina. Un hombre que está paseando el perro mira a través de la ventana y ve dos cuerpos dormidos debajo de unas toallas. Pega la cara al cristal, ríe para sus adentros y continúa andando, siguiendo al perro, que tira de él por el parque. El perro se acerca corriendo a un banco que hay en lo alto de la pequeña colina, donde está sentada una anciana contemplando el paisaje.

—Hola —saluda Rosemary, agachándose para acariciarle las orejas al perro.

El perro posa las patas delanteras sobre sus rodillas y menea el rabo con entusiasmo.

—¡Stella, baja! —grita el propietario.

La perra salta y se aleja para olisquear el tronco nudoso de un árbol del camino.

—Disculpe —dice el propietario.

Rosemary hace un gesto con la cabeza para restarle importancia y sonríe. El hombre y su perro se alejan colina abajo y Rosemary vuelve a quedarse sola.

Lleva toda la mañana aquí. Cuando llegó, el parque estaba húmedo y la neblina pareció adherirse a su chaqueta en cuanto se apartó del camino y empezó a andar por la hierba. Fue un paseo lento hasta lo alto de la colina y, cuando por fin llegó, se dejó caer en el banco.

El sol ya brilla en lo alto del cielo e ilumina la piscina, a los pies de la colina. El edificio de ladrillo se transforma en terracota dorada bajo la luz matutina y Rosemary recuerda. Si cierra los ojos, ve el agua azul en calma que se extiende detrás del muro. Cruza mentalmente las puertas del recinto y ve a George de pie en el solárium. La mira desde el borde de la piscina y espera a que llegue hasta él para darse la mano y saltar juntos al agua.

Abre los ojos y contempla el silencioso edificio. El viejo árbol sigue ahí, en una esquina, pero le falta una rama; nunca llegó a crecer después de que George y ella la rompieran al encaramarse a la pared. Recuerda el crujido de la madera al partirse, la lluvia de hojas y lo mucho que rieron. El sonido de la risa de George le provoca un tintineo en el corazón.

Desde el banco ve su vida entera delante de ella. Allí está el camino que recorrió con sus compañeras de clase, empapándose bajo la lluvia antes de saltar al agua con el impermeable puesto. Mira hacia el otro lado del parque, donde encendieron la hoguera el Día de la Victoria, donde los adolescentes descubrieron la libertad y ella descubrió su futuro en una cara desaliñada con mejillas sonrosadas y nariz recta. No muy lejos de donde está sentada, se encuentra el árbol donde George y ella practicaban haciendo el pino y se sentían como las primeras personas que veían el mundo al revés y que notaban un vuelco en el estómago como consecuencia de la emoción del enamoramiento. Es el mismo árbol frente al cual posaron el día de su boda, con George abrazándola y ella mirándolo a él y al sol.

Pasa otro hombre con su perro y la saluda con un gesto de la cabeza. Rosemary, que sigue contemplando la piscina, ni siquiera se percata de su presencia. Piensa en el agua fría y en la pareja de ánades reales que rizan con su movimiento la superficie. Ve el reloj y el pequeño puesto de aperitivos donde George la invitó a un té el día de su primera cita. Ve el viejo trampolín, desaparecido hace ya tiempo, y a George lanzándose al agua como un pájaro. Apenas altera la superficie del agua cuando se zambulle en ella. Y cuando emerge, sonríe con aquella sonrisa que siempre le dirige a ella.

«Rosy —dice—. Mi Rosy».

Más allá de la piscina están los tejados de Brixton y Rosemary pasea mentalmente por las calles que tan bien conoce. Pasa por delante de su casa, levanta la vista hacia el alto edificio y ve las macetas de lavanda en su balcón. Se detiene en el mercado y delante de la antigua tienda de George, y la recuerda llena de cajas de verduras y con el sonido de su voz.

Sigue caminando y la ciudad se escapa de su alcance. El horizonte está salpicado de edificios y torres de cristal que reflejan la luz. Parece que estén a millones de kilómetros de distancia, porque lo único que importa es lo que tiene aquí: la vista desde el banco del parque sobre la piscina.

—Se ha acabado —dice en voz alta.

Un corredor que pasa por su lado se queda mirándola. Da la sensación de que Rosemary está llorando, aunque tal vez sea solo porque el sol le da directamente en los ojos. El corredor coge aire y sigue ascendiendo la colina para bajar por el otro lado, dejando a Rosemary sola con su vista.

64

Cuando Kate se despierta el cuarto día, se sienta, busca la ropa que ha dejado junto a las colchonetas de yoga y se viste sin hacer ruido. La piscina está en silencio y el sol se filtra a través de la ventana. Mira las flores silvestres que crecen al otro lado del cristal, las cabezas rojas de las amapolas que flotan por encima de los acianos y la hierba. Mira más allá de las flores, hacia el parque, y es entonces cuando ve a Rosemary sentada en lo alto de la colina.

—Jay —dice, sacudiendo con delicadeza su cuerpo dormido.

Jay se despereza y se sienta, se restriega la cara y le da un beso en la mejilla.

—¿La policía? ¿Ha llegado la orden judicial? —pregunta, mirando a su alrededor, pero ve que la piscina está vacía y en silencio.

—No, mira —dice Kate, señalando hacia la colina.

Jay ve a Rosemary sentada en el banco.

—¿Qué piensas que estará haciendo allá arriba? —pregunta Jay.

—Ni idea, pero creo que no es buena señal. Es posible que todo haya acabado.

Pronunciar en voz alta esas palabras le provoca una punzada de dolor. Quiere llorar. Sabía que el final acabaría llegando, pero nunca se imaginó que pudiera llegar a ser tan doloroso.

—Tal vez haya llegado la hora de irnos de aquí —susurra Jay—. ¿Por qué no subes a verla?

Kate niega con la cabeza.

—Todavía no. Aún no puedo irme.

—De acuerdo. ¿Voy yo?

Kate reflexiona un momento y accede. Jay se viste y retiran las mesas y las sillas hasta poder acceder a la puerta. Kate busca la llave y abre.

—No tardaré —dice Jay, besándola.

—Tranquilo.

Kate abre la puerta y entran los rayos de sol. Jay se abre paso entre mesas y sillas y sale al parque. Kate se queda viéndolo marchar y luego cierra de nuevo la puerta con llave y vuelve a colocar las mesas y las sillas. En la sala de yoga, se sienta junto a la ventana y ve a Jay ascender por la colina. Cuando llega al banco donde está Rosemary, toma asiento a su lado.

Están demasiado lejos para poder vislumbrar su expresión, pero ve que permanecen sentados mucho rato, hablando y mirando hacia el parque. Kate nota que el Pánico la acecha e intenta acallarlo. Respira hondo y se sienta en el suelo, se abraza. Para calmarse, se imagina que está nadando.

Con la excepción de Jay y Rosemary y de un corredor que está dando ahora la vuelta en el otro extremo para dirigirse hacia Herne Hill, el parque parece vacío. Kate ve que Jay se levanta por fin y le tiende la mano a Rosemary. La ayuda a incorporarse y, juntos, caminan por el césped en dirección a la piscina.

Kate se levanta también y corre hacia la ventana, sin dejar de mirarlos. Rosemary la ve y camina lentamente hacia ella, acercándose cada vez más hasta que se sitúa al otro lado del cristal. Jay aguarda delante del edificio.

Rosemary apoya las manos en la ventana y Kate la imita. Unen las palmas a través del cristal.

—Tranquila —grita Rosemary—. Se ha acabado.

Rosemary rompe a llorar y Kate la sigue. Porque por la voz de Rosemary sabe que «Se ha acabado» significa que no se ha acabado.

Rosemary lleva en la mano un ejemplar del *Evening Standard.* Lo abre y lo acerca al cristal. Kate descubre su imagen mirándola. «Periodista londinense protagoniza un encierro para salvar la Piscina Brockwell», reza el titular.

—¡Sal! —grita Rosemary.

—¿No está ahí la policía?

Rosemary niega con la cabeza.

—Estoy solo yo.

Kate corre por el pasillo hacia la recepción y retira la barricada de mesas y material de gimnasia. En cuanto tiene acceso a las puertas, las abre y emerge a la mañana.

Pasa por delante de Jay, que espera junto a la puerta, mientras corre hacia Rosemary. Jay asiente con la cabeza. Kate sigue corriendo hacia la anciana que se ha convertido en su amiga.

—Se ha acabado —dice Rosemary cuando Kate se aproxima—. Hemos ganado.

Las dos mujeres se funden en un abrazo.

Kate llora al comprender que ha hecho lo que sinceramente nunca creyó que podría llegar a hacer cuando conoció a Rosemary: la ha ayudado. Y Rosemary también llora, pensando en George y en los recuerdos que la llenan como el agua llena la piscina. Mientras tenga su piscina, él seguirá estando siempre con ella.

—Cuénteme lo que han dicho —habla por fin Kate, secándose los ojos y separándose del abrazo de Rosemary.

Rosemary le explica a Kate que a primera hora de la mañana recibió un mensaje de voz de Tory diciéndole que aceptaban la oferta de publicidad. Que quieren ver el nombre de su marca escrito en el fondo de la piscina y que el precio que van a pagar será suficiente para mantener la piscina abierta. Que ya han hablado con el ayuntamiento y que han aceptado la oferta.

En cuanto recibió el mensaje, Rosemary llamó corriendo a Ahmed, que ahora debe de estar al teléfono hablando con Tory para cerrar los detalles. Rosemary reproduce el mensaje de Tory para que Kate lo oiga:

«Nos parece una buena oportunidad. Con toda la prensa hablando de la piscina últimamente, tendríamos el tipo de cobertura que andamos buscando. El negocio tiene sentido. Pero lo más importante es que el tema tiene sentido. Nos ha conmovido a todos, Rosemary. Gracias por haber compartido su historia con nosotros».

—Lo ha conseguido —exclama Kate, mirando con orgullo a Rosemary. Le brillan los ojos.

—No lo he conseguido sola, precisamente. Ahmed estuvo maravilloso. Y cuando llamaron esta mañana, dijeron que anoche vieron el artículo del *Evening Standard* que hablaba sobre ti y que eso les ayudó a tomar la decisión. Quieren «sacar el máximo rendimiento a la buena voluntad». Creo que esas fueron sus palabras.

—¿Y qué pasará con Paradise Living? —pregunta Kate, y su expresión empieza a ser de preocupación al recordar el punto débil del plan de Ahmed: los inversores que ya habían suscrito una oferta de adquisición de la piscina.

Rosemary niega con la cabeza.

—Tenían que cerrar el contrato hoy, pero cuando el ayuntamiento tuvo conocimiento de la oferta de publicidad, cambió de idea. Además, resulta que han encontrado amianto en uno de los bloques de pisos construidos por Paradise Living. ¿No has leído la historia esta mañana en el *Brixton Chronicle*?

Kate niega con la cabeza.

—¿Quién ha escrito el artículo? —pregunta.

Rosemary saca un ejemplar del bolso y le enseña el artículo a Kate. Está firmado por Phil Harris.

—¿Así que lo hemos conseguido? —dice Kate, levantando la vista hacia Rosemary y encontrándose con unos ojos azules llenos de felicidad.

—Lo hemos conseguido —confirma Rosemary, que abraza de nuevo a Kate—. Gracias —susurra entre sus brazos.

Kate no quiere soltarla y siguen así abrazadas bajo el sol, como si se vieran por primera vez en mucho tiempo. Al cabo de un buen rato, Jay rompe el silencio. Se acerca a ellas y señala.

—Mirad quién viene —dice.

Frank y Jermaine se acercan riendo y con los brazos entrelazados. Sprout les coge la delantera y, meneando la cola, salta sobre Kate y Rosemary. Hope saluda de lejos y detrás de ella llegan Ellis y Jake, que sonríen y saludan también. Y Ahmed, que camina con más confianza y parece más alto, agita los brazos. Por una vez no está pensando en sus exámenes. El grupo las rodea y todos sonríen y ríen. Ahmed y Rosemary se abrazan y Frank y Jermaine acogen a Kate entre sus brazos y la apretujan entre los dos. Sprout salta e intenta sumarse al abrazo. En cuanto la sueltan, Kate ve que también ha llegado Geoff y le entrega las llaves que guarda en el bolsillo.

—Me parece que esto es tuyo —dice.

—Gracias —contesta Geoff, aceptando las llaves—. Me alegro de verdad de tenerlas de nuevo en mi posesión. Gracias. Lo digo de todo corazón, muchísimas gracias.

—Creo que solo nos queda una cosa que hacer —interviene Rosemary cuando el grupo se tranquiliza un poco.

Todo el mundo se gira para mirarla.

—¡Nadar!

—Me parece una idea excelente —responde Hope, mostrando a todos su bolsa de deporte.

Entran en tropel en la piscina. Pasan entre la barricada desmantelada de mesas y sillas y enfilan el pasillo. Kate mira de reojo la sala de yoga cuando pasa por delante, las colchonetas y las toallas que siguen aún en el suelo y que le recuerdan que las noches que ha pasado allí acurrucada contra Jay han sido reales. Busca la mano de Jay y salen juntos al solárium.

65

Pasan los meses y la piscina sigue estando concurrida. Prácticamente todos los fines de semana se forma una cola para acceder a ella. La piscina está llena de bañistas de todo tipo. Está el nadador entrenado, que deja su botella de agua y su reloj en el borde de la piscina y cronometra sus largos. Está la especialista en espalda, que parece como si solo supiera nadar utilizando ese estilo y que conoce exactamente el número de movimientos que tiene que realizar de un extremo a otro de la piscina para no darse nunca contra el borde con la cabeza. Está el nadador que salpica por todos lados y que gracias a ello consigue una calle exclusiva para él, aunque a lo mejor lo hace a propósito. Está también la nadadora subacuática, a la que rara vez ves porque nada la mayor parte de sus largos pegada al fondo de la piscina. Hay un hombre que es el nadador yogui, que se sitúa cerca de la parte menos honda de la piscina sosteniéndose con un solo pie y con los brazos levantados en posición de oración antes de extenderlos hacia delante, doblar las rodillas y lanzarse al agua. Y luego está Kate, que continúa nadando a braza con su patada torcida.

Kate y Rosemary nadan hasta que termina el verano y empieza el otoño y apartan con sus brazadas las hojas caídas que flotan en el agua como barquitos. Nadan cada día en el agua fría de la piscina y cada día se sientan un rato en el banco y charlan mientras esperan a que se les seque el pelo.

—¿Mañana a la misma hora? —dice Kate, cuando se levanta para irse.

—Mañana a la misma hora —confirma Rosemary.

66

El zorro hace su recorrido por Brixton y su cola se agita de un lado a otro al ritmo de su paso. No tiene miedo ni siquiera en plena luz del día: está en su casa y sabe que puede entrar y salir como le plazca. Corretea por el perímetro de un colegio: el patio está lleno de niños que levantan a puntapiés las montañas de hojas secas que se acumulan en el suelo o las cogen para lanzárselas entre ellos. Por la tarde, cuando ya no hay nadie, regresa al patio y se afana en comer las cortezas de sándwich que encuentra y las galletas abandonadas a medias. Con la panza llena, sigue a los niños que se dispersan por Brixton y por el parque para aprovechar el último calorcillo otoñal. Algunos van directos a la zona de juegos; otros, los que van con una bolsa de deporte colgada a la espalda, se dirigen a la piscina.

Al caer la tarde, desfila por delante de los pubs; la música del interior se filtra hacia la calle cada vez que los clientes abren y cierran las puertas para salir a fumar. Mientras la gente se apiña en torno a las estufas de exterior, el zorro aprovecha la oportunidad para saquear los cubos de basura de la parte de atrás de los locales, hasta que sale un cocinero con más restos y lo echa de allí.

En el mercado, los vendedores se acurrucan en el interior de sus abrigos cuando las mañanas están frías y cubren los puestos con toldos de lona durante el día para protegerse de la lluvia. Por las noches, el zorro recorre la calle vacía olisqueando las basuras en busca de cabezas de pescado y fruta magullada. En la esquina de Station Road, las tiendas de los arcos tienen las persianas bajadas, algunas solo durante la noche, otras para siempre.

A primera hora de la mañana, corretea por el parque bajo la neblina y adelanta a unos cuantos habituales que salen a correr cada vez con más capas de ropa: empiezan con chaquetas y luego pasarán a bufandas y guantes. Su aliento se condensa ante sus bocas y el olor a humo se aferra a sus prendas como el rocío a las briznas de hierba.

El zorro continúa con sus paseos diarios por Brockwell Park y los árboles destellan naranja, luego rojo, después bronce. Las hojas caen, forman charcos amarronados a los pies de los troncos y dejan las ramas desnudas. En la piscina, los bañistas recurren a sus trajes de neopreno para protegerse del frío. Los más valientes se aferran al bañador, respiran hondo y se lanzan al agua.

67

Y llega el invierno. Los restaurantes de Brixton Village ofrecen mantas a los clientes que se sientan sin quitarse el abrigo y se calientan con cócteles y vino. En la misma calle, un poco más allá, justo delante del cine, hay un puesto donde recogen ropa de abrigo y comida para aquellos que no tienen donde ir para protegerse del frío.

La gente que pasea el perro por el parque lo hace a un paso más ligero que en verano. Las pistas de tenis están vacías y el huerto comunitario duerme, a la espera de que llegue la primavera.

En la piscina, hay gente en la cafetería y en el solárium.

—Acabo de enterarme de que tienes trabajo nuevo —le dice Hope a Kate.

Kate sonríe.

—Sí, empiezo la semana que viene.

—¡Y me han dicho que es en el *Guardian!*

—Es un puesto de redactora júnior —le explica Kate, ruborizándose pero sin dejar de sonreír.

—Aun así, es estupendo —dice Frank, que se ha acercado a Hope y Kate, con Jermaine del brazo.

—Felicidades, Kate —exclama Jermaine—. Si alguna vez necesitas libros para algún artículo de investigación, ya sabes dónde tienes que ir.

—Por supuesto —contesta Kate—. A mi librería favorita.

Hope les pregunta qué tal va la tienda. Le cuentan sus planes de empezar a vender libros nuevos de autores locales y de celebrar charlas con autores en la librería. Kate echa un vistazo a la sala. Ve a Erin y a Mark, también a sus padres, que están en estos momentos charlando con Jay. El vestido negro de Erin empieza a evidenciar una protuberancia sospechosa. Erin llamó por teléfono a Kate hace justo una semana para darle la noticia y ambas se echaron a llorar. Kate se muere de ganas de ser tía.

La calidez la llena cuando ve a Jay hablando con su familia. «Todo va bien —piensa—, le irá muy bien». Jay la sorprende mirándolo y se gira para sonreírle. Se sostienen mutuamente la mirada unos instantes y él sigue con la conversación. Se imagina volviendo con él a casa por la tarde, volviendo al piso de Jay, donde su ropa cuelga ahora junto a la de él en el armario. Es consciente de que todo ha ido muy rápido, pero cuando el compañero de piso de Jay, Nick, dijo que se iba, les pareció la elección evidente. Cerrar la puerta de su antigua casa y gritarle al pasillo un último adiós —que no obtuvo, por cierto, ninguna respuesta— le produjo una sensación incomparable. Cuando cerró la puerta y dejó las llaves en el buzón para que el nuevo inquilino las recogiera, tuvo la impresión de estar dejando también allí su Pánico. Echó a andar sin volver la vista atrás.

Ellis, Jake, Ahmed y Geoff se encuentran junto a la barra de la cafetería, charlando. Ahmed está ya en su primer cuatrimestre en la universidad y lleva un traje nuevo que le sienta estupendamente bien.

No oye la primera vez lo que está diciendo Hope; está absorta mirando a la gente reunida a su alrededor.

—Creo que es hora de ir saliendo —repite Hope, posando una mano en el hueco del codo de Kate.

—Sí, sí, claro —contesta Kate.

Mira hacia el otro lado de la sala. Frank y Jermaine, cogidos del brazo, se disponen a salir al solárium. La ven y la saludan con un gesto. Ella les devuelve el saludo.

Hope acompaña a Kate hacia la puerta y emergen al fresco exterior. Jay y la familia de Kate están esperándola allí y Hope se queda atrás para que Kate vaya con ellos. Jay le da un beso en la mejilla. Erin le tiende una mano, que Kate acepta y aprieta, recordando el día que se sentó con su hermana en el borde de la piscina y también se dieron la mano.

La gente se congrega en el solárium, delante de la piscina. El agua está vacía y tranquila; el cielo, gris y lleno de nubes. El adolescente le da la espalda al agua. La camisa le va grande y en la parte delantera se ven todavía las marcas de cómo estaba doblada antes de ser estrenada. La corbata negra también es nueva.

Tiene un papel en la mano. Mira el papel y contempla a continuación al grupo. Sus padres están a su lado, observándolo. La madre le sonríe y piensa cuánto le gustaría poder adelantarse para abrazarlo, pero sabe que es algo que su hijo tiene que hacer solo. En cuanto el grupo ha formado un semicírculo de cara a la piscina, el chico empieza a hablar.

—Conocí a la señora Peterson, a Rosemary Peterson, la primera vez que vine a la piscina. De eso hace ya unos años. Me felicitó por cómo nadaba…, me dijo que era un chico fuerte.

Acaba de cambiar la voz y se está acostumbrando todavía a su sonido. Allí solo, con la piscina a sus espaldas, se le ve pequeño, aunque su voz suena con potencia.

—Al principio no la creí, pero me lo repetía cada vez que me veía. «Eres muy fuerte», me decía. Tal vez no lo fuera al principio, pero seguí viniendo a la piscina, seguí entrenando y ella siguió insistiendo en ello, hasta que al final comprendí que tenía razón. Me había hecho fuerte.

Levanta por primera vez la vista del papel. Las figuras vestidas de negro y apiñadas en el solárium de la piscina continúan mirándolo.

—Eso es lo que ella hizo por mí: enseñarme a ser fuerte. Y sé que también hizo lo mismo por muchos de vosotros. Por eso estamos hoy aquí.

El chico dobla el papel y se lo guarda en el bolsillo. Se acerca a sus padres y su madre se adelanta para abrazarlo. El chico se refugia entre los brazos de su madre, descansa la cabeza contra su cuerpo. Ella le sujeta la cara entre ambas manos. Después de una breve pausa, el padre avanza también y los abraza a los dos.

Hope pronuncia unas palabras y el grupo ríe al escuchar la historia de Rosemary lanzándose a la piscina en impermeable con sus compañeras de clase. Explica cómo Rosemary la acogió bajo su protección cuando llegó a Brixton y que gracias a ella empezó a trabajar en la biblioteca, cuenta lo amable que era Rosemary con los niños que iban a escoger libros cuando estaban de vacaciones escolares y lo respetuosa que siempre se mostró con las elecciones de lectura de todo el mundo, cuenta que nunca se inmutó lo más mínimo ante una novela romántica desafortunada o un libro de autoayuda.

Los presentes asienten y sonríen. Y aunque solo la conocieran durante una parte pequeña de sus vidas, todos piensan: «Sí, esa es mi Rosemary». Las palabras de Hope, que da a conocer a todo el mundo cómo se comportaba Rosemary en una fase previa de su vida, sirven para confirmar lo que recuerdan de ella. Tienen la sensación de que por aquel entonces también la conocían. Hope continúa recordando a su vieja amiga, deseando que siguiera todavía aquí, y al final empieza a fallarle la voz. Se pregunta con quién compartirá a partir de ahora su porción de tarta y su conversación semanal. Solo de pensarlo, desea meterse en la cama para no volver a salir nunca más. Pero lo que hace, en cambio, es respirar hondo y fundirse de nuevo con el grupo, donde Jamila abre los brazos y estrecha con fuerza a su madre.

Cuando le llega el turno de hablar a Kate, mira primero a Erin y luego a Jay. Ambos asienten con la cabeza y el gesto le da fuerza. Se aparta del grupo para situarse al borde de la piscina y se coloca dando la espalda al agua. Mira a los ojos de los reunidos en el solárium. Su familia está al lado de Jay y todos le sonríen, animándola.

Mira a los congregados junto a la piscina. Frank y Jermaine están cogidos del brazo, secándose los dos los ojos con un pañuelo de papel. Ahmed está con Ellis, Jake y Geoff. Y a su alrededor están los rostros de otros vecinos de Brixton que han venido hasta la piscina para despedirse. La joven madre tiene en brazos a su bebé y recuerda cuando nadaba en avanzado estado de gestación y Rosemary siempre se paraba a preguntarle cómo estaba. El adolescente está con sus padres y junto al personal de la tienda de objetos de segunda mano y el propietario de la cafetería favorita de Rosemary y Hope. Hay muchas caras que Kate no reconoce. Pero Kate las mira a todas —amigos de Rosemary, su comunidad, su hogar— y una oleada de gratitud se apodera de ella. Piensa en lo pequeña que era su vida hace tan solo un año, en lo mucho que ha crecido en este tiempo.

El vuelo de un pájaro rompe el gris del cielo. Se detiene a descansar entre los árboles. Emite un sonido potente y, cuando Kate levanta la vista, descubre un destello de amarillo y verde entre las hojas oscuras. Es un periquito. Lo observa unos instantes y vuelve a mirar al grupo apiñado bajo las sombrillas de la cafetería. Empieza entonces a hablar.

—Cuando conocí a Rosemary, me sentía sola en un mundo que era demasiado grande para mí. Vivía con el miedo, estaba aterrada, la verdad. Ahora me doy cuenta de que estaba atascada, de que necesitaba que alguien me ayudara.

Respira hondo y recuerda cómo lloraba en su cuarto y la sensación de que la oscuridad se apoderaría de ella y la arrastraría a algún lugar del cual no podría salir jamás.

—Conocí a Rosemary por cuestiones de trabajo, aunque nunca tuve la sensación de que fuera con ese fin. Vine a la piscina para escribir su historia, pero ella me preguntó por la mía. Rosemary me ayudó a encontrar mi camino. Sin ella, tal vez no hubiera descubierto este lugar. Sin Rosemary, tal vez nunca os habría conocido a todos vosotros ni habría encontrado mi espacio en esta ciudad. Sin ella, seguiría aún perdida.

Lo expresa por primera vez en voz alta y hacerlo le supone la liberación definitiva.

—Rosemary me salvó. Sé que será recordada por cómo luchó y consiguió mantener abierta esta piscina. Pero a mí, además, me salvó. Acabó con mi soledad. Fue mi amiga. Y ahora la echo de menos.

La brisa le levanta el pañuelo negro y lo hace bailar. Nota el viento en la cara. Todo el mundo guarda silencio.

—Todos la echamos de menos —dice pasado un momento—. Razón por la cual he querido que os unieseis a mí para recordar a nuestra Rosemary de un modo especial.

Se acerca a la piscina y la rodea hasta quedarse en el otro lado. Los demás se ponen también en movimiento, algunos se colocan en el lado opuesto a ella, otros en el lado más próximo a la cafetería. Kate se queda delante de Jay y se miran con el agua de por medio. Jay sonríe. Erin, Mark y los padres de Kate también se han quedado enfrente de ella, junto a Jay. Brian se quita las gafas y las deja en el suelo, detrás de él. Mark le da la mano a Erin. Ahmed se sitúa al lado de Geoff, que le pasa un brazo por el hombro. Kate mira la fila que se prolonga a su lado: Hope y Jamila están flanqueadas por Ellis y Jake a un lado y por Frank y Jermaine en el otro. El adolescente está de pie en el extremo más hondo de la piscina, flanqueado por sus padres, los tres cogidos de la mano. Todo el mundo está allí, rodeando la piscina, con los pies en el borde.

Kate se desabrocha el abrigo y lo deja en el suelo. Se quita el vestido negro por la cabeza y se queda en bañador.

Siguiendo su ejemplo, todos se despojan de sus prendas oscuras de funeral y dejan a la vista trajes de baño y bañadores de colores. Al recibir la invitación de Kate con aquella curiosa petición, todos habían sonreído, comprendiendo que la iniciativa era la más adecuada. En cuanto se desvisten y se liberan de la ropa del funeral, todos empiezan a hablar y a reír, a saltar para mantenerse en calor. Kate recuerda de pronto la historia de Rosemary, la que Hope acaba de rememorar, y coge el abrigo que ha dejado en el suelo. Vuelve a ponérselo y se lo abrocha por encima del traje de baño. Los demás la ven, ríen y siguen su ejemplo, poniéndose de nuevo abrigos y chaquetas.

Al final, rodean la piscina en abrigo y bañador.

Kate da un pasito al frente hasta quedarse en el borde y mira el agua. Piensa en Rosemary y George, en que pasaron toda la vida nadando juntos en la piscina.

—Uno, dos, tres... —dice.

Y saltan.

68

Las flores silvestres regresan a Brockwell Park en primavera. Durante un tiempo tienes la impresión de que nunca volverán; ves la tierra helada y agrietada, notas que la hierba se parte bajo tus pies. Pero siempre regresan. Cuando el hielo cubre la hierba y los árboles se quedan desnudos, es fácil olvidar que estuvieron allí. Pero cuando la nueva estación empieza a bostezar y cobra vida, los brotes verdes asoman por todas partes. Los capullos se despliegan como puños firmemente cerrados que se abren. Y, de pronto, las flores están ahí. Caléndulas amarillas, botones de oro y narcisos pueblan el suelo. Más allá del parque está Brixton y los ruidos de la ciudad, pero aquí reina el verde y la paz.

El parque cobra vida y se llena de familias que se tumban en el césped para disfrutar del primer sol. Las parejas se quedan dormidas sobre la hierba, la cabeza del uno reposando en el vientre del otro. Los corredores ascienden lentamente la colina. Un hombre que baja de la colina anima a la mujer que sube corriendo diciéndole: «Puedes hacerlo».

En lo alto de la colina hay un banco. Desde allí se domina el parque y se ve a la gente disfrutando del sol. A los pies de la colina, los bañistas, cargados con bolsas de deporte y toallas, recorren el sendero que conduce hasta la piscina para relajarse y reclamar su rinconcito en esta playa de ciudad.

En la madera del banco hay un mensaje escrito: «Para George, que adoraba esta vista. Y para Rosemary, que la salvó».

Nota de la autora

Este libro es una historia de ficción, inspirada en parte por el tiempo que viví en Brixton siendo estudiante. Me quedé sorprendida ante el sentido de comunidad que reina en esta zona de Londres, pero me percaté también de los muchos cambios que están teniendo lugar allí, cambios que se producen asimismo en muchos otros barrios de Londres y de otras ciudades.

A pesar de tratarse de una historia inventada, la Piscina Brockwell es un lugar real. La piscina al aire de libre del sur de Londres se inauguró en 1937. Tiene una historia larga y compleja y estuvo cerrada unos años durante la década de 1990. En parte gracias a la campaña de los bañistas que la frecuentaban la piscina acabó reabriéndose. Pero para mi historia preferí decantarme por la ficción e imaginarme qué sucedería si la piscina se viese hoy en día amenazada de cierre.

He sido también creativa con la realidad de otros lugares de Brixton. Me he inspirado en el lugar real, pero he utilizado la imaginación a modo de embellecimiento y con el fin único y exclusivo de dar sentido a esta historia.

Como londinense que soy, me considero muy afortunada por tener varias piscinas al aire libre bellísimas en la ciudad: Tooting Bec, Parliament Hill, London Fields y el Serpentine Lido son mis favoritas. Las piscinas al aire libre son comunes tanto en el Reino Unido como en el extranjero. Muchas han cerrado en el transcurso de estos últimos años, aunque algunas han acabado reabriendo, a menudo gracias a las campañas de presión lideradas por gente del barrio. Si no ha nadado nunca en una piscina al aire libre, le animo a buscar una y darse un chapuzón. Si lo hace, esté alerta porque es posible que localice a una Kate o a una Rosemary en el agua. Y yo podría estar también rondando por allí. ¡Disfrute del baño!

Agradecimientos

Por mucho que en la cubierta de este libro aparezca mi nombre, puedo decir que si está allí es gracias a muchas personas que lo han hecho posible y a las que me gustaría darles las gracias con todo mi corazón.

Gracias en primer lugar a mi familia, por haberme apoyado siempre y por haberme animado a escribir. Por llevarme a campamentos de escritura y a festivales literarios, por haber leído absolutamente todo lo que os he pasado. Quiero dar las gracias muy en especial a mi hermana Alex, por ser la primera lectora del primer borrador de este libro y también por enseñarme a nadar. Tu paciencia y tu inspiración cambiaron mi vida. Gracias a Bruno, por el vino, el té, las cenas y, en términos generales, por quererme como me quieres. Gracias también a mis queridos amigos (demasiados como para poder nombrarlos uno a uno), por formar siempre parte del Equipo Libby. Soy muy afortunada por contar con vuestro apoyo. Me gustaría hacer una mención particular a Hannah Friend, antigua compañera que me animó a meterme en el agua y que fue mi pareja de natación en los momentos en que más la necesité. Fue un pequeño capítulo en nuestras vidas, pero con consecuencias eternas para la mía.

Quiero expresar mi enorme agradecimiento a mi maravilloso agente, Robert Caskie, por creer en mí y en *Soñar bajo el agua* y por guiarme con tanta amabilidad a lo largo de todo el proceso. No se me ocurre nadie mejor para tener a mi lado. También a Nathalie Hallam, por tu maravillosa labor de difusión de *Soñar bajo el agua* por todo el mundo.

A mi brillante editora Clare Hey, de Orion: he aprendido muchísimo de ti y tu entusiasmo por esta historia desde el primer día ha sido asombroso. Gracias a toda la gente de Orion, y en particular a Sarah Benton, Rebecca Gray, Cait Davies, Jo Carpenter, Hannah Methuen, Andrew Taylor, Paul Stark, Rabab Adams, Rachael Hum, Sally Partington y Katie Espiner.

Finalmente, me gustaría dar las gracias a los nadadores, del pasado y del presente, que han inspirado este libro. En el transcurso de estos últimos años, he observado y conocido a nadadores de orígenes e historias muy diversos que aman sus piscinas, sus lagos, sus ríos y sus mares. Una característica común a todos ellos son sus ganas de vivir y su gran capacidad para ser felices. Este libro es también para todos vosotros, con mi mayor admiración.